**dirigée par
Noël Audet**

Chambre
avec baignoire

Pour
Réjean,
en espérant
qu'Éléonore
dans SA
baignoire trouvée,
te fera rire
et pleurer.

Amicalement,

[signature]

Du même auteur

Suite pour un visage,
poème, Éd. Carré Saint-Louis, 1970.

Finitudes,
poème, Éd. d'Orphée, 1972.

Yes, Monsieur,
récit, Éd. La Presse, 1973.

Un sens à ma vie,
récit, Éd. La Presse, 1975.

J'Elle,
récit, Éd. Stanké, 1979.

Une histoire gitane,
roman, Éd. Québec/Amérique, 1982.

L'Homme de Hong Kong,
nouvelles, Éd. Québec/Amérique, 1986.

Les miroirs d'Éléonore,
roman, Éd. Lacombe, 1990.

Et de nombreuses nouvelles parmi les revues
suivantes:
XYZ, Moebius, Arcade, Possibles.

Chambre avec baignoire

HÉLÈNE RIOUX

roman

ÉDITIONS QUÉBEC/AMÉRIQUE

425, RUE SAINT-JEAN-BAPTISTE, MONTRÉAL, QUÉBEC H2Y 2Z7 (514) 393-1450

Données de catalogage avant publication (Canada)

Rioux, Hélène, 1949-

Chambre avec baignoire

(Collection Littérature d'Amérique)

ISBN 2-89037-573-0

I. Titre. II. Collection.

PS8585.146C52 1992 C843'.54 C92-096225-4
PS9585.146C52 1992
PQ3919.2.R56C52 1992

Dépôt légal:
1er trimestre 1992
Bibliothèque nationale du Québec
Bibliothèque nationale du Canada

Montage: Andréa Joseph

pour mes enfants,
Élise et Mitia

pour Yves

ainsi que pour Anne et Flora
dont la connivence m'est
si précieuse.

Je sais seulement que la souffrance
existe, qu'il n'y a pas de coupables,
que tout s'enchaîne, que tout passe
et s'équilibre.

Dostoïevski

1

Parfois, la soupape saute, ça arrive comme ça, parfois le vase déborde. On ne sait pas quelle pression a été exercée, quelle goutte versée, la pression était peut-être très faible, la goutte minuscule, et pourtant il suffit d'un instant et tout saute, tout déborde. Voilà comment ça s'est produit pour moi. C'est-à-dire que le bel appartement si bien tenu, le quartier résidentiel si tranquille, le canapé de cuir et tous les accessoires si élégants qui vont avec, je n'ai tout à coup plus été capable de les supporter. Ça s'est produit un beau matin. Ce matin, pour être exacte. Mais il faut croire que ça couvait depuis longtemps. Un vieux virus. Rage, dégoût, lassitude, à tour de rôle. Lassitude, rage, dégoût. Petites crises entre les accalmies. Accalmies entre les crises. La routine, quoi! Me retrouver tous les soirs dans cet appartement en tête à tête avec moi-même. Ou avec Philippe (ce qui revenait à peu près au même, sauf qu'avec Philippe les tête-à-tête se terminaient parfois en tête à queue... Mais trêve de trivialité). Je veux dire que ce matin, j'en ai eu la nausée du beau Philippe dans le bel appartement. Du beau Philippe, car c'est vrai qu'il est beau, je veux dire, dans son genre, si on aime le genre classique, le genre un peu mièvre, le genre visage d'archange, le nez bien droit, le menton bien carré, c'est vrai qu'il a ce genre, et le regard myope si vague quand il enlève ses lunettes, c'est à ce regard que parfois je ne résistais pas... du beau Philippe, donc, qui jouait aux échecs avec (et surtout contre) son ordinateur, et invariablement perdait, pendant que, affalée sur le canapé, je feuilletais des magazines effarants d'insignifiance en lorgnant d'un œil velléitaire l'œuvre de Proust bien sagement posée sur une étagère au-dessus de la chaîne stéréo et du magnétoscope. Tombés que nous étions dans les pièges insidieux de la vie quotidienne. Tombés bas, dégringolés, pour ainsi dire. C'est vrai, je n'en pouvais plus de me préparer d'absurdes cocktails que je buvais dans de beaux verres sur pied en cristal de Bohême pendant que lui, il écoutait son opéra sur le lecteur de disques au laser ultraperfectionné. Oh! Teutoniques Walkyries aux tétons bardés de fer, courtisanes aux poumons de dentelle, patriotiques et magnanimes, oh! Madame Butterfly (Philippe avait un faible pour les sopranos ou dit-on soprani? puissantes), vos lamentations et vociférations me vrillaient les tympans! L'amour est un oiseau bel et bien rebelle que je croyais tenir et qui à tire-d'aile s'envolait... Ou vice-versa. J'étais l'oiseau lié qui tirait sur la ficelle. À des heures avancées, tous les appareils éteints, le

beau Philippe venait parfois me rejoindre sur le
canapé (qu'il fallait quand même faire attention de
ne pas tacher), il gratouillait ma nuque. Oui, nous
formions un charmant petit couple, un couple bien
mignon, nous trottinions et mijotions sans faire de
bruit, tous nos voisins auraient pu en témoigner.
J'en ai eu mal au cœur du charmant petit couple.
Mal au cœur, mal partout.

Alors, ce matin, après une de ces nuits mornes,
Philippe parti à son travail, car même le Vendredi
saint, il travaille, il travaille tout le temps, j'ai jeté
l'indispensable, c'est-à-dire *Du côté de chez Swann*,
le questionnaire de Proust auquel je me promets
toujours de répondre, le roman que je suis en train
de traduire et le cahier d'écolier à spirale qui en
contient les premières pages, mon dictionnaire de
poche, mon walkman, une cassette, mon huile de
bain au jasmin et mon drap de satin noir, dans un
grand sac de voyage, j'ai pris le métro et suis partie
au hasard, à la recherche d'un autre gîte.

J'ai cette manie de prendre le métro et de descendre à une station quelconque, d'explorer les rues
avoisinantes. Quel vertige quand je sors du wagon à
l'heure de pointe et que je m'immisce dans le flot
humain, que je me laisse emporter le long des corri-
dors et quand enfin la marée me rejette à l'air libre.
Libre? C'est dans le flot que j'étais libre. Plus d'identité, un poisson dans la mer, un atome dans l'univers.

J'ai ainsi arpenté tous les quartiers de la ville. S'il
y a un parc et qu'il fait beau, je m'y installe près de
l'étang, je contemple ces scènes de la vie quotidienne, enfants qui gambadent avec leur épagneul,

vieillards rêvassant, adolescents se chamaillant dans l'herbe; s'il y a une fontaine et que c'est la fin du jour, la lumière possède alors une qualité particulière, d'une douceur extrême, et les scènes prennent l'aspect de tableaux impressionnistes. Je m'absorbe dans cette contemplation quelques instants, je prends des notes dans ma tête, parfois c'est le bonheur, une expression soudain émerveillée, par exemple, ou un regard de complicité échangé entre une vieille Chinoise obèse et son fils malingre, c'est un geste, une main sur une épaule, que je croque sur le vif et qui me nourrit. Parfois c'est la détresse, d'autres genres de regards, d'autres genres de gestes que je croque et qui me nourrissent aussi. Mal. Lorsque je repère une terrasse de café, je m'y attable, ou bien j'entre dans le casse-croûte le plus déglingué, le restaurant de *fast-food* le plus criard, je commande un café dans un gobelet de carton, je m'installe sur une banquette de plastique près de la fenêtre et j'ouvre mon cahier d'écolier.

Je traduis toujours à la main, dans un cahier à spirale, le plus souvent dans un endroit où personne ne risque de m'adresser la parole.

Ce matin, le nouveau gîte n'a pas été difficile à trouver.

Une pièce assez spacieuse en pleine rue Notre-Dame, tapissée d'un hideux jardin de roses fanées. Une fenêtre brouillée donnant sur la cour, ses poubelles et ses chats. Je ne décrirai pas les meubles: ils sont tous aussi bancals, inconfortables et écaillés qu'on peut l'imaginer. Il y a même une vieille télé en noir et blanc. Le concierge m'a expliqué que

l'ancien locataire l'avait laissée là après avoir filé à
l'anglaise. Son dernier chèque était sans provision.
Le câble est encore branché jusqu'à la fin du mois.
Je pourrai voir mes émissions. Quelles émissions? La
guerre des étoiles, la guerre en direct, la guerre au
sida?
     Ce qui m'a convaincue, pourtant, c'est l'antique
baignoire sur pattes qui trônait dans un angle. Je ne
sais pas, mais pour moi, ça évoquait l'Italie d'avant
la guerre. Il me semblait avoir entendu raconter que
là-bas, on pouvait louer des chambres, comme ça,
avec baignoire. *Càmera con bagno.* Je n'ai jamais
mis les pieds en Italie. Je ne sais même pas qui m'a
raconté ça. Je l'ai peut-être vu dans un film, lu dans
un livre. Ou même traduit. À traduire trois romans
par année comme je le fais pour la collection Sentiments, histoires d'amour pour midinettes, j'ai visité
tant de pays, séjourné dans tant d'îles, tant de palaces, décrit tant de chambres d'hôtel. *À Florence,
n'est-ce pas, Firenze, près du Ponte Vecchio, vous
savez bien, cette chambre mansardée qui abrita nos
premiers émois, au cinquième étage, par l'escalier
aux marches vermoulues, nous y arrivions tout es-
soufflés, le sol de marbre veiné, n'est-ce pas, si froid
sous nos pieds nus, strié de rose et de vert tendre, et
la baignoire sur pieds, à la robinetterie dorée, que
d'idylliques jours, mon bel amour, de flamboyantes
nuits, après nos excursions au Palazzo Pitti, ma
douce amie...*
     Dans la baignoire, les flamboyantes nuits? Ai-je
vraiment traduit cette ineptie? Il me semble les voir,
ces deux énamourés, les orteils entortillés dans les
robinets, le jet d'eau glacée qui fuse soudain...

Mais revenons à la réalité. La cuvette, avec son réservoir au-dessus et sa chaîne rouillée qui pendouillait, occupait tout l'espace d'un réduit à côté. Je trouvais ça exotique, vieille Europe.

Si rudimentaires qu'ils soient, ces accessoires sont pourtant, je l'avoue, indispensables. Aller procéder à mes ablutions à la salle de bains commune, dans le lavabo jauni, la baignoire cernée, au drain encombré d'un amalgame de poils, de cheveux et de sécrétions diverses, mêler mes effluves à ceux des autres dans une effroyable promiscuité de relents intimes, très peu pour moi. Il y a tout de même une limite à la décadence.

J'ai réglé le loyer du premier mois, posé le sac sur l'unique fauteuil qui, sous le choc, a exhalé un long soupir poussiéreux qui m'a presque asphyxiée, et je suis sortie. Le quartier était plutôt hétéroclite. La maison où j'ai loué la chambre est coincée entre la fabrique de matelas *Bon Sommeil* et le magasin de serpents *Reptiles Illimités*. Dans la vitrine du dernier, un iguane sommeillait sur de vieux journaux jaunes. Ou jaunis? J'ai marché des deux côtés de la rue, histoire de me familiariser avec l'environnement. Entre la boucherie en gros, le salon funéraire, la Caisse populaire, la taverne archaïque qui me soufflait au passage un remugle de bière en fût et des voix éraillées, j'ai trouvé des fleurs en plastique, des figurines d'animaux exotiques de toutes tailles, des éviers de cuisine et des hamburgers. Une Société des alcools où j'ai acheté une bouteille de Veuve Cliquot, résolue à trinquer dès ce soir à mon veuvage tout neuf. Et puis un magasin délabré où l'on vendait toutes sortes de trucs usagés. C'est là que j'ai eu le coup de foudre pour une vieille *Underwood* millénaire et couverte de poussière. Un objet de musée, vraiment. Il faut dire que les ordinateurs, c'était au-dessus de mes forces. Complètement réfractaire au progrès. Les Éditions Sentiments avaient bien essayé de me convaincre, peine perdue. Quand j'avais fini de traduire un roman, je remettais le cahier d'écolier à une dactylo équipée de tous les traitements de texte dernier cri. Moi, je ne me voyais pas entreprendre le «grand œuvre» de ma vie, car j'y étais résolue, j'allais enfin l'entreprendre, j'allais sortir de mon cocon, le «grand œuvre» donc, sur une machine qui sait également jouer aux échecs, au scrabble, additionner, multiplier, extraire la racine carrée de, donner la date et l'heure, calculer un budget, et *tutti quanti*. Je me connais, cela m'aurait donné un complexe d'infériorité.

J'ai donc acheté, pour une chanson (mais pas d'amour), l'antique *Underwood* qui pesait au moins dix tonnes et j'ai réintégré mon nid. Je l'ai d'abord installée sur la table qui n'a pas tenu le coup et s'est écroulée dans un fracas indescriptible. Alors je l'ai laissée directement sur le sol en attendant, et ensuite, éreintée et ruisselant de sueur après ce dur effort, je me suis fait couler un bain.

Première surprise, en y plongeant le pied, c'était glacé. Qu'était-ce à dire? J'avais pourtant, comme d'habitude, ouvert l'eau chaude au maximum et laissé couler un filet d'eau froide pour que l'immersion soit supportable. Après quelques essais, je me suis aperçue que les robinets étaient inversés, l'eau chaude à droite. Une facétie du plombier. Si je l'avais devant moi, celui-là! Dites donc, vous, que je lui dirais, ça fait des siècles que, dans tous les pays du monde, l'eau chaude est à droite, non, à gauche, vous voyez, je suis toute mêlée maintenant, à gauche donc, quand on se trouve placé face aux robinets, c'est-à-dire la majorité du temps, c'est une convention; l'humanité, en désaccord sur tout le reste, avait au moins réussi à s'entendre sur ce point et voilà qu'avec vos fantaisies et vos entourloupettes, vous risquez de déclencher un conflit mondial. Imaginez qu'un chef d'État, en visite au pays, s'ébouillante la bouche rien qu'en se brossant les dents. Impossible de prononcer son discours; d'avaler ne serait-ce qu'une bouchée du faisan aux pleurotes lors du banquet donné en son honneur. Ou qu'il attrape une pneumonie en prenant sa douche. Catastrophe diplomatique, on croirait au complot, l'opposition jubilerait, le chef du protocole se retrouverait acculé au suicide; le premier ministre devrait présenter des excuses publiques.

J'ai enlevé le bouchon, mais il ne s'est rien passé, ou presque, c'est-à-dire que le bain se vidait au millimètre cube. À ce rythme, j'en avais pour le reste de la journée et une partie de la soirée. Au minimum. J'ai déniché un vieux seau en plastique rose bonbon dans le réduit (il devait avoir été mis là expressément pour cet usage) et transvasé toute l'eau de mon bain dans la cuvette. Puis j'ai repris le processus à zéro. L'eau droite au maximum, un filet d'eau gauche.

J'étais allongée, béate, dans l'eau quasi bouillante et embaumant le jasmin, les yeux clos, allongée donc comme dans un jardin en pleine canicule, rêvant tour à tour à ma gloire prochaine et aux amants qui me feraient vivre l'extase sur ce lit de fortune (pourrait-il résister à nos enlacements, nos frénésies et nos débordements?), quand une impression bizarre m'a fait ouvrir les yeux. Le bouchon, sous une pression insolite, se soulevait. Et, tel un geyser miniature, montait du drain un jet d'un rouge douteux qui sournoisement se répandait dans mon eau. Rouge, était-ce du sang? Qui donc, ou quoi, trépassait dans mes tuyaux?

J'émergeai en catastrophe.

Frissonnant sur le carrelage, je regardais, les yeux écarquillés, mes bulles de lait moussant se teinter faiblement quand, à l'odeur fleurie commencèrent à se mêler d'indiscutables relents d'oignons, de tomates, d'huile et de bœuf haché. Une sauce à spaghetti, sans aucun doute. Bolognaise de surcroît.

Et je décelai que la viande utilisée n'était pas de la première fraîcheur. Mais je ne voulais pas déceler, je voulais prendre un bain, c'est tout. Dans de l'eau limpide.

Je me suis rhabillée et suis sortie à la recherche du concierge introuvable. Que je ne le trouverais pas, c'était à prévoir. Il y a des jours comme ça. Mais à défaut du concierge, je croisai sur le palier une créature hybride, à la demi-crinière, l'autre partie du crâne ayant été entièrement rasée, à la demi-crinière donc fuschia et striée de mèches orangées, vêtue d'une tunique bariolée sur un jean découpé en lanières effilochées, dévoilant des mollets pâles et des genoux osseux, les yeux cerclés de rouge

flamme et la joue gauche tatouée d'un dragon cra-
chant des fleurs, qui m'expliqua obligeamment les
différents problèmes de plomberie de l'immeuble.
Des prises d'air, semble-t-il, manquaient, et «c'est
comme quand t'ouvres une can de jus de tomates,
tu vois, si tu fais juste un trou, ça coule pas, ça fait
que la sauce de la locataire d'en haut passe dans ton
tuyau quand a rince ses assiettes, pis y a aussi le
principe des vases communicants...» Je n'ai rien saisi
de toute l'explication, à l'école, j'étais nulle en
physique, mais il en ressortait clairement qu'il valait
mieux prendre son bain le matin alors que personne
ne popotait.
    Ne popotait? On fournissait donc la cuisinière
dans certaines chambres? C'était logique. Chambre
avec bain et chambre avec poêle. *Càmera con stufa.*

    Je suis rentrée dans ma tanière. L'eau stagnait
dans ma baignoire, ah! oui, «ça coule pas», et toute
la pièce était imprégnée d'une forte odeur d'épices,
de moisi et de vétuste tuyauterie. Début idéal pour
ma nouvelle vie.
    J'ai décidé de me coucher. On réfléchit mieux
en position horizontale, je l'ai souvent vérifié. Moi,
la plupart du temps, c'est dans mon bain que je
cogite, mais la situation étant ce qu'elle était, le lit
ferait l'affaire. On aviserait demain matin.
    J'ai mis le drap de satin noir sur le lit, et je me
suis installée sur le matelas qui grinçait avec *Du
côté de chez Swann,* la *Septième* de Beethoven sur
les oreilles et la bouteille de champagne entre les
genoux, histoire de célébrer ma libération.

Ça fait deux heures et j'y suis encore.

J'ai lu, j'ai bu, je me suis bouché le nez, j'ai eu envie de pleurer, je me suis enfoui la tête dans l'oreiller. Le champagne? Je l'avais triste. Et Proust ne passait pas. Proust ne passe pas. Est-ce moi qui suis hermétiquement close? Rien ne me touche, rien ne m'affriole. Je reste de glace, une gorgée de champagne triste, une bouffée d'air pollué que j'aspire par la bouche. *Underwood* me lorgne, les odeurs m'assaillent. J'ai la gorge nouée, Proust ne passe pas, j'ai le cœur noué.

Proust commence en disant qu'il avait longtemps eu l'habitude de se coucher de bonne heure. Je pourrais prendre cette habitude excellente pour la santé. Allongée, là, dans cette chambre, dans ce lit qui râle, je couvrirais des pages et des pages de mots. Oui, mais quels mots? Des pages et des pages de mots inutiles, de mots difficiles, de termes savants, inconnus des profanes et même des professeurs. Et alors, l'élite intellectuelle du pays crierait au génie. L'extase, l'orgasme collectif. Que de mots! Quel vocabulaire! Écumer le dictionnaire et parvenir à placer dans le même paragraphe parégorique, parhélie et parapode. Toujours le terme juste, n'est-ce pas? Et quelle culture! Ils en seraient tous ébaubis, abasourdis. Courbettes, salamalecs, remises de prix agrémentées des allocutions pontifiantes de gens très honorables, monsieur le président de, madame la Ministre des, Son Excellence le gouverneur de.

Avec le chèque, je m'offrirais un séjour en Italie.

On pourra se demander — et je commence moi-même à me poser la question — mais qu'est-ce qui m'empêchait d'écrire sur le canapé de cuir pendant que Philippe se triturait les méninges devant l'ordinateur? Oui, qu'est-ce que? Pourquoi les magazines insignifiants, les alcools dans les verres sur pied, toute cette mise en scène? Pourquoi, si elle a, ou croit avoir, du talent, une femme serait-elle réduite à néant par le simple fait qu'elle cohabite avec un homme? Cette histoire ne tient pas debout. C'est vrai qu'il manque toujours des bouts dans les histoires, n'importe lesquelles, les réelles comme les inventées. Mais suis-je seulement honnête quand je décris ainsi notre existence?

Non.

N'est-ce pas plutôt une caricature?

Peut-être. Pas vraiment. Peut-être.

N'est-ce pas pour le charger, le rendre responsable?

Je ne sais pas.

Le rendre responsable de ma propre impuissance?

Je ne sais pas.

Sais-je quelque chose?

Quoi?

M'arrive-t-il de cesser de mentir?

Oui. Non.

La vérité!

Vérité?... Résumons. Il y avait la vie quotidienne, celle-là même qui me minait. Nous minait. Parlons, par exemple, des séances devant l'écran de télé: si

je voulais écouter l'émission littéraire, il commentait
«Oh! Il m'agace, cet animateur, toujours en train
d'enlever et de remettre ses lunettes, c'est com-
pulsif, qu'il se fasse une idée, à la fin», et quand il
se branchait sur les actualités, je persiflais «Tu as remarqué? Tous ces journalistes parlent sur le même
ton monocorde, en faisant un suremploi des points
de suspension pour donner de l'importance à des
mots qui n'en ont pas. Ici Caroline Duplantie... à
Vancouver. Ça m'horripile. Tous des égocentriques,
c'est sur leur nom qu'ils mettent l'accent. Tu as
remarqué? Et puis ce sourire insignifiant avec lequel
ils débitent leurs horreurs. Tu peux m'expliquer
pourquoi ce type sourit en dénombrant les victimes
de l'écrasement d'avion?» Exemple probant de vie
quotidienne. Un soir parmi tant d'autres, un couple
parmi tant d'autres, qui se dispute aimablement devant le téléviseur. Il arrivait que l'un de nous deux
l'éteigne, excédé, ou que l'autre se replie dans la
chambre, la cuisine. Les soirs sans actualités, je veux
dire les soirs où on ne les regardait pas, il y avait les
romans à traduire, la *Baie des désirs* ou *La Captive
de Bagdad*, il y avait les films de fin de soirée, les
films noirs, les films en noir et blanc, les films en
couleurs, sur l'écran de la télé, chefs-d'œuvre, navets
et platitudes diverses, une avalanche de choses à
consommer, et moi, affalée là, moi qui avalais. Puis
les nuits venaient, puis les aubes se levaient. C'était
notre existence et le temps qui passait. Gaspillé.
Perdu. Il y avait toutes sortes de choses, mais de
complicité, nenni. Oui, il faut bien l'avouer, notre
existence était devenue une caricature.

Mais qu'est-ce qui m'empêchait d'écrire l'œuvre de ma vie sur le canapé de cuir, si j'en avais envie? C'était *Madame Butterfly*, voilà. Entre autres choses. *Madame Butterfly*, je ne supportais pas. Trop triste. Il faisait toujours jouer l'aria final, et alors, là, au grand air de Madame Butterfly agonisante, je ne pouvais empêcher la débâcle. Endiguer le flot, pour m'exprimer de façon plus littéraire. Ça partait du ventre, puis ça montait, gargouillait dans ma gorge, montait encore. Je me précipitais à la salle de bains. Ça débordait, coulait par mes yeux, ça m'inondait le visage. Il écoutait différentes versions, comparait. «Tu ne trouves pas que Helsi Schlumbacher est plus poignante? Que c'est plus froid dirigé par Von Stratterburg? Que Marina Krokova est plus crédible, plus "japonaise"?» Comment pouvais-je répondre? Pour moi, peu importait qui chantait, c'était toujours pareil, c'était le désespoir et l'injustice. Elle l'aimait, il la quittait, elle mourait. Il lui restait un enfant mais elle mourait quand même. D'amour. Elle renonçait à son enfant. Nous n'avions pas la même façon d'être touchés par l'opéra. Je ne répondais pas. Ou bien par onomatopées. Mhuhu. J'allais dans la salle de bains, je me tamponnais les yeux, j'allais dans la cuisine, je m'inventais un autre breuvage. Avec de la vodka, beaucoup de vodka, du sucre à fruits, du sirop de grenadine, des cerises au marasquin cancérigènes, beaucoup de cerises. «Tu m'apporterais une eau Perrier, s'il te plaît, Léno? Avec de la glace et un zeste de citron. Merci.» Une fois, j'avais répondu, j'avais dit que je trouvais ça vraiment injuste, l'histoire de cette geisha séduite et abandonnée. Le

regard attendri, condescendant, qu'il m'avait lancé.
«Mais je te parle de la sonorité, Léno. Les cordes vo-
cales, pas les cordes sensibles.» Ah! oui? «D'ailleurs,
Butterfly n'est pas une geisha. Elle est bel et bien
mariée à Pinkerton. Mais, au fond, l'histoire, tu sais,
ce n'est qu'un prétexte.» Ah! bon. «Ce sont des émo-
tions galvaudées, tout ça. C'est l'Art qui compte, tu
sais.» Mhuhu. «Par contre, Helsi Schlumbacher rend
bien le sentiment de l'abandon. Du déshonneur,
aussi. Ses vibratos sont... Tu m'écoutes?» Mhuhu. Il
était venu me rejoindre sur le sofa, avait pris mon
menton dans sa main. Le regard de velours sous ses
lunettes. «Bon. Je vais te mettre *Rigoletto.*» Il s'était
levé, avait changé le disque. «Cet enregistrement *live*
à la Scala de Milan, avec Gaspardo Lang dans le rôle
titre...» Entre les romans d'amour et l'opéra, je
m'étiolais.

Cette fois-là, pourtant, il était venu me rejoindre
sur le canapé où je sirotais une larme dans mon
cocktail. La main sous mon chandail. Mes seins
quasi inexistants le faisaient saliver. Je veux dire
qu'il y avait cela aussi, le désir sans cesse inassouvi,
couvant sous la braise, comme une torture. Qui
rongeait la vie quotidienne. «Ma petite fleur, ma
petite fragile, mon bébé...» L'autre main grimpait le
long de ma cuisse. «Ça va mieux maintenant?... Tu es
trop sensible, tu travailles trop...
— Moins que toi.
— Oui, mais moi, je dors, la nuit...
J'avais ma tête sur son épaule, il chuchotait dans
mon oreille «Tu sais, tout à l'heure, j'ai bien failli gagner. Si je n'avais pas bougé mon cavalier à l'avant-

dernier tour...» Sa main gauche agaçait mon mamelon droit, sa main droite avait atteint mes poils pubiens, «Là, c'est bien, tu es toute mouillée... ma fleur... Il fallait le dire que tu avais le goût. Tu t'exprimes toujours par énigmes...» Il avait retiré sa main de sous mon chandail pour enlever ses lunettes, m'enlever mon chandail. «Si j'avais plutôt déplacé mon fou... Viens, on va aller dans le lit... On sera plus confortables...» Fébriles, mes doigts jouaient avec la fermeture éclair de son pantalon de gabardine, fébrile, ma main s'insinuait dans son slip. Et lui qui haletait déjà, «Attends, ne... Pas tout de suite, ahhh! je vais éjaculer... Pardon, mon amour, j'avais trop envie... Ne bouge pas, ma fleur, je vais chercher des kleenex...»

Vous voyez le genre: l'usure, qu'on appelle ça. *Ejaculatio precox*, pour être plus précis.

Vous voulez dire usure précoce?

Je veux dire que la précocité de la chose est à l'origine de l'usure de la situation.

Que, dans cette situation, la précocité est de toute éternité.

Suis-je assez claire? Me fais-je assez comprendre?

Non.

Des mots, tout ça. On ne dispose que des mots pour dire la réalité. En exprimer la substantifique moelle, comme d'un citron le jus acide. Notre réalité était une caricature acide. Mots interchangeables, réalité immuable.

Impuissance chronique. À exprimer, à déchirer, à nous enfoncer. Peur panique. Le fleuve charrie des immondices, le fleuve est noir. À la surface, nous surnageons maladroitement. Au bord du gouffre, nous nous cramponnons. Aux tiges molles. Aux branches sèches, qui s'effritent et cèdent sous nos doigts.

Est-ce que je l'aimais encore, à ce moment-là, me demandez-vous? Excellente question. Et de quel moment parlez-vous donc, au fait? De celui où l'usure a été révélée. Je ne sais pas de quoi vous parlez. Trop abstrait, trop hermétique. La fois où il ne m'a pas fait jouir. La fois? Quelle fois? Celle-là même que je viens de décrire ou d'autres avant, plus précoces? Nos désirs en décalage, voilà. Notre malentendu. D'accord, mais tout se résume-t-il donc au cul? Non. Oui. Non. C'était entre autres choses. C'est-à-dire que dans le sexe malvenu se cristallisait l'erreur de notre vie commune, si vous voyez ce que je veux dire. Non? J'étais dans un état d'insatisfaction si chronique, si absolu. C'était entre autres choses et c'était trop. Chaque fois qu'il venait me rejoindre sur le canapé où je me morfondais, son visage chavirait près du mien. J'avais atteint un tel degré d'insatis-faction que je ne me défendais même plus. «Oui, c'est ça, viens, et qu'on n'en parle plus.» Ces trivia-lités sont indignes de moi, essayais-je de me con-vaincre. L'essentiel est ailleurs, invisible, et toutes ces fadaises. On n'en parlait plus. Je replongeais dans mon roman d'amour, lui, dans son opéra.

Chaque nouvel échec alimentait pourtant ma rancune, ce vampire.

Il faudrait commencer par savoir si je l'avais déjà aimé. Question existentielle, question fondamentale, s'il en est. Et même cette question-là, je ne suis pas certaine qu'elle soit la bonne. Et puis, je déteste ce genre de question qui exige une réponse catégorique. Oui, je l'aimais. Non, je ne l'aimais pas. Il faudrait commencer par le commencement. Et pour cela, retourner trop loin, ramper trop longtemps dans la nuit. Arrivé au bout du tunnel, jambes et mains écorchées, qui sait sur quoi l'on tomberait. Une bête de catacombes, un paysage de fin du monde. Le corps mutilé d'un enfant baignant dans son sang. Le commencement, il faut le dire, se situe bien avant le coup de tête. Bien avant l'amour. Bien avant l'usure.

J'ai longtemps eu l'habitude de me coucher très tard. Un bon début pour un livre. J'ai longtemps eu l'habitude de me coucher très tard. J'ai longtemps eu l'habitude de hanter différents bars. Ça, c'est juste pour la rime, tard et bar, la rime facile. Pauvre. Boileau et son *Art poétique*, c'est bien trop strict pour moi. D'ailleurs, les bars n'existaient pas à l'époque de Boileau. Ou s'ils existaient, les femmes n'y allaient pas. Surtout la nuit. Ce n'est pas vrai, je n'étais pas une femme de bars. J'étais plutôt du type farouche, solitaire, plongée dans les livres, très oisive. Mais j'aime à dire que je hantais les bars. Jusqu'à l'heure de fermeture et même après, lorsque les portes sont closes et que seuls les habitués restent à siroter leur dernier verre avant de mettre les voiles vers d'autres havres. Ou j'ai longtemps eu l'habitude de passer mes nuits dans les livres. Oui, ça c'est une très vieille habitude. Il faudrait commencer par le commencement. Trouver l'origine, la pierre d'achoppement.

Tout d'abord, est-ce que ça intéresse quelqu'un, mon histoire? Qu'on me nomme une personne, une seule, qui ait le goût de se pencher sur mon cas. D'une banalité à faire pleurer. Madame Butterfly sans la musique. Emma Bovary sans le style. Si seulement il y avait, je ne sais pas, moi, un document secret, un cadavre dans un placard, une mallette à double fond bourrée d'héroïne. Si seulement nous étions richissimes, célèbres avocats ou cruels criminels, mafiosi, terroristes, si nous souffrions d'un mal incurable, d'une tare particulièrement hideuse. Non, vraiment, tels que nous sommes, même moi, je ne suis pas sûre d'être très intéressée. Et même un psychologue me renverrait à mes pénates.

— J'ai le vague à l'âme, docteur.

— Allons, allons, c'est le mal du siècle, ça. Il n'y a pas là matière à thérapie.

— Oui, mais ça me submerge, la vague, docteur.

— Oh la la, quelle complaisance, ma pauvre amie. Vous ne croyez pas que l'humanité vit des problèmes plus pathétiques? La famine, la guerre, la torture, le sida, pour ne nommer que ceux-là. Cessez seulement de vous replier dans votre coquille, regardez ailleurs, ouvrez vos horizons.

— Quand je regarde ailleurs, je n'ai plus le vague à l'âme, j'ai le mal de mer, docteur.

— Distrayez-vous, allez au cinéma.

— Au cinéma, c'est déprimant.

— Suivez des cours, faites du bénévolat. Vous n'avez pas un intérêt quelconque?

— C'est vague, je vous l'ai dit...

— Trouvez-vous, que diable.

— Je me cherche depuis si longtemps.

Rose, j'étais un bébé rose, on pourrait commencer par ça, et même de ça, je ne suis pas sûre, j'avais peut-être la jaunisse, tous les bébés se ressemblent, tous les bébés ont la jaunisse, toutes les histoires se ressemblent. Toujours je t'aime, un peu, beaucoup, passionnément, à la folie et point du tout. On reprend du début. Je t'aime toujours. On reprend par la fin, en progression décroissante. Point du tout, à la folie, passionnément, beaucoup, un peu, je t'aime. Je t'aime moins, je t'aime encore, je ne t'aime plus. Sans parler des nuances, en espagnol, *te quiero*, je t'aime ou je te veux, en anglais, *I like you, I love you*, je t'aime bien, je t'aime. Certains ont écrit des chansons avec ça et sont devenus millionnaires. C'est dire. Et moi, c'est encore avec l'amour que je gagne ma vie. *Il la fixait de son regard d'acier. — Vous n'êtes qu'une petite idiote, articula-t-il enfin. Vous n'avez pas encore compris? Vous mériteriez une bonne fessée. Elle leva les yeux sur lui. Oh! Ces épaules si larges, comme il ferait bon y reposer sa tête!* Vous voyez le genre? De carte du Tendre en rengaine sirupeuse, l'humanité ne se recycle pas très vite. Les grains de sable qui s'agglomèrent, les grains de sable collés ensemble par la mer. Et les empreintes éphémères de nos pas, n'est-ce pas, monsieur Prévert? Que de clichés! Les angoisses existentielles des grains de sable pendant que la mer nous efface et que les galaxies tournent en orbite autour d'autres galaxies, enfin, je ne sais pas si c'est vraiment comme ça, mais ça tourne.

C'est le champagne que j'ai triste et Proust qui ne passe pas et mon histoire qui n'est pas racontable.

J'ai juste envie de prendre un bain, mais il est plein d'eau à la sauce tomate. J'aurais l'air de m'être ouvert les veines. Très inesthétique. Une anecdote me revient en mémoire. Il était une fois une actrice sur le déclin, qui avait décidé d'en finir en beauté. Après un souper fin qu'elle avait pris, seule, aux lueurs des candélabres dans la salle à manger lambrissée, cette ancienne gloire du muet à l'accent trop nasillard pour le parlant avait avalé des somnifères avec son champagne puis s'était allongée dans son lit à baldaquin, parmi les fleurs, vêtue de la robe de son rôle le plus glorieux, et s'était endormie bercée par la *Valse sentimentale*. Les somnifères et le caviar n'avaient, hélas, pas fait bon ménage et voilà qu'au milieu de la nuit, elle avait dû se lever, titubante, pour aller vomir dans la toilette. C'est sa femme de ménage qui l'avait retrouvée le lendemain matin, noyée dans la cuvette, sa belle robe maculée. Voilà ce qui arrive quand le sort décide de se montrer ironique.

Si j'avais le téléphone, j'appellerais SOS Détresse. «Oh! Encore vous? Ça ne s'arrange pas, la déprime, à ce que je vois.»

Si j'avais l'instinct grégaire, je m'inscrirais aux Déprimés anonymes et j'irais une fois par semaine mêler mes larmes à celles de mes semblables. Un bain de sel collectif. On organiserait des concours d'histoires tristes. Je m'imagine debout sur le podium en train de haranguer la foule à propos de Butterfly. Je gagnerais peut-être la médaille d'or.

À cette heure-ci, Philippe vient de perdre sa troisième partie d'échecs. Je ne lui ai même pas laissé un mot d'adieu. Il doit penser que je suis allée au cinéma. Il consulte sa montre. Ou que j'ai passé la soirée chez Aline. Plus tard, il va téléphoner chez Aline. Il va commencer à s'inquiéter. Bien fait pour lui. Il n'avait qu'à s'inquiéter quand c'était le temps.

Avant de raconter comment j'ai connu Philippe et comment j'en suis venue à le quitter pour me retrouver dans cette chambre avec antique baignoire bouchée, *càmera con bagno tappato*, il faudrait que je commence par dire d'où je viens. L'enfance. Mais j'ai fermé la porte, jeté un voile, tout oublié. Neige, ballons, gifles, tout oublié. Poupées, balbutiements, nuques rasées. Livres d'images, terreurs nocturnes. Rien oublié.

Je vais donc me concentrer sur Philippe. La rencontre, c'était il y a deux ans. Je sortais d'un livre pour entrer dans un bar, il était deux heures du matin, je n'avais pas sommeil, je sortais d'une idylle qui n'avait pas marché, qui s'était mal terminée, une histoire turque peut-être, oui, je pense que c'était avec un Turc, c'était à l'époque où j'en accueillais un, très taciturne, dans mon lit, mon époque exotique, mais nous n'avions rien à nous dire et ça s'était terminé, mal, par des injures que nous nous étions lancées à la tête dans nos langues respectives, et si je ne comprenais pas les siennes, je sais que les miennes étaient virulentes, mais je ne me souviens plus pourquoi, c'était une époque brouillée, avec beaucoup d'alcool et de fureur... J'en sortais.

Ou bien je quittais le désert, je cherchais l'oasis. C'était surtout le printemps, et le printemps me porte malheur, le printemps, je l'ai en horreur. C'était, comme aujourd'hui, le 20 avril. Et il fallait que j'aille quelque part. N'importe où. Comme aujourd'hui. Le 20 avril, il faut toujours que j'aille quelque part. Le 20 avril est un jour noir. C'était le matin du 20 avril, c'était plutôt encore la nuit, le matin allait se lever quelques heures plus tard et ce serait un matin noir. Il fallait que je sorte.

J'étais donc entrée dans un bar, le bar Carolle, pour être plus précise, j'avais commandé un café espagnol, tant qu'à être insomniaque. Un homme, au fond de la salle, parlait au téléphone, il avait raccroché, il s'était attardé quelques secondes au comptoir pour boire une dernière gorgée d'eau Perrier, avec du citron, il avait regardé sa montre, il avait dit «Bon, ça y est, je file, Giovanni», et le barman avait répondu «À la prochaine, Philippe», il avait son imperméable sous le bras, il avait ouvert la porte, l'air de la nuit s'était engouffré, plein de moiteurs et de promesses, il avait encore la main sur la poignée de la porte que je m'étais déjà levée, elle n'était pas encore tout à fait refermée que j'avais abandonné mon café espagnol et que j'étais sortie à mon tour, ses pas décroissaient dans la rue, ses clefs tintinnabulaient dans sa main, il s'était arrêté à côté d'une voiture, il s'était penché pour insérer la clef dans la serrure, je l'avais interpellé «Vous allez dans quelle direction?», il avait ouvert la portière, s'était redressé, avait scruté la nuit, je m'étais approchée, j'étais tout près de lui, l'air était plein d'effluves de pluie, j'avais dit «Il va pleuvoir. J'ai oublié mon parapluie», il avait humé l'air mouillé, il avait dit «Vraiment?», j'avais fait le tour de la voiture pendant qu'il prenait place et me déverrouillait la portière. Il avait consciencieusement bouclé sa ceinture, il avait pris son étui à lunettes dans la poche de son imper, retiré les lunettes de l'étui, remis l'étui dans la poche de l'imper, ajusté les lunettes sur son nez bien droit de statue antique, puis il avait mis le moteur en marche. On voyait qu'il était choqué. Il m'avait lancé un regard de côté. «Votre ceinture, je vous prie», avait-il lancé d'un ton bref. J'avais obtempéré. Un silence, puis, sévère:

— Vous faites ça souvent?

— Quoi donc?

— Eh bien, ce genre de choses, accoster des inconnus.

— Non, ce genre de choses, c'est rare. En général, j'ai d'autres occupations.

Il avait souri. On voyait qu'il commençait à se détendre.

— Vous n'avez pas froid aux yeux, vous.

— Pourquoi?

— En pleine nuit, comme ça, avec un inconnu.

— Ah?

— C'est vrai. Vous ne me connaissez pas. Je pourrais être un maniaque. Je pourrais vous...

— Vous non plus.

— Quoi, moi non plus?

— Vous n'avez pas froid aux yeux, vous non plus. Avec une inconnue, en pleine nuit. C'est vrai,

vous ne me connaissez pas. Je pourrais être un satyre travesti, cacher un couteau à cran d'arrêt dans
mon sac, je pourrais avoir une maladie contagieuse
et fatale. On voyait qu'il était moins à l'aise. On roulait
doucement. La rue était déserte. Il ne pleuvait pas
encore. Il avait dit:
— Bon, c'est bien beau, tout ça, mais je ne sais
pas où vous allez, moi. Nous passions justement devant un cinéma.
— Laissez-moi ici.
— Mais c'est un cinéma, ça. À cette heure-ci, il
est sûrement fermé.
— Non, ici, il y a des projections toute la nuit.
— Ça vous arrive souvent?
— Quoi donc?
— D'aller au cinéma toute seule au milieu de la
nuit?
— Seulement quand je n'ai pas sommeil et que
j'accoste des inconnus qui se balancent de mes in-
somnies. On voyait qu'il était intrigué. Il avait demandé:
— Et qu'est-ce qui joue, ici?
— Oh! Des films pornos. Les titres n'ont pas vrai-
ment d'importance. Il avait consulté sa montre. Il avait murmuré:
— Bon, de toute façon, ma nuit est foutue. Il avait stationné devant le cinéma.
— On y va? On était entrés dans la salle pratiquement vide,
on s'était calés dans les fauteuils aux ressorts hors
d'usage, on avait regardé des pseudo Suédoises sucer allègrement des malabars à la mine abrutie et

des minets pas vraiment convaincants. Je l'observais
du coin de l'œil dans la pénombre. Ça se sentait
qu'il n'avait pas l'habitude, pourtant, il restait parfaitement impassible. Ce n'est que lorsque la partouze
avait battu son plein, la fausse blonde se faisant
sodomiser par un type tout en fellationnant le grand
Noir qui masturbait la rousse potelée, laquelle prati-
quait le cunnilingus sur la première, le tout accompagné d'une cacophonie de gémissements en *ré*
majeur, *ut* mineur, *si* bémol et *la* dièse, qu'il avait
commencé à s'agiter sur son siège. Il déglutissait
péniblement. «Pas mal, vous ne trouvez pas?» que je
lui avais glissé à l'oreille. Il s'était raclé la gorge
avant d'abonder dans mon sens.

— Oui, pas mal.

J'avais eu envie de passer la main sur son sexe
pour voir si ça lui faisait de l'effet, mais je m'étais
abstenue. Il m'aurait prise pour... Pour ce que je
n'étais pas. Non pas que ça avait une quelconque
importance qu'il me prenne pour quoi que ce soit,
que je le sois ou non. Pourtant, ça en avait. Je ne savais pas encore pourquoi, mais ça en avait. On avait
regardé le film jusqu'à la fin, exemplairement sages.

— Vous voulez voir le suivant?

Il avait consulté sa montre.

— Il se fait tard, vous savez.

On était sortis. Dehors, la pluie tombait à verse,
la pluie tombait. Moi, la pluie, ça me rend fébrile.
Fiévreuse, fantasque. On avait couru jusqu'à l'auto.
Le temps qu'il trouve ses clefs, déverrouille les por-
tières, tout ça, j'avais rejeté la tête en arrière, laissé
l'ondée m'asperger le visage. Une fois à l'intérieur,
j'avais commenté:

— Érotique, hmmm?

— Oh! Vous savez, moi, la pornographie...

— Je parle de la pluie.

— Ah!... Et je vous dépose où?

— Déposez-moi où vous voulez. Reposez-moi si vous voulez. Disposez de moi comme vous voudrez. Cette nuit, je suis une femme-objet. À votre entière disposition.

— Ne parlez pas comme ça.

— Pourquoi pas?

— Je pourrais vous prendre au sérieux.

— Rassurez-vous. Je ne suis jamais sérieuse.

Il avait démarré. On roulait lentement. La pluie, la nuit, la rue déserte. Il avait inséré une cassette dans le lecteur. *Madame Butterfly*.

— Vous aimez l'opéra?

— J'aime beaucoup de choses.

— Mais encore?

— Le café espagnol. La pluie. Ma chatte Espagne. Marcel Proust. Je veux dire l'homme, pas son œuvre.

— Ah bon?

— Et vous?

— Pour dire la vérité, je ne l'ai pas encore lu. Pas eu le temps.

— Pour dire la vérité, moi non plus. C'est-à-dire que j'ai commencé plusieurs fois plusieurs tomes au hasard et ne suis pas beaucoup plus avancée. Je sais les noms des personnages et connais les anecdotes les plus célèbres. J'ai surtout lu sur Proust lui-même. C'est le personnage de Proust qui me fascine. C'est la vie de Proust. C'est le rêve de lire un jour la *Recherche*. C'est Proust lui-même et le fait qu'il ait écrit cette œuvre monstrueuse.

— Vous n'avez pas répondu à ma question.

— Laquelle?

— À propos de l'opéra. Là, vous voyez, c'est Marina Krokova qui interprète le rôle-titre. Un enregistrement très rare. C'est tout à fait exceptionnel, vous savez. Marina Krokova a très peu chanté Butterfly. Elle excellait dans Mozart. Elle a un registre vraiment époustouflant. Dans les aigus... Vous l'avez entendue dans *La Flûte enchantée*?

— Non, je regrette.

— C'est dommage. Je crois avoir la cassette dans mon coffre à gants. Vous voulez vérifier?

J'avais ouvert le coffre à gants, j'avais vérifié, la cassette était bien là, avec deux ou trois autres.

— Je vais vous faire entendre, vous allez comprendre ce que je veux dire.

— Elle ne chante plus?

— Elle est morte il y a cinq ans. Dans un accident de voiture. Une perte irréparable pour le monde de l'opéra.

Il avait respectueusement attendu que la première cassette fût terminée avant d'insérer la seconde. On n'interrompt pas la cantatrice dans son élan. Entre les deux, il était devenu intarissable. L'opéra, sa passion. Il m'ennuyait, mais je faisais comme si. Comme s'il ne m'ennuyait pas. Comme si je comprenais de quoi il m'entretenait. Je comprenais, bien sûr, mais c'était si loin de moi. Je faisais comme si j'y prenais vraiment beaucoup d'intérêt. Comme si. Car si j'aimais l'opéra, c'était pour le pathétique plutôt que pour la technique.

J'essayais seulement de penser que ce n'était pas le matin du 20 avril, que le jour noir n'allait pas bientôt se lever sur ma vie noire. J'essayais d'abolir la date.

Puis il avait mis *La Flûte enchantée*.

J'avais fermé les yeux. La pluie martelait le toit, la pluie cognait dans le pare-brise. On roulait lentement dans les flaques. J'écoutais la musique. Je l'entendais me parler de la musique. J'écoutais, j'entendais. J'avais fermé les yeux. Je ne savais pas où on allait. Bercée, oui.

Je m'étais endormie.

2

Dès le départ, c'était sans espoir. On pensait différemment, on n'avait pas les mêmes goûts, c'était sans espoir.

Dans mon sommeil, j'avais senti sa main sur mon épaule. Une pression très douce. Chaude. Dans mon rêve, c'était devenu un oiseau se perchant sur mon épaule. Au plumage cendré, à la gorge soyeuse et orangée. Qui me prenait pour un arbre, une corniche, un fil électrique. Un oiseau à la vue basse. Dans mon sommeil, j'avais entendu sa voix qui demandait «Vous dormez?». Dans mon rêve, c'était un oiseau qui se transformait en prince, moi, j'étais dans le grand lit doré, très belle et très dormante.

Je m'étais réveillée.

— Vous dormiez.

Il n'y avait pas d'oiseau, pas de prince. Mais lui et moi, dans une voiture américaine qui n'était ni un carrosse, ni une citrouille, ni l'un transformé en l'autre. Minuit était passé depuis longtemps. Je ne portais pas une robe de tulle mais une jupe de cuir bourgogne et un chandail sable très ample, pas de pantoufles de vair, mais des escarpins vernis noirs (et j'avais encore les deux) sur des collants de dentelle. Pour lui, point de pourpoint de brocart, de justaucorps de velours, de cape bordée d'hermine, mais un simple et sobre complet veston marine sur un col roulé noir. Pas de couronne non plus, sur la tête du faux prince, pas de perruque poudrée, mais des cheveux châtains, légèrement ondulés, faiblement éclairés par la lueur d'un réverbère. Fée Marraine, où étions-nous, dis-moi? Je ne distingue au loin nul palais rutilant de tous ses joyaux, nulle forêt ensorcelée. Rien qu'une rue plongée dans le silence. Vue en plongée sur le silence. Les divas s'étaient tues. L'enchantement, rompu. De toute façon, les contes de fées ne m'avaient jamais fait rêver, sinon un seul, *La Belle et la Bête*, et c'était pour la Bête. Dans le film, j'étais toujours déçue quand le lion devenait Jean Marais. Je me rappelle combien, enfant, j'espérais rencontrer un jour cette bête au détour de mon chemin. Chaque nuit, avant de m'endormir, j'implorais Dieu d'accomplir ce miracle, je lui promettais en retour tous les sacrifices, je jurais que jamais je ne demanderais au gros chat de se transformer en prince mais que je passerais ma vie dans son château magique à caresser sa noble tête. Il n'y a jamais eu de miracle.

Le silence. Au loin, mais pas très, la montagne. Près de chez moi, donc, comme par hasard. C'était la fin de la nuit. Il avait cessé de pleuvoir. J'aimais ce moment, cet espace de temps suspendu entre la nuit et le jour. Cet instant de latence, si précaire. Petit matin ou demi-jour, quand les contrastes sont estompés. Une bande de lumière blanche et diffuse à l'horizon. L'aube nonchalante s'étirait dans le brouillard.

— Je ne sais toujours pas où vous allez.

— J'irais bien déjeuner. Je connais un petit restaurant qui ouvre très tôt. C'est-à-dire qui ne ferme pas.

— Vous connaissez tous les endroits.

— J'ai très faim. J'ai envie d'œufs brouillés, et de pommes de terre rissolées, de toasts au caramel et de chocolat chaud.

Résigné, il avait dit «D'accord, c'est vous qui décidez», et c'est ainsi qu'on s'était retrouvés au *Casse-Croûte Vénus de Milo*, attablés au comptoir de mélamine égratignée. Lui, il n'avait commandé qu'un café. À un moment, il avait retiré ses lunettes et les avait essuyées avec une serviette de papier. J'avais aimé ce geste, j'avais été touchée par ses yeux de myope, l'air un peu sans défense que cela lui donnait. J'étais attirée par les êtres à la vue faible, taupes ou marmottes, tout effarées quand elles émergent du terrier. Me sentant euphorique, je le lui avais dit. Je lui avais dit que j'avais su en le voyant qu'il n'avait rien d'un maniaque. Des détails infimes, les lunettes, l'eau Perrier, le ton un tantinet déférent dont le barman l'avait salué. Il avait objecté que les lunettes, il ne les portait pas dans le bar. J'avais répondu que ça ne faisait rien, que même sans les porter, ça paraissait qu'il était un homme à lunettes.

Et que, de plus, j'étais sûre qu'il devait fumer la pipe à l'occasion. Il avait souri.

— Là, vous faites erreur. Je suis asthmatique et non fumeur.

J'avais dit que son sourire, c'était quelque chose de très précieux, ça se voyait tout de suite qu'il ne le gaspillait pas. J'en connaissais qui l'avaient toujours fendu jusqu'aux oreilles, et ça me tuait. Le sourire dentifrice, aseptisé, aromatisé à la menthe poivrée ou à la gomme balloune, le sourire relations publiques, relation d'aide, relation de couple. Plein de bonnes intentions, pavé comme l'enfer, insupportable. Il m'avait rétorqué une banalité, qu'il valait mieux ne pas se fier aux apparences ou quelque chose comme ça.

— C'est à mon intuition que je me fie.

Plus tard, il avait encore consulté sa montre et j'avais dit:

— Bon, vous avez du travail, vous devez rentrer prendre une douche, vous raser.

— Eh bien, c'est que...

— Allez-y. Moi, je vais rester ici encore un peu.

Il s'était raclé la gorge.

— J'aimerais bien vous revoir, vous savez.

— Mais vous n'êtes pas libre.

Un autre raclement.

— Enfin... pas vraiment... pas tout à fait.

C'était vague, c'était sans importance. Il m'avait demandé si je voulais un second chocolat ou autre chose. J'avais dit un autre chocolat, mais sans guimauve, il l'avait commandé, il avait pris l'addition, discrétion et désinvolture, ça se voyait qu'il était habitué à régler les additions dans les restaurants, les plus chic comme les plus minables, ça se voyait qu'il était un homme du monde, rompu aux usages, il était allé payer à la caisse, je m'attendais presque à le voir sortir sa carte de crédit American Express, mais non, il avait du liquide, il était revenu prendre son imper, il était vraiment blafard, comme ça, sous les néons, dans cette lumière crue, cette lumière si cruelle, il avait l'air si fatigué, il était gauche, il m'avait tendu gauchement sa main gauche (de la droite, il tenait l'imperméable), puis, gauchement, il s'était penché pour m'embrasser sur la joue, il avait dit: «Bon, il va falloir que je file», tout à fait comme dans le bar, «Bon, il va falloir que je file», ça m'avait plu, la façon dont il avait dit ça, ça avait l'air tellement peu urgent, tellement factice, qu'est-ce qu'il filait d'ailleurs, il avait ajouté «Vous êtes sûre que vous ne voulez pas que je vous dépose?», j'avais fait signe que non, puis il était parti, je l'avais entendu ouvrir la portière de sa voiture, puis la claquer, puis le moteur qui tournait, puis qui ne tournait plus, puis j'avais entendu claquer de nouveau la portière de sa voiture, il était rentré dans le restaurant. Il s'était assis sur le tabouret à côté de moi. Le front dans la main, l'air d'un type que le destin accable.

— Je ne sais même pas votre nom.

— C'est vrai que sans nom ni numéro de téléphone, pour se revoir, ça complique un peu les choses.

— Plutôt, oui.

— Mais on aurait pu se fier au hasard.

— C'est un autre à qui je ne fais pas beaucoup confiance.

— Vous êtes méfiant?

— Disons que je suis réaliste.

— Pour se revoir, on aurait pu hanter le bar Carolle.

— On aurait pu. Mais j'y vais rarement.

— Moi aussi. Je m'appelle Éléonore.

Il avait consulté sa montre.

— Bon, de toute façon, mon avant-midi est foutu.

Et il avait commandé des œufs sur le plat.

Dès le départ, c'était évident qu'on n'était pas sur la même longueur d'ondes, on aurait dû s'en tenir là, il commençait à déjeuner lorsque j'avais fini, j'avais une longueur d'avance, ou bien c'est lui qui était en retard, il y avait comme un décalage, comme un ajustement défectueux du chronomètre, ça s'est poursuivi comme ça pendant deux ans, clopin-clopant, mais là j'anticipe, je vais trop vite, flash-back aux œufs qu'il mangeait sans trop de conviction, avec du ketchup, moi le ketchup, je trouve ça dégueulasse, d'ailleurs, c'est peut-être du ketchup qui remonte à présent dans ma baignoire, du gros ketchup épais, gluant, du ketchup qui ressemble à du sang de cinéma.

On pourra s'étonner. En effet, comment un homme comme lui, amateur d'opéra et de tous les raffinements, pouvait-il accompagner de ketchup ses œufs frits? Et comment moi, consommatrice de nuit et de pornographie, pouvais-je trouver ça dégoûtant? On pourra m'objecter que mes personnages sont mal campés, peu crédibles. Eh bien, comment dire, je n'ai pas vraiment d'explication, c'était comme ça, cela doit faire partie, je présume, des grandes contradictions qui jalonnent la route de la vie.

Et puis, même si je trouvais le ketchup complètement dégoûtant, surtout accompagnant les œufs au miroir, le rouge s'insinuant dans le jaune, le sang dans la flaque de soleil, cette petite faille dans son personnage d'homme raffiné, cette quasi-délinquance m'avaient sur-le-champ conquise.

Il était un peu voûté sur son assiette, cela m'attendrissait, j'aime bien quand les hommes ont les épaules voûtées, et qu'ils portent des lunettes, et qu'une barbe de vingt-quatre heures leur mange les joues, et qu'ils ont l'air démuni, dépassé par les événements, et ça se voyait qu'il était dépassé par les événements. Catégorie anti-héros, il aurait remporté la palme d'or. Je lui avais demandé s'il avait une pièce de monnaie, il avait fouillé dans la poche de sa veste, il avait demandé «C'est pour téléphoner?» j'avais répondu que non, pas pour téléphoner, j'étais allée au juke-box, j'avais fait tourner *Lay Lady Lay*, c'était une des choses que j'appréciais dans ce restaurant, il y avait de bonnes vieilles chansons des années de rêve dans leur machine à musique.

On était tout seuls dans la place, la serveuse, une fausse rousse entre deux âges, trop maquillée, le fond de teint plaqué, les cils englués, derrière son comptoir en train de récurer les plaques chauffantes, un peu de sueur aux aisselles de sa blouse de polyester ajustée à travers laquelle se dessinaient les bretelles de son soutien-gorge et dont l'une, d'ailleurs, s'entortillait à l'embouchure, ou à la source, sa vaste poitrine étant un fleuve tranquille où tant de navires naguère naviguèrent, mais qu'est-ce que je raconte, la jalousie me minerait-elle, moi si chétive sous mes tricots si amples? Nous étions donc seuls, la serveuse, lui qui terminait son troisième café en parcourant le journal du matin, et moi. À un moment, le livreur de lait était entré, «Bonjour, Bérangère, on va avoir une belle journée, je pense», «Yé temps, ça fait dix jours qu'il mouille», il en avait laissé trois caisses, Bérangère l'avait payé, «À demain, Conrad», elle avait rangé les litres de carton dans un réfrigérateur en acier inoxydable sous le comptoir, Philippe avait refermé le journal, aucune nouvelle digne d'intérêt, sinon que la famine se poursuivait dans quelque pays du Sahel, que les militaires avaient maté une autre amorce de révolution en Argentine, qu'on avait dénombré deux cent mille vingt-huit morts au dernier tremblement de terre en Chine, qu'à Los Angeles, un cinglé avait tiré à la carabine sur la foule, trois morts, dix-sept blessés dont six grièvement, qu'à Moscou les policiers avaient ouvert le feu sur des étudiants, que la guerre se préparait au Moyen-Orient, qu'une mère atteinte de dépression post-partum avait étouffé son bébé sous un oreiller. Rien de vraiment spectaculaire, quoi! Juste une récolte normale d'horreurs. «J'sais pas ce qui est arrivé. Il hurlait sans arrêt. J'voulais juste qu'il se taise une minute. J'en pouvais plus», s'était-elle justifiée. «J'en pouvais plus.» Son amoureux l'avait plaquée, le compte de téléphone n'était pas payé, on avait débranché le câble, son logement avait l'air d'une cage, elle avait dix-neuf ans. Les cris des bébés rendent les mères folles dans leurs cages. Certains bébés protestent dès la naissance, ils lancent inlassablement leur hurlement plus strident qu'une sirène. Les cris des nourrissons sont des reproches continuels, ils percent les oreilles des mères. Aucune berceuse ne les apaise. On a entendu relater de ces histoires inénarrables — nouveau-nés dans des poubelles, enfants au fond des rivières, une pierre au cou, petits poucets abandonnés dans la forêt, l'hiver, femmes battues dont on retrouve au milieu du bois le cadavre mutilé, à moitié dévoré par les bêtes sauvages. Ces crimes font la manchette, les lecteurs s'en délectent. Dans le cas de cette mère, un jugement à huis-clos. Le journal ne publiait pas de photo. Elle s'en tirait avec un séjour en clinique psychiatrique, deux ans de probation, une thérapie chez l'analyste nommé d'office. S'en tirait? Est-ce qu'on s'en tire? Ou si on ne se tire pas plutôt une balle dans la tête? Cliente à perpétuité de tranquillisants et d'antidépresseurs. Dix-neuf ans. Affaire classée. La mort, la vie, la mort. Il avait soupiré. Ça se passait de commentaires. Pour faire diversion, j'avais demandé «Votre travail, ça consiste en quoi, au juste?» et il avait marmonné «Oh! Rien de très excitant. Je suis dans un ministère.»

— Mais encore, cher ami?

Il avait soupiré.

— Conseiller économique. En ce moment, j'organise une rencontre avec un groupe de financiers japonais. Nous essayons d'attirer les investisseurs étrangers. Et puis d'élargir le marché des exportations. Nous pensons que... Ça vous intéresse vraiment?

— Pas vraiment. Parlez-moi plutôt de la femme de votre vie. La première, je veux dire.

— La première?

— La deuxième, c'est bien moi, non?

Là, il avait franchement éclaté de rire.

— Vous êtes impayable, vous!

— Je coûterais trop cher.

Il avait levé la tête, avait enlevé ses lunettes, les avait déposées sur la table et m'avait regardée bien en face. Le regard honnête et franc, le blanc des yeux rougi par l'insomnie, le bleu des yeux si limpide pourtant, bleu cours d'eau, ses yeux évoquaient une rivière paresseuse, un jour d'été, des gazouillis de merles dans des branches de saules. J'avais tellement envie d'un homme comme lui, au regard honnête et franc, aux yeux bleu rivière. Les héros des romans que je traduisais avaient toujours des yeux d'acier, de braise ou de charbon. Jamais je n'avais l'occasion d'utiliser l'expression bleu rivière, pourtant il en existait une dont les méandres serpentaient dans mes rêves. Je m'étais toujours promis d'en faire dévier le cours jusqu'à moi, si jamais elle croisait mon chemin.

— Qu'est-ce que vous voulez savoir, au juste?

— Tout.

Et s'il était un ange? J'avais fait un rêve, quelques semaines auparavant, un rêve qui m'avait secouée. Le souvenir qu'il m'en reste commence au moment où je me trompais d'autobus. Dans celui où je me trouvais, nous étions trois, moi, le chauffeur et un autre passager. Nous roulions à un train d'enfer, tressautant et heurtant des cailloux, au milieu d'un paysage d'apocalypse. Inquiétude, angoisse puis, peu à peu, panique. L'autobus avait stoppé devant un centre commercial désert. Je ne savais plus où j'étais. J'avais commencé à marcher dans ce qui était devenu un labyrinthe, des murs et des murets se

dressant devant moi à chacun de mes pas. Dans
chaque couloir, des meutes d'hommes hostiles me
guettaient. Au bout de ma route, le viol, la torture,
la mort. Un type voulait m'arracher les ongles. Alors,
l'ange m'était apparu, blond et superbe, il m'avait
dit: «Moi, je suis pour la fin.» Moi, je suis pour la
fin... Je courais éperdument dans les dédales,
cherchant la sortie, me frappant aux murs. Les mains
des hommes m'agrippaient. À bout de souffle, je
courais. J'avais abouti à une petite place ronde où
une vingtaine d'individus avaient pris place sur une
estrade. L'ange se trouvait parmi eux. Il portait des
lunettes. J'avais chancelé jusqu'à lui, j'avais crié en le
regardant dans les yeux: «Où est-ce que tu étais?
Qu'est-ce que tu faisais? Je pense que le temps est
venu.» Il s'était levé, avait retiré ses lunettes. Je lui
avais tendu ma main gauche aux ongles arrachés et
j'avais dit: «Regarde ce qu'ils m'ont fait.» Il s'était
approché, lentement, et j'avais supplié: «Mais fais-le
avec douceur.» Il avait acquiescé de la tête. Ses
mains avaient enserré mon cou. Je l'enlaçais pendant qu'il serrait ma gorge avec ses pouces, et je
tendais ma bouche vers la sienne, le visage ruisselant de larmes.

On m'avait expliqué qu'il s'agissait d'un rêve très
érotique.

Philippe ressemblait à cet ange à lunettes.

L'homme de la fin et l'homme de la douceur.

Toujours les apparences, n'est-ce pas?

Trois ou quatre clients étaient entrés. Des ou-
vriers de la fabrique de jouets d'en face. Les sons et
les odeurs s'imposaient, éloquemment. Les œufs et

le bacon qui grésillaient sur les plaques, les rôties qui sautaient du grille-pain, le café qui bouillonnait dans le percolateur. Crss crss, plop plop, clic. Odeurs et bruits du petit matin. Le peuple quand il s'alimente. Les conversations, éloquentes aussi. Premières paroles de la journée. «Eh! Fred, t'as-tu r'gardé la partie, hier?» «Parle-moi-z'en pas. J'avais gagé sur les Gold Wings. J'dois un dix à Ti-Claude.» «Maudit Cuckson qui a perdu la rondelle en supplémentaire! Faut-y être tarte!» «Pis dire que c'est payé dans les cent mille par année.» «Mets-en.» «Fais-toi-z'en pas, il va se r'trouver au repêchage, celui-là.» «Ouais. C'est fini, pour lui, les ligues majeures. Y a pas l'gabarit.» L'usine ouvrait ses portes. D'autres employés entraient chercher juste un café qu'ils emportaient dans un gobelet de carton. Modeste réconfort. «Oubliez pas qu'il y a la réunion syndicale à sept heures.» Une grosse blonde grognait «J'pourrai pas y aller. J'ai personne pour garder le p'tit.» «Faut qu'tu viennes, Manon, c'est important. On a pas d'convention collective depuis huit mois.» Un type d'une cinquantaine d'années entrait, chemise à carreaux, blouson de nylon bleu pervenche, pantalon de fortrel à rayures dont un portefeuille boursouflait la poche arrière. Le contremaître, sans aucun doute. Un coup d'œil circulaire et rébarbatif sur l'assemblée, d'une voix brève il commandait un café noir pour emporter, écrasait son mégot sur le plancher, grommelait «O.K., les gars, y approche sept heures et demie, si vous voulez pas être encore en r'tard», puis, après, me sembla-t-il, un regard de complicité tendre échangé avec Bérangère, sortait. Des murmures, des jurons, des éclats de rire, des raclements de couteaux et de fourchettes dans les assiettes, le tintement des pièces laissées sur le comptoir, la caisse enregistreuse, mouvement massif vers la sortie. Le retour du silence.

J'avais dit «Bon, ça y est, faut que je file... ma laine», en regardant à mon poignet une montre imaginaire.

— Votre quoi?

— Laine. De l'expression filer sa laine. Avec un rouet, un fuseau, mais pas horaire. La Belle au bois dormant, la fée Carabosse, tout ça.

— Vous vous moquez de moi.

— Pas du tout, cher ami.

— Je m'appelle Philippe.

— Je sais.

— Comment ça, vous savez?

— J'étais là quand Giovanni vous a dit au revoir.

— Philippe O'Farrell, avait-il précisé.

— Irlandais?

— Mes grands-parents paternels sont de Belfast.

— C'est bizarre, tous les Irlandais que je connais sont absolument réfractaires au français. Inassimilables.

— Nous devions être une famille d'originaux. Mais ma mère était francophone. Nous parlions les deux langues à la maison.

— Vous n'avez jamais vu l'Irlande?

— Dans le vieil album de famille.

— Alors suivez le guide, c'est-à-dire moi. Je vous amène en voyage. Premier exercice: vous fermez les yeux, vous chassez toute pensée de votre esprit. Il faut que tout devienne complètement noir. Aucune lueur... Vous y êtes?

— J'y suis.

— Bon, restez quelques secondes dans la nuit. Ne pensez à rien... L'image doit surgir d'elle-même... C'est très vert, c'est plein de fleurs... Une maison. Vous la voyez?

— Non. Ou plutôt, oui, mais ce n'est pas un véritable souvenir. C'est à partir des vieilles photographies de l'album de famille. Qu'est-ce que vous êtes, un médium, un gourou?

— Une sorcière.

Il avait eu l'air si perplexe, si inquiet. Il fallait bien que je le rassure.

— Mais non, je vous fais marcher.

— J'aime mieux ça.

— Je vais vous confier un secret. Nous, les femmes, sommes souvent les réincarnations de sorcières calcinées au Moyen Âge, et il arrive que les hommes qui comptent dans notre vie soient souvent nos anciens tourmenteurs.

— ?...

— À présent, je me limite aux seules pratiques du vaudou.

Il avait pris le parti de sourire. J'avais changé de sujet.

— Vous n'avez jamais eu envie d'aller là-bas?

Il avait répondu que oui, il avait eu envie, mais que non, il ne l'avait pas fait, parce que les conjonctures ou conjectures ou contingences (quand je suis fatiguée, je ne saisis plus très bien la différence, le sens des mots m'échappe) de la vie n'avaient pas été propices, mais qu'il se promettait bien, un jour.

— Vous attendez les contingences?

— Si vous voulez.

— Je dis ça, vous savez, mais moi-même, le passé, j'y retourne le moins possible.

On s'était tus. Le silence de cet endroit, à l'arrière-plan duquel se déroulait une conversation téléphonique que la serveuse tenait avec sa fille, «Non, Chantal, t'as pas besoin de mettre tes bottes aujourd'hui. Il fait soleil. C'est ça, les souliers rouges. Tu as de la soupe dans le frigidaire, pour dîner. Après l'école, tu reviens tout de suite à la maison, compris? Non, non, tu ne vas pas chez Sophie avant d'avoir fait tes devoirs. Oui, c'est ça, bonne journée, ma cocotte.» Smac smac dans l'appareil. J'avais observé «Eh bien, si c'était ma cocotte à moi, je serais là pour lui faire chauffer son potage, le midi.» Et devant son air éberlué, j'avais poursuivi «Non, non, je ne suis pas réactionnaire. Je n'ai pas d'enfant, c'est tout.»

On avait commandé d'autre café, on commençait à être passablement nerveux, les yeux qui brûlaient, le cœur qui pompait, une barre au niveau du plexus solaire, j'avais fait jouer d'autres chansons, *Lola*, je pense, puis *Norvegian Wood, Lemon Incest*, il camouflait élégamment un bâillement derrière sa main, il avait dit «Bon, il faut que je téléphone à ma secrétaire», il s'était levé, je me demandais s'il allait disparaître pour toujours par la sortie de secours, me proposer quelque chose, ou rester là en attendant que j'ouvre la voie. Il n'avait pas l'air du genre à prendre l'initiative avec les femmes. J'étais allée jusqu'à la porte, le ciel à présent d'un beau bleu encore voilé, la rue s'animait, je voyais des voitures passer, des piétons déambuler sur le trottoir, un chat, ç'allait être une journée magnifique

de printemps tardif, les feuilles pâlottes frisson-
naient dans l'arbre unique, un orme qui avait survécu à toutes sortes de virus et de pluies acides.
    Il m'avait rejointe à la porte.
    — Ils se débrouilleront sans moi. J'ai pris congé.
Ça fait des semaines que je fais quatorze heures par
jour, même le week-end... Vous avez une idée?
    — J'ai des millions d'idées.
    — Pour aujourd'hui, je veux dire?
    — Aujourd'hui?
    — Je veux dire que nous pourrions, si vous le
voulez, eh bien, faire plus ample connaissance...
    J'avais suggéré que nous allions chacun chez
nous prendre un bain et nous changer et que nous
nous retrouvions à midi pile devant la statue de... j'ai
oublié devant quel monument nous devions nous
retrouver, c'était quelque part au centre-ville, j'ai des
trous de mémoire, une statue tout ce qu'il y a de
plus banal, juste un point de repère, un vieux machin représentant un vieux bonhomme posant sur
un piédestal, un pied en avant, dans une attitude
empreinte de noblesse, occupant à lui seul tout le
centre d'un square, en face des grands magasins où
la foule se presse, les employés de bureau, de
banque et de boutiques qui passent leur heure de
lunch à lécher les vitrines et, quand il fait beau,
mangent dehors leur sandwich au tofu, leur hambur-
ger végétal, leur hot dog animal, leurs frites frites au
micro-ondes, boivent du jus de carottes biologiques
ou du coca diète, assis sur les bancs de pierre ou
dans l'herbe anémique, parmi les musiciens, les
peintres amateurs et les Hare Krishna.

J'avais dit que j'irais à pied, que j'habitais tout
près, que marcher dans la fraîcheur du matin, écouter pépier les moineaux, tout ça, ces détails qui
rendent la vie vivable quoi, il avait répondu «Bon,
c'est comme vous voulez», il était monté dans sa voiture «À tout à l'heure donc». J'avais traversé le parc
Jeanne-Mance, de chez moi j'avais une vue impre-
nable sur la montagne, la statue de cet autre type,
respectable héros de notre histoire, très noble, lui
aussi, comme les autres tueurs d'Indiens, abatteurs
de forêts, massacreurs de bisons... C'est bête, ça,
pourquoi ne lui avais-je pas donné rendez-vous là,
ç'aurait été moins loin. Aucun sens pratique, toujours portée par l'impulsion du moment.

Chez moi, j'avais laissé le répondeur sans même
écouter les messages, allumé la radio, le *Stabat*
Mater de Pergolese, quelle splendeur, Marie au pied
de la croix qui regarde mourir son enfant, quelle
splendeur, quelle douleur, la musique m'arrachait le
cœur, je l'écoutais quand même, le cœur en loques.
Je m'étais fait couler un bain très chaud, j'avais
choisi le lait moussant aux fruits de la passion et,
immergée, la tête seule hors de l'eau reposant sur
mon coussin gonflable, je m'étais endormie. Quand
je m'étais réveillée, l'eau était froide et quelques
rares bulles flottaient encore à la surface.

Onze heures cinquante à mon radioréveil.

J'avais à peine le temps de me faire belle, mais
me faire belle il le fallait, me faire belle était primor-
dial, j'allais au rendez-vous de ma vie, car le pre-

mier rendez-vous est toujours celui de ma vie... H
majuscule, V majuscule, l'Homme de ma Vie, comment cela se passe-t-il, déjà, dans *Rendez-vous à
Valparaiso? Elvira mit en tremblant sa robe d'or-
gandi, piqua un bouquet de violettes à son corsage,
puis, palpitante*... Et cet homme-là, je l'avais rencontré à l'aube du 20 avril, jour noir entre tous, jour
de colère et de douleur, jour de deuil, à oublier
entre tous, à bannir, à traverser à toute vitesse, un
bandeau sur les yeux, un bâillon sur la bouche
pour étouffer mon cri.

Crème hydratante, collyre dans les yeux, ombre
à paupières grège, mon jean délavé, ma blouse de
soie vieux rose, ou bien mon chandail rouge? J'enlevais la blouse, enfilais le chandail, puis, non, la
blouse, c'est mieux, c'est comme une deuxième
peau douce, ma veste de daim fauve, c'est comme
une troisième peau sauvage, midi cinq, une bouffée
de Diorissimo, un coup de brosse dans mes cheveux, mes verres fumés, et s'il avait changé d'idée,
s'il n'était pas venu au rendez-vous, ou s'il était
venu et n'avait pas attendu, s'il avait cru que je ne
viendrais pas, après la façon dont je l'avais abordé
la nuit précédente, il pouvait penser n'importe quoi,
me prendre pour une excentrique, une femme dé-
nuée de principes, quelle idée, aussi, de m'endormir dans un bain, s'il n'était pas là, je ne saurais
jamais. Il devait être du genre ponctuel, rien qu'à le
voir consulter sa montre, il était là à midi pile, j'en
aurais mis ma main au feu, et même cinq minutes
avant le temps, il devait être du genre courtois.
J'avais nourri ma chatte Espagne, midi onze, appelé
un taxi et bien sûr je l'avais attendu cinq minutes, et

bien sûr, la circulation à cette heure, c'était dément, j'avais fini par descendre à trois coins de rue du square, ça irait plus vite à pied, et quand j'étais arrivée devant la statue, il était midi quarante-deux, et Philippe était là, il tournait autour du monument, il consultait sa montre.

Je m'étais approchée doucement.

— Je suis désolée du retard.

— Ça ne fait rien. J'ai tout mon temps... aujourd'hui. Qu'est-ce que vous proposez?

— On erre?

— Air?

— Erre. Du verbe errer. Aller sans but. Flâner. Se promener. Vagabonder. Batifoler.

— En voiture? À pied?

— En voiture. Ou à pied.

— Alors en voiture. À la campagne.

— Non, à pied. En ville.

— On peut dire que vous avez l'esprit de contradiction, vous.

— Non.

On avait marché sans but dans les rues du centre-ville, il n'avait pas l'habitude, pour lui, c'était un peu l'école buissonnière, on était entrés dans une galerie d'art, on s'était arrêtés boire un café au lait à une terrasse, puis on avait pris la voiture, roulé sur les routes de campagne, regardé les maisons, je lui avais confié un de mes rêves récurrents, très banal mais récurrent, en posséder une à moi, un jour, avec des lucarnes et des pignons, un toit pentu et une grande véranda, du lierre agrippé à ses flancs, une cabane à oiseaux abritant une famille de mésanges, une balançoire et un hamac entre deux peupliers. À chaque écriteau «À vendre», je lui demandais d'arrêter, on sortait de la voiture, on faisait le tour de la maison, s'il n'y avait personne, on glissait un œil par les fenêtres. J'étais tellement sous le charme des yeux bleu rivière que, dans mon enthousiasme et ma fébrilité, je nous imaginais déjà un avenir ensemble dans un de ces cottages centenaires, à lire au coin du feu. Eh oui, voilà comment j'étais. Et j'avais presque trente ans.

C'est pour dire qu'aux âmes mal lunées, la candeur se balance du nombre des années.

À la fin du jour, on était allés souper dans une auberge au bord du Richelieu, on avait demandé une table près de la fenêtre. En jetant un coup d'œil dehors, on voyait l'eau noire de la rivière, et la barre rouge à l'horizon avec la boule ardente du soleil qui se couchait dedans, dans l'eau noire, je veux dire, puis on avait vu un croissant de lune apparaître en filigrane dans le ciel si pollué que les étoiles pâlottes semblaient s'y allumer par intermittence comme des lucioles dans un sous-bois, une nuit d'été.

Il avait voulu qu'on parle de moi. Il avait voulu savoir qui j'étais, ce que je faisais, «Différentes choses», mais encore, «Je ne suis pas dans un ministère», il avait souri, «Je m'en doutais, vous n'avez pas vraiment le genre... vous préférez ne pas le dire?»

— Rien d'inavouable, rassurez-vous. Si ça peut vous faire plaisir, je traduis des livres.

— Ah oui?

— Oui.

— Mais quoi au juste?

— C'est un interrogatoire en règle?

Il avait pris un air contrit.

— Je vois que je vous ennuie. Changeons de sujet.

— Des romans. D'amour. Des histoires à l'eau de rose. La collection Sentiments, ça vous dit quelque chose?

— Pas vraiment, mais...

— C'est conçu pour les femmes et ça se vend dans le métro, les gares et les parfumeries. C'est traduit dans une cinquantaine de langues et diffusé partout dans le monde. Je fais ça depuis deux ans et demi et je viens de commencer le septième.

— C'est un bon contrat donc?

— À vie. Ça rapproche de l'amour. Je passe ma vie entre des midinettes et des machos richissimes qui brûlent de tendresse sous leur carapace. Sans bouger de chez moi, je me trimbale entre l'Australie et les paradis tropicaux, je séjourne dans des ranches, les suites princières de palaces sur la Riviera, je monte à cheval, je me balade en limousine et j'ai des serviteurs on ne peut plus dévoués. Mais, et je cite le prospectus, «Sentiments entend se démarquer des autres collections du même style par un vocabulaire plus recherché, des intrigues plus fouillées. La clientèle visée est constituée de femmes ayant poursuivi des études, menant une carrière et aspirant à s'évader pendant quelques heures d'un quotidien qui,

bien que satisfaisant, ne saurait cependant combler tous leurs rêves. Et n'oublions pas que facilité n'est pas nécessairement synonyme de médiocrité.» En un mot, Sentiments a des prétentions littéraires.
Il avait alors voulu savoir si j'écrivais aussi.
— Oh! moi, non. Pas encore.
— Pourquoi pas?
— Parce que... Rien de spécial à dire. Pas de talent spécial.
— C'est drôle, je vous verrais très bien...
Il me connaissait à peine et déjà, il prétendait qu'il me voyait. Moi, je ne me voyais pas, je ne m'étais jamais vue. J'aurais dû comprendre et m'en aller. On était trop loin, trop tard, je ne pouvais pas partir à pied, seule dans la campagne. J'aurais dû me lever et lui demander de me raccompagner. Une urgence, un manuscrit à remettre le lendemain à la première heure. J'aurais dû comprendre qu'il parlait pour ne rien dire. Juste pour parler, pour meubler le silence. Il me voyait: quelle affirmation vide. Vous avez des mains d'artiste. Pianiste, sans doute? Non, concasseuse de gravier, poseuse de tuiles, pelleteuse de nuages. Oh pardon, je croyais... Pas d'offense. Vous avez un regard inspiré. Poète, sans doute? Non, chercheuse de poux. Et pourtant, au-delà des apparences, est-ce que nous n'avons pas tous ce désir de posséder les mots, les notes, les couleurs, pour exprimer ce que nous sommes? Transfert, sublimation, pour emprunter le vocabulaire des psychologues et autres thérapeutes. Vanité des vanités, peut-être. En réalité, traduire des romans comble quelque chose en moi, une partie secrète de mon être, les vieux fantasmes enfouis de la

préadolescence. Car ils ont beau être enfouis sous
mille tonnes de déceptions, de théories et de réso-
lutions, ils sont bien là et ne demandent qu'à palpiter encore à la première provocation. Et j'aime
l'idée de traduire des histoires déjà écrites, ce qui
me décharge de toute responsabilité. Ce n'est pas
moi, voyez-vous, je n'ai jamais dit ça, c'est juste un
travail, je pourrais tout autant traduire une déclara-
tion de guerre si on me le demandait, une condam-
nation à mort. Quoique...
    Disons que j'aime surtout les mots et que je
m'applique à composer des phrases équilibrées. Je
m'autorise parfois à utiliser des termes qui n'auraient
pas leur place dans la vie quotidienne, «firmament»,
par exemple, ou «voûte étoilée», «charmille». Traduire
ces histoires me donne aussi vaguement l'impression
de jouer un rôle dans la vaste sororité universelle,
d'incarner un maillon de la chaîne. Prendre les mots
d'une femme inconnue et les assimiler pour les
transmettre, dans ma propre langue, à des milliers
d'autres femmes inconnues. Parler le langage naïf
des femmes, c'est comme offrir quelque friandise
interdite, bercer une vieille douleur. La répétition
même des histoires a un côté rassurant. Cela évoque
des comptines que les fillettes inlassablement ré-
pètent en sautant à la corde. Si j'avais, plus jeune,
nourri l'ambition d'écrire un jour, la lecture avait fini
par me convaincre que tout avait déjà été consigné
et qu'il était difficile d'arriver avec quelque chose de
neuf. Même dans la forme, c'est difficile d'innover.
Les mots restent les mêmes, la syntaxe ne change
pas, sujets, verbes, compléments, adjectifs, articles.
Même la réforme de l'orthographe n'y changera pas

grand-chose. Certains auteurs essaient de transgres-
ser les règles en écrivant à d'autres temps, futur,
conditionnel, infinitif; d'autres abolissent les articles
ou la ponctuation. Pour moi, ces tentatives tiennent
davantage de l'exercice de style.

Oui, nous étions là, assis face à face devant
notre entrée de truite fumée au coulis de fenouil,
en train de discourir pompeusement de l'utilité de
la littérature et d'autres sujets tout aussi édifiants.

— Pour vous qui affectionnez les formes clas-
siques, avais-je repris, vu son profil digne d'un buste
de pierre.

Il avait protesté qu'il n'était pas le passéiste que
j'imaginais, qu'il ne se limitait pas à Hugo et à Mau-
passant. En le voyant hésiter sur les noms, j'avais
compris que les écrivains en général, et en particulier ceux d'expression française, ne lui étaient pas
très familiers. Il avait ajouté que s'il avait peu de
temps pour lire, il avait quand même apprécié certains contemporains résolument modernes, il cher-
chait désespérément à se souvenir d'un nom, je le
voyais intimidé soudain, je comprenais qu'il lisait
peu et ne voulait pas l'avouer devant moi, je suggé-
rais Djian, Duras, Sollers? Il saisissait au vol le dernier nom, ah oui, Sollers, bien sûr, puis se hâtait de
quitter ce terrain dangereux pour revenir à moi, il
insistait, il fallait que j'écrive.

— Un jour peut-être. Quand j'aurai une idée.

— Vous en avez des millions.

J'avais insinué que c'était actuellement une époque
très dure pour les écrivains.

— Je croyais que c'était beaucoup plus facile de
publier, de nos jours.

Trop facile. Trop de subventions, trop de livres
parus, trop de livres mal distribués, jamais lus. Trop
de forêts décimées pour imprimer trop de livres. Qui
seront par la suite vendus au poids. Soldés. Re-
tournés à l'entrepôt, incinérés au four crématoire,
écrasés au pilon, réduits en bouillie. Pour les chats.
Trop de livres et trop de mauvais livres. Le papier
récupéré, l'encre effacée, les mots disparus puis
remplacés. Quels mots? Toujours les mêmes. Pour
raconter que quelqu'un a vécu, qu'il a tenté d'aimer,
qu'il a souffert, qu'il a baisé. La belle affaire. Pour
raconter quelque saga familiale. La recette infaillible:
situer l'action au début du siècle à la campagne, le
lecteur aime bien cette illusion de retrouver ses
sources, imaginer une héroïne mignonne et courageuse, plutôt pauvre mais pétrie de nobles sentiments, la faire, après quelques rebondissements,
épouser l'homme qu'elle convoite depuis le début,
lui donner des enfants dont au moins un mourra en
bas âge de la tuberculose ou emporté par les
rapides de la rivière, tout cela pendant que la guerre
menace de l'autre côté de l'Atlantique. Pondre ensuite un second tome où les enfants de l'héroïne
auront grandi, la guerre aura été déclarée, le mari, le
frère ou le fils aîné sera appelé sous les drapeaux. Il
me semble en avoir lu des dizaines comme ça. J'ai
entendu dire qu'on avait répertorié vingt-trois situa-
tions possibles. Pas une de plus. Seuls les décors
peuvent être différents, et encore. Lui et elle, elle et
lui, dans un lit, un ascenseur, une gondole, un
champ de blé. Lui et elle quelque part dans l'univers,
à Sainte-Anne-de-la-Pérade ou sur la planète Mars.
Lui sur elle, elle sur lui, par derrière, par devant. Lui

en elle, par tous les orifices. On en fait tout un plat.
Ils se sont désirés puis quittés, quelle tragédie,
quelle dérision. Ils sont morts, d'autres viennent et
recommencent. Elle sur elle, lui en lui. Leurs maladies, leurs insomnies. Peste, phtisie, cancer, sida,
seuls les mots changent. La grande faucheuse, elle,
est toujours au bout de l'aventure, avec sa cape
noire et son masque de squelette.

J'aurais surtout peur, en écrivant, de céder à la
tentation de l'introspection et de l'autobiographie.
La perspective de me livrer me remplit d'horreur.
Ou de terreur. J'ai bien trop conscience de la banalité de ma vie pour avoir envie de la voir imprimée.
Je sais qu'on ne peut parler de l'absolu sans passer
par le relatif. Il faudrait reculer jusqu'à la noirceur
de l'enfance, sinon celle de l'adolescence, et celle-là
était peut-être encore pire. L'épisode affreux, les
longs mois sinon complètement abolis, du moins
confinés dans le recoin le plus sombre de ma mémoire. Et si je commençais par mes dix-huit ans, je
risquerais de passer en revue tous les hommes qui
ont traversé ma vie car, bizarrement, la soif de pu-
reté qui avait marqué mon enfance — je me com-
plaisais alors dans le rêve d'entrer au Carmel —
s'était muée, après l'adolescence, en une soif de
sexe frisant la nymphomanie. Raconter cela, jamais.
Ou bien l'Espagne. Une année en Espagne et une
histoire torride avant le retour dans le tiède. Mais
l'Espagne, je ne veux pas la raconter.

Non. Il y a trop de textes médiocres pour quelques rarissimes pages de qualité. La qualité se noie
dans la médiocrité. Une fois que Flaubert a traqué
ses personnages, les a, sans aucune indulgence,

acculés au pied du mur, les a décortiqués et disséqués, on sent bien qu'il ne reste plus rien à dire sur les femmes un peu trop gorgées de romanesque, les maris bonasses et les amants médiocres, que le sujet de l'adultère au dix-neuvième siècle dans une petite ville de province est clos. Même chose quand, dans *Un amour de Swann,* Proust analyse la jalousie.

— Je croyais que vous n'aviez pas lu Proust, avait-il interrompu.

— Pas besoin de l'avoir lu pour savoir ça. D'ailleurs, j'en ai lu des passages. Mais où je voulais en venir, surtout, c'est que l'écrivain n'a plus de rôle.

— Comment ça, plus de rôle?

— Dans les années soixante, soixante-dix, au Québec, je veux dire, l'écrivain devait avoir l'impression de participer au changement. Il prenait position. Nationaliste, fédéraliste, féministe. Il y avait des polémiques, des controverses, des discussions.

— Ah! Vous êtes de ceux qui croient que l'écrivain doit être engagé politiquement?

— Non. Je crois seulement que maintenant, c'est l'enlisement. Surproduction, surconsommation. Engloutissement dans la masse. Ça ne vous donne pas le vertige quand vous entrez dans une librairie? Moi, si.

Il avait hoché la tête.

— Vous êtes une femme si passionnée, et il faut de la passion pour écrire. Juste la façon dont vous m'avez abordé, la nuit dernière. C'était tellement... particulier. Vous êtes une femme originale.

J'avais souri. Que savait-il de ma passion?

— Vous ne devez pas sortir souvent parce que moi, je trouve que mon approche était plutôt ba-

nale. De toute façon, je vous ai expliqué que ce
n'est pas dans mes habitudes. C'est parce que c'est
le 20 avril et le 20 avril, moi... Mais la journée
s'achève et je vais redevenir moi-même.
    Il avait eu l'air intrigué, puis la lumière s'était
faite.
    — Je comprends. Le 20 avril, date de la nais-
sance d'Hitler. Ça vous bouleverse, c'est ça?
    J'ignorais totalement que c'était l'anniversaire du
Fürher, du tueur. Mais j'avais fait comme si, ça m'évi-
tait d'entrer dans les explications. J'avais murmuré
«Oui, c'est ça.» Mais moi, j'avais une autre mort sur la
conscience. J'avais baissé les yeux. C'est ça, c'est
une date qui fait mal. Un jour noir.
    — Vous voyez bien, vous êtes plus sensible que
la moyenne des gens. Vous pourriez écrire, j'en suis
certain, je le sens.
    — Je pourrais. Prenons un sujet d'actualité. Met-
tons que j'écrive sur la violence faite aux femmes.
Et aux enfants. Je vendrais sans doute beaucoup de
livres. Mais qu'est-ce que j'écrirais? Il suffit d'ouvrir
le journal. Tout est là, tous les jours. Ce matin encore, vous lisiez des horreurs sans broncher. Moi,
les journaux, les nouvelles à la télé, je ne peux
plus. Ça me donne la nausée.
    Et j'aurais pu lui raconter une histoire, n'importe
laquelle, je n'avais qu'à piger au hasard dans mes
souvenirs ou ceux des autres, tout le monde sait
qu'au chapitre de l'horreur, la réalité dépasse la fiction. Mettons que je m'arrête sur cette fois où, assise
sur un banc près de la fontaine du complexe Des-
jardins, j'avais laissé un pauvre type s'installer à
côté de moi, me faire ses confidences — seul, sans

amour, frustré, déçu, habitué de bars de danseuses nues, frustré, sans amour, seul. Ils sont des milliers comme lui qui hantent les villes, rats et cancrelats. Un pauvre type donc, vraiment pas beau, vraiment pas brillant, rien pour plaire aux femmes, rien qu'un pauvre type, rat ou cancrelat. Je l'avais écouté pendant une heure, lui prodiguant mes sourires, quelle générosité était la mienne, je m'émouvais moi-même, vous voyez, je parle à tous les hommes, je ne fais pas de différence, je ne me bouche même pas le nez s'ils puent. Et quand je m'étais levée pour partir — la distribution des menus objets est terminée, la dame du monde quitte l'hospice des miséreux pour rentrer à sa résidence secondaire dans un froufrou de soie, cliquetis de bracelets, ne laissant dans la salle commune que l'évanescent souvenir de son parfum — il avait voulu que je reste et j'avais refusé, il avait insisté, il avait voulu m'inviter à prendre un verre dans un de ces bars minables et j'avais décliné, il m'avait alors suivie dehors en m'abreuvant d'injures, putain, sale putain, maudite chienne sale, pour qui tu te prends avec ton accent français, maudite chienne, m'avait saisie par le bras sous l'œil des passants qui regardaient ailleurs, tu t'en iras pas, maudite putain, et j'avais eu beau crier, il ne lâchait pas prise sous l'œil des promeneurs, le courant de haine était si tangible, son désir de violer, d'écraser, d'anéantir. Le tueur révélé en pleine lumière et les passants qui passent, l'œil ailleurs.

J'aurais pu lui raconter cette histoire ou d'autres encore, et lui m'aurait répondu qu'au Liban, en Israël, à Auschwitz pendant la guerre... Et si facilement, nous aurions pu devenir démagogues, c'est si facile. J'aurais dit, par exemple, que Marguerite Duras avait été battue par sa mère et qu'elle était devenue écrivain alors qu'un type avait été battu par son père et qu'il était devenu un assassin. J'aurais mis des points de suspension. Démagogie. Les femmes sont moins violentes que les hommes, les écrivains traduisent leur misère en mots. C.Q.F.D. C'est si simple de tirer des conclusions. On n'a qu'à se laisser glisser sur la pente. En fin de compte, on justifie n'importe quoi: meurtres, guerres, génocides, infanticides, toutes les intolérances. Mais il avait semblé mal à l'aise, et nous avions changé de sujet. Au moment du dessert, il m'avait dit que j'étais douce, «Ah! vous croyez?», oui, il croyait que j'étais douce, il aimait les femmes douces, la douceur est une qualité si rare, vous savez, et au moment du café, il m'avait dit qu'elle s'appelait Cecilia, qu'ils vivaient une situation très difficile, une sorte de crise, et qu'il voulait, oui vraiment, il le voulait, me revoir.

3

Étendue dans l'herbe au bord de la rivière, la main mollement au fil de l'eau, le soleil dans les yeux, le soleil darde, traverse l'écran de mes paupières, la rivière sage s'agite soudain, une vague me happe, me frappe au flanc, ma robe est toute mouillée, dire que j'étais si confortablement installée, étendue dans l'herbe la main au fil de l'eau, c'était si calme avant, décor champêtre, les oiseaux chantonnaient dans les buissons, les cigales stridulaient, les grillons cliquetaient, les bourdons bourdonnaient, les abeilles butinaient dans le trèfle et, dans la transparence de l'eau, j'apercevais, tel le héron de la fable, compères brochets et dames carpes se faufiler entre les galets.

Je me tourne sur le côté, toute l'herbe sous moi est trempée, la rivière se met à gargouiller bizarrement, à bouillonner, des bulles suspectes remontent des abysses, j'ouvre les yeux, je m'étais endormie le plafonnier allumé, pas de lampe de chevet ici, la lumière de cette ampoule nue transperce mes yeux, la *Pastorale* est terminée, la bouteille de champagne s'est renversée, l'herbe, non, mes draps sont tout mouillés, mes draps empestent le champagne éventé, il y en a dans mes cheveux, le champagne éventé poisse mes cheveux, ce gargouillis, c'est la baignoire, je me lève, elle est à demi pleine d'eau stagnante, je ne l'avais pas vidée avec le seau rose bonbon hier après mon bain, une barre rouge et grasse cerne la porcelaine, d'indolentes bulles montent du renvoi, comme si quelque bête accablée venait chercher son air à la surface, quelque batracien boursouflé, à la nage lente et maladroite, je regarde fixement le renvoi, la face hideuse affleure, les yeux globulent, la gueule s'ouvre et se referme en spasmes muets, je vais crier, si seulement j'avais le téléphone, Philippe, il y a un crapaud, là, dans mon bain, tu sais bien que j'ai peur des grenouilles, plus que peur, répulsion, horreur, je n'ai jamais cru, tu le sais, à cette histoire de crapaud qui se transforme en prince, non, les crapauds restent ce qu'ils sont, des bêtes répugnantes, une fois, tu t'en souviens, tu venais tout juste de te séparer de Cecilia, c'était en juillet, nous nous connaissions depuis trois mois et tu avais fini par quitter ta Cecilia, quelle chaleur ce jour-là, quarante à l'ombre, on se traînait, tu venais tout juste de louer le bel appartement climatisé, au vingt-quatrième étage du gratte-ciel, vue sur la rivière; tu m'avais invitée à souper, tu disais «Nous allons pendre la crémaillère», tu y tenais, «Ensemble, rien que nous deux, un petit repas d'amoureux», tu aimais tant faire la cuisine, tu me l'avais dit, ça te détendait de concocter des recettes. Quand j'étais arrivée, ces arômes mêlés, je ne discernais pas, tu m'avais dit «Ne me demande pas ce qu'on va manger, c'est une surprise, ma spécialité», puis «Installe-toi, je t'apporte l'apéritif», je m'étais assise sur le canapé de cuir; dans un verre à pied en cristal de Bohême, rescapé de la rupture avec Cecilia, tu m'avais tendu un Tequila Sunrise où macérait une cerise au marasquin, dans un verre à pied identique en cristal de Bohême, tu t'étais servi de l'eau Perrier frappée avec une rondelle de citron gorgé de vitamine C, «Je ne bois pas, mais je prendrai un peu de vin en mangeant tout à l'heure, pour t'accompagner», comme si je pouvais encore ignorer que tu ne buvais pas, ne fumais pas, sortais à peine, sage jusqu'à me faire mourir d'ennui, mais ça, je ne le savais pas encore. Sur la table laquée tu avais déposé l'assiette de toasts au caviar d'esturgeon, les bouchées feuilletées aux asperges, le pâté, tu disais «Ça te plaît, c'est bon?», tes yeux brillaient, je trouvais que le pâté avait un drôle de goût mais j'avais quand même avalé le croûton, le faisant suivre d'une grande gorgée de tequila. Tu avais cuisiné toute la journée quand tu aurais pu nager dans ta piscine, prendre le soleil sur ta terrasse, comme tu m'aimais. Tu allais voir à la cuisine, vérifier la cuisson, touiller les sauces, ajouter un soupçon de sel, un brin de romarin, une larme d'essence aromatique, «Tout est prêt. Tu as faim?», j'avais faim, et ce repas, quel fiasco, ça commençait par des cailles farcies de raisins verts et flambées à la prunelle de Bourgogne, j'avais détourné les yeux, «Pauvres petits moineaux», tu les avais fait flamber à la table, destin moyenageux et spectaculaire, ces oiselets qui tiennent dans le creux de la main, la flamme léchant les corps recroquevillés si délicats, dodus et ronds, les petits corps innocents, tu étais si fier de toi, je m'étais excusée, «Des moineaux, vraiment, c'est au-dessus de mes forces», j'avais essayé un raisin, mais même un raisin, je ne pouvais pas, cuit avec les cailles, ça n'avait plus le même goût, ton air désolé, déconcerté, désorienté, tu avais retiré nos assiettes, tu n'osais même plus avaler une bouchée devant moi, «Ce n'est pas grave, je vais apporter la suite», la suite, c'était des cuisses de grenouilles au beurre de basilic, «Goûte, au moins, c'est délicieux, je te jure, c'est plus délicat que le poulet, la sauce est un chef-d'œuvre, du basilic frais émincé, du beurre doux, une réduction de vin blanc... Bon, d'accord, j'ai compris. Et le fromage, ça te dégoûte aussi?» De toute façon, je n'avais plus d'appétit, mais j'avais quand même murmuré «Le fromage, ça va. À moins que ce soit du roquefort.» C'était du roquefort.

Nous n'étions pas sur la même longueur d'ondes, je l'ai dit.

Un peu plus tard, j'avais voulu savoir, pur masochisme, sans doute, mais un drôle de goût me revenait dans la bouche, j'avais voulu savoir: «Le pâté, tout à l'heure?» Et tu avais répondu sèchement «Lapereau au madère». J'avais porté la main devant ma bouche.

Tu étais resté morose le reste de la soirée. Moi aussi, j'étais morose, mais je voulais t'arracher un

sourire, je me sentais coupable, j'avais gâché la fête.
Je voulais t'arracher un sourire, j'avais proposé «La
prochaine fois, tu me feras du tofu, un sandwich au
concombre», oh! non, les sourires, tu ne les gaspil-
lais pas, «De la poutine, une tarte au millet». Tu restais de glace. Pour te dérider, je t'avais raconté la
fois où ce type, tu sais, qui revenait de l'Inde, je
t'en avais déjà parlé, nous étions allés à l'école
ensemble, eh bien il avait rebondi chez moi une fin
d'après-midi, un sac en plastique blanc rempli de
victuailles au bout de son bras maigre, tu sais bien,
il était toujours habillé en orangé, une tunique de
lin, des sandales de corde, il se prenait pour un
gourou, en Inde, on lui avait donné un nom qui si-
gnifiait soleil, ou quelque chose comme ça, j'ai
oublié le mot hindou, cette fois-là, il avait décrété
qu'il préparerait le souper, que je m'alimentais trop
mal, c'en était une honte, j'étais, selon lui, totalement intoxiquée, tous ces agents de conservation,
ces colorants, est-ce que je savais seulement ce que
j'avalais? Est-ce que j'avais seulement conscience
qu'on est ce que l'on mange? C'est vrai que j'éprouvais un plaisir subtil à enfourner en sa présence des
croustilles au vinaigre en faisant crisser très fort le
sac de cellophane. Il s'était donc affairé dans la cuisine pendant trois heures pour finalement me servir
une entrée d'épis de maïs crus, pour les manger il
avait retiré son dentier, c'est authentique, je te le
jure, puis une bouillie trouble qu'il avait baptisée
gratin d'avoine au navets, «Très bon pour la santé,
les minéraux, les protéines, très équilibré, très zen»,
j'avais enfin réussi à te l'arracher, ce sourire, tu en
avais esquissé un, fugace, contraint, tu avais dit que

je me payais ta tête et j'avais répondu que ta tête,
c'était bien au-dessus de mes moyens.

Tu avais débarrassé la table, la vaisselle et les
verres s'entrechoquaient dans la cuisine. J'étais
prostrée, à la fois affamée et nauséeuse. Ratée,
notre première soirée dans le bel appartement. Par
la porte-fenêtre ouverte, pas un souffle de vent ne
pénétrait. Le système de climatisation était bien entendu défectueux. On sait bien que la rôtie tombe
toujours du côté tartiné.

Immobilité totale, très lourde. Couverts de sueur,
nous avions écouté des airs de *La Bohême*, puis
d'*Aïda*, de *Butterfly*, tu n'avais pas encore le lecteur
de disques compacts mais une chaîne très sophis-
tiquée, régler les basses et les aigus, c'était toute
une histoire, tu voulais le son pur, l'équilibre parfait,
tu avais l'oreille si fine, la plus imperceptible distor-
sion faisait éclore sur ton visage une grimace de
douleur, tu n'avais pas encore l'ordinateur, tu m'avais
proposé une partie d'échecs et je l'avais perdue, je
n'avais pas la tête à ça, j'étais nulle aux échecs, et
puis j'avais tellement horreur de perdre que je le
faisais exprès d'accélérer ma défaite, et ce triomphe
sans gloire t'humiliait encore plus.

J'avais terminé la bouteille de vin d'Alsace, j'avais
eu mal au cœur, j'avais couru à la salle de bains, tu
m'avais suivie, tu frappais à la porte, «Ma fleur, ça ne
va pas, allez, viens t'allonger», tu avais posé sur mon
front une débarbouillette mouillée repliée sur des
glaçons, m'avais fait boire quelques gorgées d'une
infusion, avais tenu ma main, prononcé de ces

paroles apaisantes qu'on chuchote aux moribonds ou aux enfants qui pleurent «Ça va aller, ne t'en fais pas, tout est ma faute, j'aurais dû te demander aussi avant de préparer tous ces... mais je voulais te faire une surprise, ça m'apprendra... tiens, bois encore un peu de verveine...» et la verveine ne passait pas, tu tenais le saladier de verre taillé, rescapé lui aussi de la rupture, tu étais encore très amoureux de moi, rien n'était trop beau, tu n'aurais pas voulu que je vomisse dans un seau en plastique ou une casserole, tu tenais le saladier devant moi pendant que j'y rendais en vrac tout le contenu de mes boyaux, la tequila et la cerise, le grain de raisin vert, les bouts de pain et les œufs de poisson en suspension dans le vin blanc, tu me tapais gentiment dans le dos en répétant d'un air contrit que tu aurais dû le savoir, que tu avais bien vu, au restaurant, que je commandais toujours des salades, du poisson, un steak à la rigueur, et entre deux hoquets j'essayais encore de t'arracher un de tes si précieux sourires «Ça ressemble assez à de l'avoine aux navets, tu sais», commentais-je en jetant un œil sur la bouillie du saladier.

Tu avais pris un air incertain pour me demander:

— Tu l'as inventée, cette histoire, non?

— Cher ami, ne savez-vous pas que la réalité dépasse la fiction?... Je n'aurais jamais eu assez d'imagination pour l'inventer.

— J'ai horreur que tu m'appelles cher ami.

— Cher ami... vite... le saladier.

Tu me tendais le saladier, tu allais le rincer, tu revenais avec des compresses de glace pour mon front, j'avais entre temps vomi dans mes cheveux,

mes cheveux étaient tout poisseux, tu avais dit «Ce
n'est pas grave, je vais te faire couler un bain», une
sueur froide dégoulinait dans mon dos, j'étais si
molle, c'est toi qui m'avais retiré mes vêtements,
j'étais si molle, tu m'avais soutenue jusqu'à la salle
de bains, «Veux-tu que je t'aide?», j'avais bafouillé
que oui sinon j'allais certainement me noyer, l'eau
était tiède, je grelottais, j'avais demandé «Plus chaud,
je vous en prie... cher ami», tu avais versé du shampoing dans mes cheveux, tu frictionnais ma tête qui
ballottait, ma tête était si lourde, ma tête faisait si
mal, puis d'une main tu la soutenais, de l'autre, tu
dirigeais le jet de la douche-massage, «Plus froid
maintenant... très froid... chaud maintenant...»
    — C'est une douche écossaise que tu veux?
    — Je veux que mes esprits reviennent... ils vont
et viennent... ils reviennent... je les sens revenir...
    Et après trois ou quatre de ces passages brutaux
du bouillant au glacé, ils étaient revenus pour de
bon. Je chambranlais bien encore un peu en sortant
de la baignoire, mais si peu, et c'était de faiblesse,
tu m'avais donné un comprimé très efficace contre
le mal de bloc, et une brosse à dents, tu en avais
toute une réserve, j'avais choisi la jaune aux poils
durs, je brossais avec vigueur, je me gargarisais avec
le rince-bouche au thé des bois, mes traits tirés me
lorgnaient dans le miroir, tu m'avais séchée avec la
grande serviette éponge, un baiser chaste sur mon
ventre, mes genoux, mes pieds. «Et qu'est-ce que tu
aimerais, à présent? Tu veux te reposer?»
    Tu m'avais portée jusqu'à ton lit. J'avais somnolé
un peu. Je te sentais, à intervalles réguliers, entrer
dans la chambre, t'approcher de moi, te pencher

avec sollicitude. Un ange gardien, le mien, il prend
soin de moi, il ne me juge pas. À un moment,
j'avais allumé la lampe de chevet. Tu étais aussitôt
accouru, tu avais dit «Tu dois avoir faim, pauvre
petite.»
— J'ai l'estomac dans les talons.
— Si on sortait...
— Rien à me mettre sur le dos. Et puis, la tête
me tourne.
— C'est vrai... Et si je commandais du chinois,
ça t'irait?
— Va pour le chinois.
— Des nouilles aux œufs.
— Va pour les nouilles.
— Aux légumes seulement.
— Va pour les légumes.
— On va manger sur la terrasse.
On avait mangé sur la terrasse, à la lueur de
deux chandelles sous le croissant de lune et le jardin
d'étoiles, on disait le jardin suspendu, le jardin renversé, on renversait la tête, on espérait voir une
étoile filer, un météorite zébrer l'espace. Tu me demandais «Ça va maintenant? Ça va mieux?», «Oui,
oui», «Le bouillon est léger, n'est-ce pas?», «Très
léger», on buvait du thé vert pâlot, tu m'avais prêté
un de tes t-shirts, le bleu nuit à rayures bourgogne
ou vice-versa, j'avais posé mes pieds à côté de ta
cuisse, sur ta chaise coussinée, tu les caressais distraitement, puis avec de plus en plus d'ardeur, tu
disais «Les pieds, quelle partie du corps négligée,
méconnue, parfois même méprisée», tu disais «Moi,
les pieds, ça me chavire. Ça a l'air solide, mais c'est
vulnérable. C'est plein de creux, de bosses, c'est

vallonné, un pied, c'est comme un paysage.» Je ren-
chérissais «Et puis, c'est sympathique. Sans préten-
tion.» Tu passais le doigt entre mes orteils, tu disais
«Ici, entre les orteils, c'est secret, sensible, ça tres-
saille.» Subjuguée par cette caresse légère, je me
sentais devenir peu à peu euphorique. Tu massais
la plante de mes pieds, tu disais «Tu as la plante des
pieds douce. Parfois, une plante de pied, c'est rugueux.»
— En hiver, c'est rugueux.
— Oui, le chauffage.
— Les bas de nylon, les bottes.
— Ça m'émeut quand c'est rugueux, ça m'émeut
quand c'est doux. Tu as la plante des pieds soyeuse.
Tu avais pris un air rêveur, tu avais dit que les
bas de nylon aussi, pas les collants, non, mais les
bas qui glissent sur la jambe, quintessence de la
féminité, retenus à la mi-cuisse par les attaches d'un
porte-jarretelles en dentelle, les bas de nylon
t'émouvaient, tu avais mis mes pieds sur tes genoux, tu les prenais un à un dans tes mains, comme
s'ils étaient des oiseaux, des cailles palpitantes, tu
les approchais de tes lèvres, tu disais «À propos, ce
type, là...»
— Quel type?
— Le farfelu dont tu parlais, tout à l'heure...
— Avoine aux navets?
— Oui.
Tu embrassais mes orteils, un à la fois, tout en
tenant mon talon dans ta paume, tu caressais du
pouce l'arche de mon pied, je commençais à sentir
des chatouillements évocateurs le long de mes
jambes, et qui montaient sur la face interne, fourmis

microscopiques gravissant à la queue leu leu un
sentier de montagne.
— Qu'est-ce qui t'intrigue?
— Eh bien, je ne sais pas, qui il était, comment tu
es devenue copine avec lui. C'est tellement étrange
de t'imaginer avec ce genre de gars.
— On s'était connus à l'école, c'était en douzième année. À ce moment-là, il avait les cheveux
taillés en brosse, de grosses lunettes à monture
noire, genre fonds de bouteille, il portait des complets gris acier, les cravates de son père. La risée de
la classe, je te jure. Il en faut toujours un comme ça.
Souffre-douleur, bouc émissaire.
— Tête de Turc.
— Croquemitaine.
— Premier de classe?
— Non, même pas. Plutôt dans la moyenne in-
férieure. Nul en math, nul en éducation physique,
fort en histoire. Féru de philosophie tarabiscotée,
ennuyeux à mourir. L'élocution lente et hésitante...
J'aime ça, ta langue sous mes orteils...
— Ça fait penser à de petits coussins... Bref, tu
l'avais pris en pitié, c'est ça?
— Non, à cette époque, je ne lui adressais même
pas la parole. Je me contentais de rire de lui, comme
les autres. C'est seulement quelques années plus
tard, je fréquentais un gars, tu sais, je t'en ai parlé,
celui qui faisait de la méditation transcendantale.
— Tu ne m'as jamais parlé de celui-là.
— Ça n'a pas d'importance... enfin, lui le connaissait. Il revenait de l'Inde. Avoine au navets, je
veux dire.
— Tu n'es pas facile à suivre.

— Une secte, là-bas, l'avait rebaptisé. Tout d'abord, je ne l'ai pas reconnu. Il faisait des séances d'immersion.

— D'immersion?

— Oui, dans un bain. Il fallait être complètement sous l'eau, un tube dans la bouche, tu sais, comme un périscope.

— Un tuba, tu veux dire.

— D'accord, un tuba, si tu veux, mais moi, ça me fait penser à un périscope, un truc qui surgit de l'eau pour épier les alentours... Il paraît que c'était comme un retour dans l'utérus maternel. Très bienfaisant comme technique. Le *Rebirth*.

— J'ai déjà lu un article là-dessus.

— Revenir au monde. Rien de moins.

— Tu t'es fait immerger?

— Tu me chatouilles... Non, l'utérus maternel, ça ne m'inspirait pas vraiment. Et surtout, je n'arrivais pas à me résoudre à être nue dans un bain, avec lui à mes côtés tenant le périscope, je veux dire le tuba. Son air monastique me glaçait littéralement. Il faisait penser à une réincarnation du Grand Inquisiteur, tu vois le genre? Visqueux. À donner la chair de poule... Mais il a calculé mon biorythme et ma carte du ciel.

— Et alors?

— D'après ses calculs, nous étions destinés l'un à l'autre. Nos horloges physiologiques marquaient la même heure, nos planètes coïncidaient bizarrement. Vénus en Taureau tous les deux. L'harmonie de nos libidos était censée être totale.

— Tu as vérifié?

— Hélas, il n'était pas mon type d'homme.

Quand je lui ai expliqué ça, il n'en a d'abord pas cru ses oreilles. Ulcéré, tu ne peux pas savoir! J'avais pourtant mis trois paires de gants blancs. C'est difficile de dire à un homme qu'il est trop laid. Ils n'arrivent pas à concevoir que la laideur nous rebute. Une certaine laideur, je veux dire. Parce qu'une autre, au contraire, peut être irrésistible.

— Tu parles d'une laideur «virile»?

— Comme la tienne.

— Tu te moques de moi.

— Peut-être. La sienne, par exemple, était trop... macrobiotique... Et puis, je ne sais pas, mais ses prothèses, ses pustules.

(Le seul fait de l'évoquer avait failli me soulever de nouveau le cœur.)

— Et alors, il a dû refaire ses calculs?

— Biliaires.

— Qu'est-ce que tu dis?

— Je blaguais. Non, il n'a pas refait ses calculs, il était infaillible, le pape des arcanes. Mais il m'a regardée fixement pendant quelques secondes puis m'a déclaré, avec une grande condescendance, que mon aura était complètement brouillée.

— Moi, je trouve ton aura délicieuse.

J'étais à fleur de peau, ces caresses de pieds m'avaient fait accéder à un état de jouissance très subtil, comme si le siège de mes sensations s'était transporté là, s'était concentré entre l'extrémité de mes orteils et mes chevilles. J'avais renversé la tête sur le dossier de la chaise de jardin, je regardais la lune sourire béatement, je songeais que des constellations constellent et des galaxies gravitent, comme

gravitent des astres autour de leur soleil et délicatement ton pouce autour de la malléole interne de
ma cheville. Puis j'avais fermé les yeux et ça tournait toujours, très lentement, je respirais plus vite, je
percevais un faible gémissement s'exhaler de ma
bouche, je sentais mes lèvres former le son «oui» à
intervalles de plus en plus rapprochés, j'avais la tête
renversée, mes pieds abandonnés entre tes mains,
mon ange. Quand tu t'étais mis à sucer mes orteils,
de petites bulles avaient éclaté sous ma peau, je
durcissais, je me tendais tout en m'amollissant, je
devenais fondante, ma bouche se desséchait pendant qu'ailleurs une partie de mon corps se liquéfiait
(toujours ce principe des vases communicants?). Des
images défilaient dans ma tête, précises, floues,
floues, précises, des couleurs, puis le noir, puis des
couleurs encore, des gerbes de couleurs, des geysers
qui éclaboussaient le noir dans ma tête, je n'aurais
plus jamais ouvert les yeux, jamais plus bougé, je
serais restée là, figée dans ce *no man's time*, agrip-
pée à l'éphémère de cet instant qui m'échappait,
tous mes pores ouverts, de toutes mes forces tendue
vers l'aboutissement et refusant en même temps
l'idée même de l'atteindre, retardant à l'infini
l'échéance, *Encore un instant, monsieur le bourreau*,
n'est-ce pas, la petite mort est si lente à venir, puis
tout à coup un long tressaillement m'avait secouée,
je m'étais cambrée sous l'œil multiple de la nuit, ces
étoiles admirables, et j'avais crié, je pense.

4

Des bruits, des cavalcades dans l'escalier, des exclamations rauques. J'ai oublié d'apporter un réveil, une montre, je suis partie trop vite, voilà ce qui arrive quand on s'enfuit sur un coup de tête, on néglige l'essentiel, il en résulte que je n'ai plus aucune idée de l'heure qu'il est, c'est juste si je sais la date d'aujourd'hui, non, la date d'aujourd'hui, je la connais parfaitement, si toutefois c'est encore aujourd'hui, on est peut-être déjà demain, j'aurais alors survécu, une fois de plus. Dehors, la nuit est d'encre encore, des chats hargneux vocifèrent dans la ruelle. J'enfile mon jean, mon chandail, qu'est-ce qui m'a pris de ne pas emporter plus de vêtements? J'ai l'impression de n'être pas partie pour vrai.

Je colle mon oreille contre la porte, le silence, tout dort donc? Les trafiquants et les junkies, les flics et les bandits, tout dort? Il y a quelques secondes à peine, pourtant, ce vacarme, ai-je rêvé?...

Je m'inquiète. Il me semble avoir croisé, cet après-midi, quelques individus aux mines patibulaires dans les couloirs. Et s'ils venaient, à la faveur de la nuit, de régler leurs comptes? Si ce silence était un silence de mort? Je me risque sur le palier, personne. Ce qui ne signifie rien. Ils sont peut-être dans les chambres, baignant dans des flaques de sang et de cervelle, trous rouges au côté droit, crâne éclaté. Ou peut-être sur le trottoir, le revolver au poing, se guettant dans les recoins. Je descends, j'entrouvre la porte de la rue, les derniers noctambules déambulent, silhouettes indistinctes, hésitantes ou pressées, un taxi en maraude rôde, le néon du marchand de hamburgers clignote, rien de suspect à signaler. Je remonte, je m'enferme à double tour — si l'on peut dire, vu l'état plutôt primitif de la serrure.

Oh! Cara mia, comme à Florence nous aimions la nuit. Souvenez-vous de nos errances dans les ruelles tortueuses. Vous aviez, un soir d'ivresse, accroché votre talon aiguille entre deux pavés disloqués et nous étions revenus, vous qui marchiez à cloche-pied, pendue à mon bras, riant à gorge déployée. Et quand la pluie nous avait surpris, je vous avais entraînée à l'abri sous une porte cochère. Souvenez-vous de nos baisers fougueux...
Eh bien, moi, je pense que j'ai oublié.

Je ne sais peut-être pas quelle heure il est, mais il est plus que temps de vider cette baignoire. J'empoigne le seau et je fais la navette entre le bain et la cuvette, la cuvette et le bain, le bain et la cuvette qui avale goulûment avec d'affreux bruits de suc-

cion, vraiment très affreux, très goulus, vampiriques, qu'est-ce que je fais ici?
Voilà une bonne question. Si seulement je finissais par trouver une réponse, un rai de lumière dans ce chaos. Qui donc a dit que les questions étaient plus importantes que les réponses? Moi, des questions, j'en ai à revendre.
Mais de réponse, nenni.

Quand j'ai fini de vider la baignoire, elle reste si sale, le cerne graisseux, les dépôts indéfinissables dans le fond, elle reste si sale que la tête m'en tourne, que le cœur m'en remonte dans la gorge, mais non, allez, courage, ne te laisse pas abattre, Léno, c'est Philippe qui le premier m'a donné ce surnom, me l'a offert comme une caresse, ce n'était pas qu'il n'aimait pas Éléonore, même qu'au contraire il trouvait ça très romantique, et puis le seul opéra de Beethoven avait une Éléonore pour héroïne, mais Léno c'était plus doux, Léno mon amour, ma fleur... Ne te laisse pas abattre, Léno, il suffit de trouver un chiffon, une éponge, une poudre à récurer quelconque, je farfouille dans le réduit, derrière la cuvette, dans les placards, mais seul un cafard s'affole et fuit sous mon regard.

C'était à prévoir.

Pourquoi donc n'ai-je rien apporté de pratique, une cannette d'insecticide, une boîte de détergent, que sais-je? Rien, me voici totalement démunie, nue comme au premier jour, et c'est toujours le premier

jour, le sempiternel recommencement. Proust ne
m'est d'aucune utilité et le champagne n'a que
trempé mon beau drap de satin. C'est ce que j'ai
voulu, non?
Non.
Qu'est-ce que j'ai voulu alors?
Je ne sais pas.
Pourquoi j'en pouvais plus?
Je ne sais pas.
Pourquoi j'ai quitté Philippe?
Je ne sais pas. Je ne sais pas.
Suicidaire?
J'étouffais, j'étouffe.
Tiens, tiens. Du mimétisme, à présent.
Pourquoi?
C'était pas lui, l'asthmatique?
Hélas!
Moi qui écrivais et lui qui suffoquais, à deux,
n'étions-nous pas presque Proust?
Je n'écrivais pas, justement.
Et dans cette chambre, est-ce que j'écris davan-
tage?
Oh! Vivement le matin que je parte d'ici.

Dans le bel appartement, chez Philippe, il ne
manquait de rien. Tout était à sa place, les disques
bien rangés dans l'étagère bien astiquée, l'ordinateur sous sa housse, et à chaque tache éventuelle
était prévu un détachant. Mais chez Philippe il n'y
avait jamais de tache. Son univers était immuable.
C'est-à-dire avant moi. Parce que pendant moi, le
vin renversé sur la nappe blanche, la cendre sur la
table laquée, son sperme sur le canapé. «Penses-tu

qu'avec de la laine d'acier?...» «De la laine d'acier sur
le cuir! As-tu perdu la tête, Léno...» Oubliée sur la
table de chevet, une tasse sur laquelle subsistait
l'empreinte de mon rouge à lèvres, un reste de café
collé au fond, un livre sur le carrelage près de la
baignoire, la page où j'étais rendue, cornée. Ces infimes détails qui lui gâchaient la vie. «Peux-tu m'expliquer, Léno, pourquoi tu ne mets pas un signet?»
Non, je ne peux pas. «J'espérais que tu respecterais
au moins les livres, mais tu les abîmes.» Abîmes
tout, saccages tout. Les poupées démembrées, n'est-
ce pas, les marguerites effeuillées, l'herbe piétinée.

Dans le bel appartement, chez Philippe, il ne
manquait donc de rien. C'était comme ça, chez Philippe. Et, en quelque sorte, c'était là le problème.
Ma solution et son problème. Ou vice-versa. Moi
qui adore chercher, je trouvais tout alors qu'il se
perdait dans mon désordre. Il ne désespérait pas de
m'inculquer un minimum de discipline. Il était
comme ça, tenace. Avec des œillères qui limitaient
son horizon. Je lui disais: «Tu parles de discipline
comme d'autres, de liberté», il répondait que le
chaos engendre l'esclavage et que la liberté commence avec l'ordre. Moi, je n'avais qu'une envie:
perturber rien qu'un peu son organisation irréprochable.

Je ne le faisais pas vraiment exprès, je ne pouvais tout simplement pas faire autrement. *Born to be
wild*, c'était un atavisme — anciennes visions
aphrodisiaques de chevauchées dans les landes,
cape au vent. Mais pour être sauvage, j'avais si peu
d'espace, rien qu'un appartement trop bien tenu, et

l'arrogance de mes gestes était, hélas, réduite à bien
peu de chose.

Je disais donc qu'il y avait tout ce qu'il fallait,
que tout était prévu. Philippe avait le culte des objets. Chaque semaine il dénichait quelque nouvelle
bébelle indispensable et lui assignait une place et
une utilité. Épices et essences parfumées pour tous
les mets imaginables, j'ai déjà dit qu'il adorait
cuisiner, jardin de fines herbes sur le rebord de la
fenêtre et qu'il arrosait avec un soin jaloux, alcools
fins pour lui qui ne buvait jamais et moi qui, les
soirs de mélancolie, épuisais ses réserves, cendriers
délicats pour lui qui ne fumait pas. Dans la porcelaine de Limoges, cela devient presque gênant
d'écraser un mégôt; on a, pour ainsi dire, l'impression de commettre un sacrilège... Il y avait de l'huile
de pépins de raisins et du vinaigre balsamique, des
collections de dictionnaires et des shampoings pour
tous les types de cheveux, une perceuse et un
assortiment de tournevis, une trousse de couture et
des médicaments pour tous les genres de bobos.
Tout était surfin, première classe et dernier cri.
Qualité indiscutable de la vie.

Il avait même élaboré un système informatisé de
listes pour être sûr de ne jamais manquer de quoi
que ce soit. Philippe prévoyait tout, veillait sur tout.

Ai-je dit que la première fois que j'ai ouvert le
placard de la cuisine, j'ai trouvé les boîtes de soupe
en conserve classées par ordre alphabétique?
Au début, ses manies me faisaient sourire. À la
fin, rugir.

Ça avait pris un certain temps avant que j'emménage dans le bel appartement, il avait fallu que la
planète fasse une fois de plus le tour de son soleil,
que le 20 avril revienne et que j'aie un nouveau
choc. Sans ce choc, je serais encore dans mon logis.
Car j'en avais quand même un, moi aussi, peut-être
pas ce qu'il est convenu d'appeler un bel appartement, mais c'était une piaule coquette, douillette,
juste assez grande pour ma chatte et moi. Oh! Pourquoi faut-il que j'évoque ma chatte maintenant, ma
belle Espagne soyeuse et douce? C'est d'elle que je
m'ennuie, c'est d'elle que je languis. J'aimais
m'éveiller le matin et la sentir contre mon flanc,
boule voluptueuse. Elle percevait mon réveil avant
même que j'ouvre les yeux, avant même que je
bouge et se lovait alors davantage contre moi, dans
l'attente. Quand j'étirais la main et la flattais sous le
menton, elle produisait ce petit son frémissant de
plaisir, si joli. Quand elle se grattait, tout le lit en
tremblait. Elle se tournait sur le dos pour m'offrir
son ventre blanc, là où la fourrure ressemble à un
duvet, plus fine et plus légère. Ses petites pattes
s'abandonnaient, elle renversait la tête et ronronnait. Nous nous levions ensemble. Elle était toujours
la première arrivée à la cuisine, postée contre la
porte du réfrigérateur, levant vers moi son regard
confiant...

   Lui, il ne venait pas souvent chez moi. C'est-
à-dire qu'au début il était bien obligé vu qu'à
cause de Cecilia il m'était, à moi, impossible de
pénétrer chez lui. Mais chez moi il y avait la chatte,
et lui, avec ses allergies... Il n'était pas là depuis

quinze minutes qu'il commençait à renifler puis à éternuer. Au bout d'une heure, il avait les yeux gonflés et larmoyants, le nez pourpre et coulant, et la tête, il disait que la tête, il avait l'impression qu'elle avait triplé de volume, que son cerveau pulsait contre les parois. Pitié à voir, vraiment. Et à entendre. Il produisait, même la bouche fermée, un cillement insupportable, à mi-chemin entre le gémissement et le râle. Il était arrivé harrassé, les dossiers qui s'accumulaient sur son pupitre, sa secrétaire en congé de maternité et celle qui la remplaçait, absolument incompétente, le colloque, les Japonais, et puis Cecilia, il m'expliquait «Avec Cecilia, ça ne s'arrange pas, tu comprends», il le disait d'un air accablé, c'était un air qui lui allait très bien, il le prenait souvent, cet air. Il avalait son médicament, j'enfermais Espagne dans la cuisine, il soupirait, «Je suis désolé, Léno, il y a trop de poils.»

— Mais j'ai passé l'aspirateur.

Car je l'avais passé.

— Je le sais bien, mais une chatte à poils longs, que veux-tu. Ça s'insinue. Ce n'est pas ta faute.

— Tu ne vas pas partir tout de suite?

— Je suis claqué, Léno. Et demain, je dois être à sept heures au bureau. Ne boude pas, allez.

— Je ne boude pas.

Mais je boudais. C'était comme ça, je ne pouvais pas faire autrement. Je boudais. J'en avais marre. Notre histoire depuis le tout début sous une mauvaise étoile. J'avais pourtant l'habitude des princes charmants — souvent mariés — qui me quittaient sur le coup de minuit, j'avais toujours joué avec infiniment de complaisance le rôle de Cendrillon,

privilégiant mes nuits solitaires. Mais avec lui, je ne
sais pas... Mon esprit de contradiction prenait le
dessus. C'était peut-être les traductions que je faisais
pour la collection Sentiments qui me montaient à la
tête. Quoi qu'il en soit, lui, je voulais qu'il reste.
Qu'il m'aime tant que sa passion ait raison de son
asthme. Voilà comment je voyais l'amour, superbe
et fier, abattant les obstacles dressés devant lui. Car
peu à peu, dans ce milieu hostile, au cœur des
oppositions, de notre incompatibilité chronique,
l'amour avait incompréhensiblement germé, petite
plante délicate, déterminée à survivre en dépit des
soins défectueux que nous lui prodiguions. On aurait dit que cette plante puisait ses forces dans la
précarité même de son environnement, creusant ses
racines dans le sol pauvre et tournant obstinément
ses feuilles au pâle soleil.

Nous nous aimions donc, c'est indiscutable. Ou
discutable? Nous nous aimions d'un amour discutable, qui se voulait douillet, regards émerveillés,
tasses de thé et confidences, main dans la main gravissant des collines. Pourtant, ces soirs de suffoca-
tion, il m'horripilait avec sa détresse. Les amours
douillettes, ce n'était pas pour moi. Qu'est-ce qui
m'avait pris d'aspirer au confort, tout à coup? Je ra-
geais. Je voulais qu'il reste et je voulais qu'il parte.
Je me servais un verre.

— Ce n'est pas une raison pour te soûler.

— On ne s'est pas vus depuis trois jours.

— Je le sais bien, Léno.

— D'ailleurs, je ne me soûle pas, je décompresse.

J'arpentais le salon, je déplaçais des bibelots,
soulevais des livres, donnais un coup de poing dans

le fauteuil. «Il n'y a pas un seul poil de chatte ici. Tu es la victime de tes hallucinations. Ce sont les bibites que tu as dans la tête qui t'obstruent le nez. D'ailleurs, Espagne ne perd pas ses poils.» Reniflement sur fond de râle. «Tu renifles seulement pour m'embêter.» Éternuement. «Tu éternues pour me culpabiliser.» Deuxième éternuement. «J'ai horreur de me faire culpabiliser.» Quatre ou cinq reniflements. «Tu le fais vraiment exprès.» Onzième éternuement. «Bon, ça va, j'ai compris, tu fais aussi bien de t'en aller. Qu'est-ce que j'ai à perdre mon temps avec un gringalet pareil?» Encore une fois, la passion n'avait pas triomphé. Je devais me contenter des livres où elle triomphe de tout. Ceux-là mêmes que je traduisais au rythme d'un tous les quatre mois. Car on a beau prétendre le contraire, la fiction dépasse souvent la réalité. En matière d'amour, du moins.

— Mais ne te figure pas que je vais faire exterminer ma chatte.

Il me regardait avec des yeux pitoyables, à demi fermés.

— Je te jure, Léno, dès que j'ai une minute, je vais à la clinique me faire donner des injections.

— Tu m'as répété ça au moins cinquante fois.

— Tu exagères.

— Cent fois alors. Mille fois. Un million de fois. Tu te répètes, tu radotes, tu tournes en rond, tu ne fais jamais rien. Si vous êtes tous aussi efficaces à ton ministère, je ne m'étonne plus que le gouvernement piétine...

— Non, je t'en prie, ne t'en prends pas à mon travail. Tu deviens malhonnête. Je te promets d'y aller. La semaine prochaine. Non, attends, la semaine prochaine, je suis débordé, je n'aurai pas le temps.

Il n'avait jamais le temps.

— Tu n'as jamais le temps.

— Je t'aime, ma fleur.

— Tu dis ça...

— Je le pense vraiment. Je le sens. Je suis plein de toi. Tu es toujours présente. Tu m'obsèdes.

— Je t'obsède, mais tu n'as pas le temps.

— C'est temporaire. Ce n'est qu'une question de temps. Enfin, tu comprends ce que je veux dire. Voilà que je perds mes mots, à présent.

— Si ça continue, c'est moi que tu vas perdre.

— Ne parle pas comme ça.

— Dans quelque temps, tu auras le temps, c'est ça? Et comment tu feras pour trouver le temps? Où iras-tu le chercher, ce temps qui te manque tout le temps?

— Léno... De toute façon, tu sais, les injections, c'est pas mal moins efficace qu'on le pense...

J'allais dans la cuisine, mes talons claquaient fort sur le parquet. Je rinçais mon verre, parfois si fébrile que je le cassais dans l'évier et les larmes m'en montaient aux yeux. Je laissais sortir la chatte, je revenais dans le salon, du sang sur le doigt. «Il n'y a que de l'amour. Jamais de preuves d'amour.»

(Nous étions allés voir ensemble *Les Dames du Bois de Boulogne* à la Cinémathèque et j'avais été particulièrement touchée par cette phrase déclamée par Cocteau.)

— Tu cites de travers. Dans le film, c'est: «Il n'y a pas d'amour. Il n'y a que des preuves d'amour.»

— Je ne citais pas, j'adaptais.

Une chance, c'était le printemps, on sortait; quand il pleuvait, on prenait le parapluie, on marchait le temps qu'il se décongestionne. Main dans la main, on allait faire un tour. J'avais au moins gagné ça, avec ma scène. Il n'allait pas se coucher tout de suite. On partait ensemble. On traversait dix fois le parc. S'il n'avait pas séjourné trop longtemps dans la maison, il y avait une possibilité pour que la crise se résorbe. Quand il avait fini d'éternuer, on s'embrassait adossés contre les arbres, les lampadaires, à demi réconciliés, puis tout à fait. Il chuchotait «J'ai tellement envie de toi, Léno, tellement envie.» Puis, «Qu'est-ce qu'on fait, Léno, j'en ai tellement envie, je t'aime tant.» On revenait devant chez moi, il regardait la porte, il regardait sa voiture, il consultait sa montre, «Si on allait quelque part.»

— Où?

— Où tu voudras.

— Comme la première fois?

Ça nous faisait toujours rire, le souvenir de notre première rencontre. Il protestait «Non, non, cette fois-ci, pas question de cinéma porno.» Il me regardait du coin de l'œil.

— C'était vraiment à cause d'Hitler que tu avais perdu la boule, cette fois-là?

— Tu en doutes?

— Tu es tellement... fantasque. De ta part, je m'attends à tout.

— Disons qu'Hitler avait entamé le peu de raison que j'ai et que ta présence au bar Carolle m'avait achevée.

On prenait la voiture, on tournait en rond dans la ville, parfois on traversait le pont, parfois on allait boire un verre au bar d'un quelconque motel, parfois il n'avait pas encore soupé et on aboutissait alors dans un restaurant de banlieue au décor rouge et or. Il craignait de rencontrer, au centre-ville, des amis que Cecilia et lui avaient en commun. «Je ne veux pas qu'elle l'apprenne de cette façon», soupirait-il. Le civisme n'est-il pas une foule de petites choses?

Dans les bars, je commandais un Pink Lady, un Gin Fizz, juste pour le nom; pour lui, c'était encore de l'eau Perrier, «L'alcool et les médicaments, ça ne fait pas bon ménage, Léno... d'ailleurs, je conduis», jamais moyen d'être sur la même longueur d'ondes; parfois on dansait, en compagnie d'autres couples très clandestins, des slows très collés sur des airs très désuets joués par des pianistes très langoureux dans des bars d'hôtels à colonnades, on se croyait ailleurs, dans un film noir des années cinquante, lui Humphrey, moi Ingrid, quelque part où c'était peut-être la Deuxième Guerre mondiale, ou la troisième, bombardements à l'arrière-plan, lui l'officier et moi l'espionne, venant de camps ennemis mais enlacés pour la dernière nuit sur un air de piano. Parfois on allait sur le sommet de la montagne, on contemplait la ville en écoutant de l'opéra. Il disait «J'ai une cassette qu'il faut absolument que tu entendes. Maria Callas dans *Samson et Dalila*». Il fermait les yeux, il soupirait «Si tu savais comme je suis bien».

Moi aussi, ces soirs-là, j'étais bien. Moments de grâce.

À l'occasion, on se réfugiait dans un motel pour quelques heures, mais les motels sont tristes. Une fois, on avait loué une chambre au centre-ville, il était tard, on avait dû frapper à plusieurs portes, tout était occupé. Oh! les amours illicites, l'attrait du *tourist room*. Dans un établissement plus que douteux, aux abords du quartier chinois, on nous avait proposé une pièce au sous-sol, sans fenêtre. De louches fumets hantaient la literie. Le sommier éreinté ahanait. De l'étage nous parvenaient des fragments d'une conversation animée dans une langue étrangère, ponctuée par des cris à intervalles irréguliers. Je m'attendais presque à entendre des coups de feu fracasser la nuit. À travers la cloison mince, d'autres bruits, plus facilement identifiables. Soupirs et halètements.

Mais la plupart du temps, on faisait l'amour dans l'auto. Façon de parler. On s'arrêtait dans des terrains vagues, des aires de stationnement désertes, on ne prenait même pas le temps de se déshabiller, on s'agrippait à la sauvette, phares éteints, sauvagement. Je veux dire très vite. Je veux dire qu'il venait si vite en moi — ou en dehors, dans ma main ou la sienne — que j'en restais au bord du hurlement. Sauvage.

Il disait «C'est parce que je te désire trop.»
Il disait «Attends seulement que la situation change.»

La première fois, j'avais trouvé presque flatteuse
l'impossibilité où il était de contrôler son désir.
J'avais trouvé émoustillant de rester sur ma faim.
Puis il y avait eu d'autres fois semblables. Ses regrets, ses justifications. Les remords de tromper
Cecilia. L'allergie à ma chatte. La fatigue.
Je concluais qu'il était bien un ange. Peu rompu
aux usages de la chair. Je lui voyais pousser des
ailes et je rongeais mon frein. Je me disais que le cul
mène le monde, que le monde va à la déroute, qu'il
faut viser au-dessus de la ceinture, qu'il faut viser le
cœur. Je me disais que j'avais toujours voulu un
homme visant le cœur, que j'aurais donc dû être
satisfaite. Mais le visait-il vraiment et l'avait-il touché?
Rien n'est jamais si simple. S'il ne visait vraiment
que ça, pourquoi s'acharnait-il plus bas? Et moi que
le désir inassouvi rendait folle de désir. Son impuissance me narguait. Tous les hommes qui avaient
croisé ma vie, je les avais eus dans mon lit et le
plaisir ou la déception avaient été plus ou moins
comparables. Je me disais «Une fois, une seule, pour
en finir, juste pour voir, après, on s'occupera des
sentiments.» Parfois, je me disais aussi qu'il n'avait
pas de cœur et que s'il avait touché le mien — ce
qui est loin d'être prouvé — il m'était, à moi, impossible d'atteindre le sien. Ou que s'il en avait un, il
était si froid que jamais je ne parviendrais à le réchauffer. Je me disais que peut-être la jouissance
nous attacherait-elle définitivement l'un à l'autre.
J'avais envie d'un attachement définitif et je voulais
que ce soit lui. Je languissais. Je voulais tenter cette
expérience de l'enracinement. D'autres fois, je me
disais aussi que quand on vise le cœur, on frappe

toujours ailleurs. Alors, si on visait plus bas, on le toucherait peut-être. Et une petite phrase insidieuse me hantait la cervelle. «Il faut bien que la chair exulte.» Je me la répétais et je rongeais mon frein. Sans même comprendre pourquoi, grand Dieu, j'avais jeté mon dévolu sur lui.

Inutile de préciser que ces équipées nocturnes, ce n'était pas vraiment son genre. Cette double vie le minait. L'œil rivé sur la montre, il devait terminer la nuit avec Cecilia, c'était, se justifiait-il, la moindre des délicatesses.

Mais il rêvait d'autre chose.

Moi aussi.

5

Tout ça l'avait décidé à quitter enfin Cecilia. Avait accéléré le processus de la rupture. Cela ne s'était pas fait sans heurts, pleurs et grincements de dents. Cecilia les avait dures, les dents, je veux dire. Elle avait presque tout gardé. Si elle consentait à perdre l'homme, elle se cramponnait néanmoins aux objets. Il n'avait emporté que sa chaîne stéréo et ses disques, son jeu d'échecs et les verres en cristal de Bohême qui lui venaient de sa grand-mère. Les beaux verres, les verres pour les boissons pastel que je me concoctais pendant que Butterfly agonisait. Il ne passait jamais de commentaires quand je buvais. C'est que sa grand-mère Laetitia, en véritable Irlandaise... Il m'avait raconté qu'à l'heure du thé, elle ingurgitait parfois tant de porto qu'elle s'endormait dans son fauteuil, la tête ballottant sur la poitrine, ronflant légèrement — enfant, il disait «grand-maman ronronne» — et que son père alors la soulevait

et allait la porter dans son lit. Comme Victoria pour
le whisky à l'heure du thé, elle avait un faible fort
pour le porto.
Indeed.
Et lui, pour sa grand-mère. À toutes les heures.

Il arrivait qu'on parle d'elle. Elle avait été,
semble-t-il, le personnage central de son enfance.
L'aïeule dont tout enfant rêve, fantasque au grand
cœur, vêtue de cachemire pâle, au cou, un camée au
bout d'une chaînette dorée, sur les épaules, un châle
crocheté, toujours des pastilles dans ses poches. Il
arrivait qu'on parle d'elle et je me demandais si elle
avait vraiment existé ou s'il ne l'avait pas plutôt
forgée de toutes pièces. Il la décrivait comme une ra-
conteuse de légendes, mémoire vivante, imagination
débordante. Elle avait été belle et rebelle, et folle au
cœur des années folles, coqueluche des bals et des
salons. Disait (inventait?) qu'elle avait fréquenté
Joyce, aperçu Virginia Woolf et Agatha Christie, se
souvenait d'avoir croisé, enfant, l'amant d'Oscar
Wilde dans le salon de ses parents.
Je me promettais toujours de vérifier les dates
dans le dictionnaire.
Elle s'était mariée par amour en robe de chiffon
noir au-dessus du genou, la tête ceinte d'un
bandeau de brillants. Belle et rebelle. Avec un aventurier qu'elle avait suivi dans ses téméraires expédi-
tions autour du globe ou qu'elle avait attendu quand
la témérité de l'expédition dépassait vraiment les
bornes, et qu'elle avait fini par perdre dans un mys-
térieux safari qui avait mal tourné, piétiné par un
troupeau d'éléphants déchaînés, c'était du moins ce

que les survivants avaient prétendu, il n'était rien
resté de lui, on avait enterré les débris sanguino-
lents sur place, au milieu de la brousse. Belle et
rebelle, passant, d'un jour à l'autre, d'une existence
somptueuse au dénuement le plus pitoyable, avant
d'aboutir à Montréal et de devenir cette aïeule poétique que les bambins idolâtraient.
    Il restait d'elle des dizaines de daguerréotypes,
photos jaunies et autres aux bordures dentelées.
    Je m'étonnais parfois qu'issu d'une famille aussi
hors du commun, nourri d'histoires aussi roma-
nesques, Philippe pût être si ordinaire. Mais l'était-il
vraiment plus que les autres?

    Évoquer la mort de sa grand-mère faisait tou-
jours monter une buée dans ses yeux, voilait le
bleu. Une mort digne, telle que je la rêve quand je
rêve de mourir, survenue à un âge vénérable, après
avoir, de l'existence, exprimé tout le suc. L'aïeule
dans son lit d'acajou aux draps brodés à son chiffre,
revêtue d'une de ses robes de nuit blanches agré-
mentée d'un empiècement en nid d'abeille — elle
était alors devenue si gracile que l'ample vêtement
flottait sur elle — entourée du curé, du médecin et
de toute sa famille — enfin, ce qui en restait, enfants, petits-enfants, les deux filles et le frère cadet
venus spécialement d'Irlande.
    Il y avait même Jim, le compagnon d'aventure,
le vieil amoureux. Fidèle, discret, aveuglé. (Il me
semble avoir croisé ces personnages dans un quelconque roman anglais fleurant le chèvrefeuille, Ro-
samund Lehman ou Mary Webb.)
    Tous autour d'elle au moment du départ, prêts à

recueillir sa dernière parole, son dernier souffle. (Et
moi, qu'est-ce que j'aurai?)
Sans même avoir été véritablement malade. Très
vieille, elle s'était éteinte, tout simplement. Comme
une bougie au bout de sa cire.
(Et moi qui me brûle par les deux bouts?)
Pour moi, l'évocation de cette mort faisait surgir
des images de *La Mamma*, la vieille ridée qu'on
aime tant, ses enfants autour d'elle, sanglotant, les
chapeaux posés sur un banc à l'entrée, les chapelets
et l'odeur des médicaments, des fleurs, camouflant
celle, un peu surette, qui accompagne l'agonie, pendant que, dehors, le soleil de la Sicile éclabousse le
jardinet. Et Giorgio, incliné sur la main décharnée
qui, mais si faiblement, pour la dernière fois, caresse
encore son front.
Des images de ma propre enfance aussi, ma
mère qui écoutait les disques d'Aznavour dans le
salon, des images de fin d'après-midi de fin d'automne, je rentrais de l'école, ma mère assise dans le
salon, et qui me renvoyait d'un mouvement impa-
tient de sa main tenant la cigarette, pendant qu'Aznavour chantait *La Mamma*.

Philippe avait donc quitté Cecilia. Ai-je dit que
Cecilia, après des études de chant classique, et
après avoir beaucoup rêvé d'une carrière de diva,
était devenue choriste dans l'orchestre sympho-
nique? Quand il l'avait connue, elle était sa voisine;
elle occupait l'étage et lui le rez-de-chaussée d'un
duplex dans l'avenue des Fleurs coupées, ou Pleurs
séchés, je ne sais plus. Au plaisir de l'entendre
vocaliser, il n'avait pu résister. Ils se croisaient dans

l'escalier, entrant, sortant aux mêmes heures. Il m'avait raconté par bribes ces coïncidences délicieuses, battements de cœur accélérés, à l'unisson. Il avait vingt-six ans et elle, vingt et un. Elle s'habillait avec extravagance, des capes, des cuissardes, des feutres et des manchons de loutre. Irrésistible Cecilia.

Ne dirait-on pas que c'est dans les femmes qu'il choisit que Philippe exprime sa délinquance?

Il lui avait un jour offert des fleurs, elle l'avait plus tard invité à l'entendre au concert des finissants du Conservatoire où elle avait interprété, avec un brio très prometteur, *J'ai perdu mon Eurydice.*

«Rousse et opulente», me l'avait-il décrite. «Très ambitieuse et très déçue.»

«Je l'ai vraiment beaucoup aimée», avait-il ajouté.

«Elle a été ma première vraie passion.»

— Ta première? Écoute, moi, je n'ai jamais aimé jouer les deuxièmes violons.

— Toi, c'est différent, Léno, tu le sais bien.

— Qu'est-ce qu'il y a de différent?

— Eh bien... je ne sais pas... Toi, je t'aime.

— Tu m'aimes sans passion, c'est ça?

— Tu déformes mes paroles.

— Je ne peux pas faire autrement, j'ai l'esprit tordu. Déformation congénitale.

Elle avait donc fini par descendre au rez-de-chaussée de l'avenue des Fleurs séchées, Pleurs fanés, je ne sais plus, et après l'euphorie des premiers mois, la situation s'était sournoisement détériorée. Sans doute que le regarder quand, transfiguré par le bonheur, il écoutait Marina Krokova chanter était trop pénible pour une choriste aspirant à la Scala. Le silence même de Philippe, quand elle vocalisait, devait être d'une éloquence, j'en jurerais. À vau-l'eau, l'amour s'en était donc allé.

— Qu'est-ce que tu avais tant aimé? Sa voix?

— Sa voix. Son égoïsme. Sa volonté.

— Son corps?

— Son corps.

Avec une pointe de nostalgie, me semblait-il. Mais je n'en suis pas sûre.

— Est-ce qu'avec elle, tu...

— Pourquoi tu poses toujours ces questions? On dirait que ça t'obsède.

— Je voudrais savoir si elle était plus...?

— Non, avec elle ce n'était pas... Mais je n'aime pas parler de ces choses. C'est trop intime. C'est entre elle et moi.

— Et pourquoi tu la quittes?

— C'est pourtant simple. C'est avec toi que je veux construire ma vie.

— Oui, mais pourquoi ça n'a pas marché avec elle?

— Tu sais déjà tout ça. (Ton excédé.)

— Elle chante moins bien? Ne baise plus?

— Léno... (Ton suppliant.)

— Oui, je sais, c'est pour ma voix que tu la quittes, mon égoïsme, mon corps de reine, mon ardeur. C'est pour ma chatte. Je parle d'Espagne, bien entendu, parce que l'autre...

— Tu tournes tout en dérision.

— Non.

C'est fou, j'avais toujours de la peine pour la femme qu'on quittait.

Ils avaient passé six années ensemble, dont les deux dernières à se bagarrer sans arrêt. Au moment de la rupture, elle partait en tournée avec l'orchestre pour chanter l'*Hymne à la joie.*

Ironie du sort, n'est-ce pas?

Mais c'était plus facile ainsi, disait-il. Plus simple aussi. C'était comme s'ils partaient tous les deux en voyage, sauf que leurs destinations étaient différentes. Pour moi, ça ressemblait davantage à un coup de poignard qu'il lui assenait dans le dos, ce départ à la sauvette. Ça manquait de panache, de brio, de dignité. On pourra alléguer — et je commence déjà moi-même à le faire — que considérant la façon dont je suis partie ce matin, je suis plutôt mal placée pour juger les autres et que pour ce qui est des départs à la sauvette, je n'ai rien à envier à personne... Mais voilà, Philippe disait que du panache et du brio, il en avait eu plus qu'à sa faim au cours des derniers mois. Saturé, sevré. Qu'il était au bout du rouleau, n'en pouvait plus des scènes. Celles de Cecilia, les miennes. Surtout celles de Cecilia, les miennes n'ayant pas encore pris cet arrière-goût de hargne qu'ont celles des couples épuisés. À son travail, le projet des Japonais, pour couronner le tout, stagnait. Il n'avait rien d'un bourreau, les larmes, les miennes, celles de Cecilia, les miennes surtout, le ravageaient.

Il la quittait pour moi, qu'est-ce que je voulais

de plus? Un meurtre, un suicide? Il ne me comprenait pas. Il n'avait besoin que d'une chose: le calme. Et quand il l'aurait trouvé, la situation s'arrangerait entre lui et moi.

Il avait donc loué le bel appartement dans le quartier résidentiel au bord de la rivière et à partir de ce moment, il n'avait plus eu à venir éternuer chez moi. J'avais, pendant huit mois, fait la navette entre nos deux logis, deux jours chez lui, trois jours chez moi; chez lui, j'écoutais l'opéra, j'apprenais à jouer aux échecs, il cuisinait des mets qui me plaisaient, sans oiseaux, sans amphibiens ni reptiles, de retour chez moi, je travaillais. Construire la vie, lui donner un sens, même infime, profiter de l'accalmie. Il venait me chercher, il me raccompagnait. Nous allions voir les vieux films à la Cinémathèque, parfois souper chez ses collègues du ministère ou chez Aline. Il m'arrivait d'apporter du travail, j'avais un dictionnaire chez lui pour mes traductions; insidieusement, nous nous installions dans un quotidien confortable. Jusqu'à ce que mon Espagne attrape, d'un matou balafré rencontré au hasard d'une escapade, la leucémie galopante, et qu'elle s'étiole et meure en deux jours. J'étais chez Philippe pendant ces deux jours, je ne m'étais doutée de rien. Quoique, en partant, je l'avais bien trouvée plus languissante que d'habitude, j'avais trouvé bizarre qu'elle n'eût pas plus d'appétit. J'avais attribué son manque d'entrain à la pleine lune du printemps. Et j'étais quand même allée chez Philippe. Quand j'étais rentrée, je l'avais découverte sous mon lit, le poil terne et l'œil vitreux, haletante, dégageant déjà une persistante odeur de putréfaction. Elle s'était mise à ronronner quand je m'étais approchée, son regard à la fois implorant et reconnaissant, j'avais compris qu'il n'y avait plus rien à faire, j'avais caressé sa tête jusqu'à la fin. Et même longtemps après.

Je n'avais pas voulu mettre son corps dans un sac vert et le descendre à la ruelle, au milieu des ordures. Je l'avais donc emmaillotée dans mon châle à fleurs, mon châle d'Espagnole, puis délicatement déposée dans mon sac de voyage. Sans un mot, sans une larme. J'avais mis le sac sur mon épaule et j'étais sortie. C'était le matin, le matin du 20 avril, le jour anniversaire horrible, le jour où, depuis mes quatorze ans, la vie me détestait. C'était l'ironie du sort la plus totale et c'était la preuve flagrante que la vie avait une dent contre moi. Une dent? Dites plutôt un croc.

J'avais marché jusqu'à la montagne. Le sac pesait de plus en plus, la courroie s'enfonçait dans mon épaule. Je me disais que si j'avais été folle, ou dans un livre, un film traitant de la folie, je me serais enfermée avec le cadavre pourrissant d'Espagne, j'aurais laissé passer les jours et l'odeur imprégner les murs de l'appartement, en proie à des hallucinations de plus en plus morbides, jusqu'à ce que, alertée, la police enfonce la porte à coups de bélier et me découvre, prostrée et gémissante, et m'arrache à tout ça. J'avais déjà craint la folie. À quatorze ans, je l'avais crainte, et plus tard encore, quand je travaillais à la Manufacture de Mots, claquemurée derrière

les cloisons bleues de mon cubicule, à traduire sans
fin des textes absurdes pour le Secrétariat d'État,
dans la cacophonie des imprimantes et les effluves
de frites rances qui montaient du boui-boui d'à
côté. Mais je n'étais pas dans un film traitant de la
folie. J'étais lucide, je gravissais le chemin de la
montagne avec le cadavre de ma chatte dans un sac
de voyage qui pesait de plus en plus lourd, qui
s'enfonçait dans mon épaule, et c'était le matin, un
matin exceptionnellement doux pour un 20 avril,
presque un matin d'été. Il y avait des joggers qui
couraient, des zoophiles qui promenaient leurs cer-
bères, toutes sortes d'oiseaux qui pépiaient. J'avais
fini par déposer mon fardeau sur un flanc de la
montagne, je l'avais camouflé du mieux que j'avais
pu dans un tas de broussailles et de branches
sèches, je n'avais pas planté de croix, j'étais partie,
la laissant au milieu des sapins. Et dans ces larmes
qui s'obstinaient à ne pas couler, je me noyais à l'intérieur. Le reste du jour, je ne sais plus, le reste du
jour s'est perdu.

Et puis j'avais craqué, j'étais trop malheureuse,
j'avais craqué, à un tel point inconsolable que j'avais
fini par croire que oui, vraiment, la seule solution
était de tout liquider et de m'installer chez mon ange.
Sans chat. Sans souvenir.

6

L'aube se lève peu à peu, *poco a poco, la luce della alba*. J'ai approché le fauteuil de la fenêtre, j'ai Swann entre les mains, l'aube nimbe la ruelle. Les matous se sont tus, j'en repère un tigré maigre qui rase le mur de briques et flaire les poubelles. Un roi des fonds de cour, chevalier des gouttières, efflanqué, patibulaire, couturé de cicatrices, un fauve farouche et fier. Abandonné? Oh! non, il n'a que faire de la sollicitude des humains, leurs restes lui suffisent, il s'en empare avec l'arrogance des hors-la-loi.

Voilà un genre qui m'émeut.

Par la fenêtre ouverte, je fais de petits bruits de succion avec la bouche pour attirer son attention. Il s'arrête, dresse l'oreille. Je l'appelle, «Minou, minou», je lui parle, «T'es beau, toi, où t'as passé la nuit, beau chat?» Il s'est assis et s'affaire à sa toilette, flegmatique. Mais je sais qu'il me sait là, qu'il reste aux aguets. J'ai tellement envie de voir un chat de près que je me décide à descendre.

Quand j'arrive dans la ruelle, il est encore là, dans la même position. Avec sa patte, il se lave consciencieusement derrière les oreilles. Je fais un pas dans sa direction, il se dresse. Je m'approche, il s'éloigne. Je m'immobilise et lui parle. J'ai ma voix de velours, celle que je prends toujours quand je m'adresse aux chats. «Beau chat, viens me voir, viens.» Il fait une pause. «Viens, beau chat, viens, je meurs d'envie de te flatter.» Il ne bronche pas. Je tente un autre pas vers lui. Il me tourne encore le dos, mais ne s'enfuit pas. Je reste à quelque distance, je parle toujours. «Tu sais, Minou, je connais bien les chats, j'avais une chatte avant, je n'ai pas toujours été aussi solitaire. Allez, viens.» Je laisse passer quelques secondes, puis j'approche encore un peu, je parviens tout à côté de lui, je m'accroupis. La technique du renard pour apprivoiser le Petit Prince. Ou viceversa. Nous créerons des liens, mon amour, nous nous lierons pour toujours. Nous tisserons notre toile et nous prendrons dedans. Quel bonheur, tous les deux comme des mouches engluées dans la même toile, mon amour, nous desséchant à l'unisson, jusqu'à ce que l'araignée vienne nous pomper le cœur. Vois ma petite patte qui remue encore, si faiblement. Je vis, enlaçons-nous, à l'ultime moment, nous ne ferons plus qu'un.

Le chat me considère, cligne de l'œil, bâille longuement. Je tends la main, câline sa tête tout en parlant. Il semble un peu méfiant mais il se laisse faire, puis se lève, arque le dos, étire ses pattes. Il frotte sa tête dans ma main. «Tu ne veux pas venir

avec moi, beau chat? Allez, sois gentil, fais un effort.» Je me relève, je m'éloigne de quelques pas. Il
ne bouge pas. J'arrive au bout de la ruelle, je tourne
à l'angle, je l'appelle. Non, il ne veut pas me suivre.
Je ne me résigne pas, je veux qu'il vienne. Je parle.
«J'avais une belle chatte avant, tu sais. Espagne,
elle s'appelait Espagne, c'était une chatte d'Espagne.
Je lui avais donné ce nom en souvenir d'un homme
rencontré en Espagne. De mes amours avec lui, il
ne restait que le nom de ma chatte et juste de la
nommer, le souvenir montait, me submergeait. Mais
ce n'est pas cette histoire que je veux te raconter, tu
n'en as rien à faire, tu t'en fous. D'ailleurs, c'est
triste, c'est trop triste, toutes mes histoires sont
tristes... Si tu l'avais vue, elle. Tu en as déjà rencontré comme elle, j'en suis sûre, à trois couleurs,
tu sais. Elle avait l'œil gauche cerné de noir, des
taches orangées sur les flancs, le ventre blanc. Une
beauté. Cet œil noir lui donnait un petit air canaille,
corsaire femelle. Et quand elle partait en chasse, les
prunelles vertes de convoitise, l'air cruel qu'elle
avait, quand elle se coulait dans l'herbe haute, se
postait au pied d'un arbre où gazouillait quelque
imprudent moineau. Je détestais qu'elle chasse,
j'avais tenté de l'habituer à une alimentation saine,
moulée de soja et tofu aux carottes, mais que veux-
tu, son naturel de félin revenait toujours au galop.
Tu la comprends. Elle rentrait de ses safaris, la démarche humble et repentante, feignant de quéman-
der une marque d'approbation que je lui refusais.
Car je surprenais toujours dans son regard une
lueur de triomphe qu'elle ne réussissait pas à dissi-
muler... Si tu l'avais connue, toi, tu n'aurais pas

résisté. Mais c'était loin d'être une conquête facile, faudrait pas croire. J'en ai entendu chanter d'interminables sérénades sous sa fenêtre et elle n'a même pas daigné leur jeter l'aumône d'un regard. D'autres se sont livré des combats homériques dans la cour sans qu'elle condescende à descendre. Pourtant, il lui arrivait parfois de déployer ses charmes pour quelque pauvre hère loqueteux qui se risquait sur le balcon. T'aurais été son genre, toi, j'en suis sûre, avec ton air de gitan. Une Andalouse comme elle, tu comprends, vous auriez eu des affinités. Elle avait beau être stérilisée, elle t'aurait quand même invité à manger dans son plat, se serait roulée sur le sol devant toi avec des miaulements plaintifs. Voilà comment elle était, Espagne. Imprévisible.»

Il reste là, j'ai l'impression qu'il m'écoute, que mon histoire commence à l'intéresser.

«On vivait toutes les deux au même rythme, dans une harmonie douillette, totale. Deux vieilles filles calfeutrées, emmitouflées dans la laine angora de leurs châles. Elle avait de ces manies. Si je te disais qu'elle dormait sur le haut des armoires. Toujours juchée, comme un aigle dans son aire, dominant l'entourage, jetant parfois un œil blasé sur la plèbe qui vainement s'agitait au-dessous d'elle. Si agile. La perfection du mouvement quand elle prenait son essor. Tu en serais tombé amoureux fou, je te le jure. Allez, viens, beau chat.»

Il me regarde, tenté, perplexe, se gratte longuement l'oreille, avance de quelques pas, puis s'immobilise de nouveau.

«Tu te méfies de moi, c'est ça? Tu as bien raison de te méfier, mais pas de moi. Penses-tu vraiment

que je pourrais t'attirer dans un guet-apens? Moi?
Que j'ai derrière la tête le projet de te mijoter en
chop suey? »

C'était une blague, mais j'aurais mieux fait de
m'abstenir, maintenant c'est vrai qu'il se méfie. Les
chats n'ont pas le même sens de l'humour que les
humains, si toutefois les humains en ont un, ce dont
il m'arrive de douter. Il suffit d'avoir déjà vu la spirituelle caricature de quelque explorateur dans la
marmite des cannibales. Et le coyote dans *Road
Runner* dont les malheurs font s'esclaffer les foules.
Comme c'est cocasse, n'est-ce pas, quand il dégringole d'une falaise, reçoit un rocher sur la tête et se
fait aplatir par un rouleau-compresseur. Moi, c'est
évidemment au coyote que vont mes sympathies.
Bref, minou, tout ça pour dire que ce genre de farce
plate, ça m'exaspère plutôt, moi aussi.

Un bruit, plus loin, le fait sursauter. Un bruit?
Moi-même, je suis inquiète. En un bond, il a sauté
sur une clôture, disparu dans un fond de cour.
J'avance dans la ruelle en l'appelant, je scrute les recoins, je guette les signes de sa présence.

«J'ai de plus en plus envie de pleurer, beau chat.
C'est toujours comme ça quand je pense à Espagne.
Encore quelques secondes et la soupape va sauter.
J'aimerais mieux être dans l'intimité de ma chambre
quand ça va se produire. Allez, ne te fais pas tant
prier, viens avec moi.»

Dans mon immeuble, ma baraque, pour être plus
juste, une fenêtre se ferme avec fracas. On doit m'entendre, on m'entend sûrement. Il faut rentrer. D'ailleurs, je grelotte, l'aube est glacée, je rentre. C'est
vrai, de quoi j'ai l'air? D'une insomniaque, d'une hys-

térique. Elle raconte sa vie dans la ruelle. À qui? On ne sait pas. Personne ne répond. Docteur! Docteur!

Aviez-vous pris rendez-vous?

Je n'avais pas.

Le psychanalyste est absent pour la journée. Parti jouer au golf. Vous repasserez demain. Qu'est-ce que c'est que ces manières? S'il fallait que tous les patients surgissent à l'improviste!

C'est que je suis au bord de la crise, voyez-vous. J'ai besoin d'un calmant, d'un antidote. Je pense à Espagne.

Allez plutôt dans une agence de voyages, ma pauvre amie.

Elle se raconte dans le vide. Quel pénible spectacle. Les ravages de la drogue, sans aucun doute. Vite, qu'on la cache aux yeux des enfants. Je me suis longtemps couchée tard, vous savez. Tout à l'heure, quand la ville reprendra le collier, j'irai occuper ma place dans le sommeil libéré.

Avant, quand Philippe se levait, toujours très tôt, comme tous ceux qui aspirent à la fortune, et qu'il me retrouvait dans la cuisine, penchée sur le roman à traduire dans lequel je soulignais les mots inconnus, les passages difficiles, sur mon cahier d'écolier, sur le manuscrit tapé que je relisais, n'importe quoi, enfin, mais penchée, il s'écriait «Oh! Léno, ne me dis pas que tu y as encore passé la nuit. Tu n'es pas raisonnable.» Je répondais que je cultivais mon insomnie. Ou que la nuit m'était propice, que je travaillais mieux, la nuit, que je dormais mieux, le jour. Que la raison des uns est souvent la déraison des autres. Il préparait le café, mais pas question que j'en boive, je protégeais ma torpeur. Je me faisais couler un bain bouillant que je parfumais aux fleurs d'oranger. La tête sur mon coussin gonflable, je le regardais se regarder dans la glace, se raser consciencieusement, ajuster le nœud de sa cravate. Il s'asseyait sur le bord de la baignoire, fleurant l'Eau Sauvage dont il venait de frictionner ses joues, effleurait mon sein gauche affleurant, se penchait pour cueillir un baiser très léger sur ma bouche. Je glissais sournoisement ma langue entre ses lèvres.

— Vos effluves sauvages me chavirent, cher ami. Laissez-moi vous humer un tantinet, vous avaler par mes narines.

Il consultait sa montre.

— Il faut que je file...

— Un mauvais coton?

Encore un calembour facile. Il soupirait.

— Tu commences tôt, aujourd'hui.

— Tiens, c'est vrai qu'il est tôt.

Je lui enlevais sa montre, je la posais sur le bord de la baignoire. Je tirais sur sa cravate, elle trempait dans l'eau. Je défaisais un bouton de sa chemise, deux boutons, j'insinuais mes doigts par la brèche.

— J'aime ça, être entre l'arbre et l'écorce.

Il murmurait:

— Léno... dans trois quarts d'heure, j'ai rendez-vous avec le sous-ministre. C'est important.

Je retirais ma main et passais mes deux bras autour de son cou. Je susurrais dans son oreille.

— Ah! oui, le sous-ministre?

— Absolument. Le sous-ministre. Regarde ce que tu as fait, ma cravate est fichue.

— C'est un bel homme, le sous-ministre?

Pourquoi poser cette question? N'importe quoi pour le retenir, n'importe quelle bassesse pour qu'il quitte son personnage, qu'il joue un autre rôle. Parlons du temps qu'il fait, mon doux ami, parlons jusqu'à la pluie. Mais parfois, c'était simplement pour le taquiner, provoquer un de ses sourires dont il était si avare. Il ne souriait pas mais répondait, une imperceptible nuance d'agacement dans la voix:

— Très séduisant. La cinquantaine et des poussières, bedaine triomphante, cheveu rare, moustache en balai. Tout à fait ton style, quoi!

Trop tard, j'étais prise à mon jeu. Je mordillais son oreille.

— J'ai une idée. Imaginons que c'est la sous-ministre et que c'est moi. Qu'est-ce que tu me ferais, dans mon bureau, de bon matin?

C'était comme ça. J'avais toujours le goût quand il était pressé, quand il avait un rendez-vous, qu'il s'apprêtait à partir, tout habillé, rasé de près, peigné et bichonné. Le décalage, oui. Mais je n'avais pas vraiment le goût, c'était davantage pour mettre le conflit en évidence, le confronter à son insignifiance. Je suppliais «Caresse-moi, caresse-moi», je guidais sa main. «Juste un peu. Comme si j'étais la sous-ministre et qu'on avait une liaison clandestine. Disons qu'on ne s'est pas vus depuis un mois, qu'on n'en peut plus.» S'il cédait, il s'en voulait, puis m'en voulait, boudait pendant trois jours, ruminant ses griefs. «Tu ne te rends pas compte, Léno. C'est mon travail que tu sabotes.»

— Mhuhu.

— Arrête de marmonner.

— Comme ça, le sous-ministre n'était pas content? Pauvre grand homme.

— Quand je me suis pointé, il poireautait depuis une heure. Le chef de cabinet était dans tous ses états.

— Une heure, vraiment? C'est fou comme le temps passe vite avec toi.

— J'ai bafouillé une excuse qui sonnait on ne peut plus faux.

— Tu n'avais qu'à ne pas t'excuser.

— Mais qu'est-ce que tu crois? Il fallait bien que je trouve une explication.

— Attends, laisse-moi deviner... Qu'est-ce que tu as bien pu inventer... Je parie que... Un accident?

— Non quand même. Ça peut se vérifier.

— Alors une indigestion? Que tu avais saigné du nez?

— Tu ne le sauras pas.

— La voiture ne démarrait pas? Une panne d'essence? Un embouteillage? On a été cambriolés? Ta mère avait eu une attaque? Un tremblement de terre localisé? Une crise d'asthme? Ou bien tu lui as dit, je suis vraiment désolé mais ma maîtresse est une nymphomane...

Il aurait pu rire, au moins, mais non, aucun sens de l'humour, le sous-ministre le minait.

— Tu t'en fous, oui, ça je le sais. Tu ne respectes rien. Ça t'est complètement égal, mon avenir. Au fond, tu ne trouves pas ça très exaltant, ce que je fais.

— Pas très.

— Tu considères que je mène une existence

obscure, terne. Je ne suis pas à la hauteur de tes attentes, c'est ça?

— Pas vraiment.

— Pas vraiment quoi?

— À la hauteur de mes attentes.

— Tu voudrais me voir ressembler à un de ces machos de tes foutus romans roses, c'est ça? Tu me méprises?

— C'est votre à plat ventrisme qui me sidère, cher ami, qui me fascine, me commotionne et m'effarouche.

— Arrête de te gargariser avec les mots. Tu ne m'impressionnes plus. Une termite, voilà ce que je suis, pour toi. Une obscure termite.

— Je suis désolée de vous contredire, cher ami, mais termite est un substantif masculin.

— Oh! Arrête.

— Tu es mon petit termite d'amour. Et moi je suis une mante religieuse, n'est-ce pas? Je dévore mon mâle. Je suis la mante qui monte, monte, monte, mange tout son petit termite.

Et ça continuait comme ça... s'il avait cédé. Ciel chargé, orage à l'horizon. Mais la plupart du temps, il s'arrachait à mon étreinte, il remettait sa montre à son poignet, tapotait sa cravate, se redonnait un coup de peigne et me laissait, pantelante, dans la baignoire, au milieu de mes bulles, au milieu de mes cris, il ne les entendait pas, mes cris étaient en moi, il y avait des années que je ne criais plus sinon tout bas, des années que j'avais compris l'inutilité de tout cri. Il murmurait «Ce soir, Léno», et debout dans l'embrasure de la porte mimait un baiser complètement débile, un baiser tellement bidon, une vraie caricature, bouche avancée, je hais ta bouche en forme de ventouse, œil de peinture sur velours dans un cadre en plastique, tu sais, ces horreurs avec une larme qu'on vend aux touristes dans les rues du Vieux-Montréal, je te crache dans l'œil, j'enfonce une aiguille dans ta pupille, j'arrache, je piétine, j'écrabouille la gélatine, je fais gicler, j'éclabousse les murs, ses pas inaudibles sur la moquette du couloir, le tapis du salon, il s'attardait une seconde dans la chambre pour prendre son attaché-case ridicule, sans même le voir je savais tous ses gestes, c'était toujours le même rituel, il avait son imper sous le bras, ses clefs tintaient dans sa main, puis la porte de l'appartement se refermait pendant que je hurlais «Pauvre con! Imbécile! Impuissant! Pauvre con! Je la comprends, Cecilia, d'en avoir eu assez!» (même si c'est lui qui l'avait quittée et qu'il l'avait quittée pour moi), je hurlais, sans savoir s'il avait eu le temps de m'entendre, le cri jaillit toujours dans le désert, toujours quand il n'y a personne pour l'entendre, et quand je savais qu'il ne le pouvait plus, je poursuivais à mi-voix ma litanie, pour moi toute seule, «Pauvre con, incapable de jouir de la vie, incapable de me faire jouir, incapable, incapable, tu ne sais même pas ce que c'est que la vie, tu ne sais rien, mais qu'est-ce que je fais avec un pantin pareil, de la guenille, tu es en guenille, tu ne sais que fuir, dans le travail, dans l'opéra, pauvre imbécile, pas même fichu d'écouter Renaud à l'occasion, ou Jim Morrison, tu appelles ça de la sous-musique, pour qui tu te prends, Philippe O'Farrell, mais pourquoi j'ai choisi de vivre avec un imbécile pareil, la vie ce n'est pas l'opéra, et puis si

c'est un opéra, moi je choisis *Carmen*, je vais
prendre un amant, tu vas voir, et je vais le prendre
jeune et beau, comme Renaud, Jim Morrison, aujourd'hui même, oui, aujourd'hui, aujourd'hui...», je
rentrais la tête sous l'eau, je me pinçais le nez, j'attendais d'éclater.

Dire qu'à présent, la seule pensée d'un bain
dans cette chambre où je niche depuis une journée
me révulse.

Je n'éclatais pas, j'émergeais avant, je courais, encore dégoulinante, me réfugier sous la couette, je
frissonnais, je m'endormais, la main entre mes
cuisses. Je ne prenais pas de jeune amant, de vieil
amant, d'amant fringant, qu'est-ce que ça m'aurait
donné, je n'avais même pas le courage de sortir du
bel appartement, je dormais tout le jour, je dormais
jusqu'à son retour. Il me retrouvait là, dans la pénombre, il m'avait apporté quelque chose, un bouquet, un livre, «Regarde, ma fleur, j'ai pensé que ça
pourrait t'intéresser, les souvenirs de Céleste Alba-
ret», il me tendait, d'un air contrit, un apéritif très
spécial, doré, sucré, «J'ai trouvé ça à la Maison des
vins. Tu veux l'essayer? Ça vient d'une île de la mer
Égée», il me disait «On va souper au restaurant, tu
veux?» Pour commencer je répondais que non, j'ob-
jectais que j'étais trop affreuse, trop fatiguée. Je restais dans le lit, il était assis sur le bord, on se dévisa-
geait dans le clair-obscur, il était si triste. Je me
levais, je m'habillais, robe noire, quel deuil je portais,
chaînes d'or autour du cou, quel esclavage m'asser-
vissait? Je me parfumais, me maquillais, effaçais les

traces, mais quelles traces, les traces du chagrin,
quel chagrin, ombre à paupières bleue, rouge à
lèvres flamme. On allait dans un restaurant du
quartier chinois, on picorait du bout de nos ba-
guettes, crevettes, pousses de bambou, pois mange-
tout, il me disait que j'étais belle, par-dessus la table
il tendait la main et touchait mes cheveux.

Après le souper, il me demandait ce que j'avais
envie de faire, et j'inventais n'importe quoi, voir des
gens, si on allait chez tes parents, ou chez Aline, il
y a longtemps qu'on a vu Aline, si on allait au cinéma, si on faisait un tour de voiture à la campagne, recenser les maisons à vendre, «Mais il fait
noir, Léno, on ne verra rien», «Je t'assure, j'ai envie
de les voir dans la nuit, c'est seulement quand on
les voit dans la nuit qu'on sait si on pourrait y
vivre». Toutes sortes de prétextes pour ne pas me
retrouver seule avec lui. C'est-à-dire dans un lit.
L'idée même qu'il me touche me remplissait d'horreur. Je dis ça et pourtant je sais bien qu'à l'occasion quelque chose au fond de moi gémissait.
Touche-moi, touche-moi. Quelque chose de recro-
quevillé, d'abattu, murmurait. Qu'il tende juste la
main vers moi et s'aperçoive que je suis nue sous
ma robe noire. Qu'il tende la main. Il ne la tendait
pas. Qu'il trouve un bosquet, un chemin de traverse,
et qu'il me trouve, nue sous ma robe. Les deux
mains figées sur le volant, il regardait droit devant
lui, il fixait la route. S'il parlait, c'était toujours pour
proférer des banalités, «Au bureau, aujourd'hui...» Je
m'en fous du bureau, je m'en fous des contrats, des
Japonais, des secrétaires, je me fous de tout, je veux

juste me perdre. Oh qu'il soit un instant distrait, que
le plaisir, le seul plaisir de me donner le plaisir
brouille sa vue et que nous percutions un arbre, un
pylône, que nous plongions dans la rivière. Mais il
se mettait à pleuvoir, il actionnait les essuie-glaces
et proposait que nous rentrions. Il n'aimait pas rouler sous la pluie. Un de mes amants, le Turc, je
pense, conduisait toujours de la main gauche, le majeur droit enfoncé dans ma chair, et nous n'étions
pas encore arrivés chez lui que j'avais déjà chaviré.
Philippe, lui, attendait que nous soyons rentrés. Il se
figurait qu'il allait m'installer dans son lit, toujours le
même lit, toujours en râlant qu'il m'aimait dans mon
oreille. Trop tard, trop tard, trop tard, ça hurlait en
moi. Ce matin, tu m'as plantée là, à présent, tu ne
perds rien pour attendre. C'est-à-dire que tu peux
toujours attendre. Ça hurlait en moi.

Quand on rentrait enfin, très tard, trop tard, j'avais
toujours un travail urgent à finir, j'en avais toujours
pour la nuit. Vengeance.

Mais parfois c'était différent, je n'allais pas me
réfugier sous la couette, je sortais du bain et j'appelais mon vieux Clément, vieux frère de misère,
compagnon d'infortune, je lui disais de venir
prendre un verre, c'était le genre d'invitation qu'il ne
savait refuser. Et quand Philippe rentrait et nous
trouvait attablés, la tête qu'il faisait! Il faut dire que
dans le genre vieux beau sur le déclin, on ne faisait
pas mieux que Clément. Avec ses lunettes fonds de
bouteilles de rhum, ses cheveux poivre et sel et sa
bedaine, avec ses histoires graveleuses et ses *Gi-*

tanes qu'il fumait à la chaîne, il n'avait rien pour plaire à Philippe. Mais je le traînais dans mon sillage depuis des années. J'avais connu Clément pendant ma période Manufacture de Mots, c'était, en fait, le seul rescapé de toute cette époque. D'éphémère amant, il avait accédé au rôle de confident durable. Il s'étonnait toujours: «Qu'est-ce que tu fous avec ce type? Tu ne vas quand même pas me dire que tu l'aimes?»

— Je ne vais pas.

— Je ne te reconnais plus. Toi, l'adolescente qui a fait des fugues? Et tu ne m'as pas raconté qu'en Espagne, tu avais été la compagne d'un terroriste ou quelque chose du genre? Jamais je n'aurais imaginé que...

— Mettons que je me repose.

Il haussait les épaules.

— Le repos de la guerrière? Laisse-moi rire. Ma chère Éléonore, tu te goures. Tu t'édulcores, c'est ça, tu t'édulcores.

— Peut-être.

— Réveille-toi, bon Dieu!

Mais je lui faisais rarement de confidences, je préférais écouter les siennes. Le genre qui prétend adorer les femmes, ne pouvoir vivre sans elles. Finalement divorcé de la sienne après l'avoir trompé allègrement pendant vingt ans, le genre qui trompait à présent son ennui avec toutes les putes de la ville, le genre qui attisait sa rancœur. C'est ce que j'aimais en lui, la vérité de sa rancœur, la virulence de cette haine à laquelle il donnait le nom d'amour. Il racontait que dans la vieille Russie, il y avait ces espèces de prophètes, de mystiques qu'on appelait les fous de Dieu. Ils couraient les chemins en prêchant la bonne nouvelle, la barbe jusqu'au nombril. Il disait «Moi, j'ai peut-être pas de barbe, mais j'suis un fou des femmes. J'passerais ma vie à chanter leurs louanges...»

Je ne le voyais que quand j'étais déprimée. Je me disais que peut-être son désespoir aurait raison du mien. On traîne toujours dans son sillage des plus désespérés que soi.

Ses propos étaient des suites d'incohérences et de bouffonneries. Une fois, il était arrivé en m'annonçant «J'suis tellement fou des femmes que j'en ai loué trois pour me tenir compagnie. Elles sont arrivées hier après-midi. Et crois-le ou non, je les ai pas encore touchées. Et j'ai pas l'intention de les toucher. J'veux juste les regarder. C'est mon fantasme à moi que je dorlote. Viens, je vais te les présenter.»

— Où ça?

— Elles m'attendent à l'hôtel.

En chemin, il avait continué à m'expliquer «J'leur demande de danser, elles dansent. De se peigner, elles se peignent, de se maquiller, elles se maquillent. De se déshabiller, elles se déshabillent. Je les regarde nues, je les regarde vêtues, je suis content. Tu vois, là, je leur ai dit de m'attendre et je sais qu'on va les retrouver dans la chambre. La vie, c'est plus simple qu'on le pense. Ce matin, elles m'ont donné mon bain, m'ont habillé. Tu peux pas savoir. Y avait Josephina qui m'enfilait mes chaussettes, pendant que Kim, à genoux près de moi sur le lit, boutonnait ma chemise. C'est Maude qui m'a rasé. Le bonheur. En vingt ans de mariage, j'avais jamais connu un pareil traitement. Elles comprennent pas ce que je veux. Tu vois, elles sont habituées à ce que les types leur demandent autre chose. C'est-à-dire toujours la même chose. Moi, c'est pas leur cul qui m'intéresse. Tu m'crois pas?

— Tu ne vas pas prétendre que c'est leur cœur?

— Et pourquoi pas? J'les respecte, moi. C'est pas parce qu'elles sont putes que j'les respecterais pas. C'est un beau métier, pute. Un métier honnête. Avant, on appelait ça fille de joie, fille de vie. Belles expressions. Courtisane, aussi. Oui, courtisane, ça sonne bien, ça a de la classe. On reconnaissait leur valeur. Dans l'Antiquité, y avait pas de honte à l'exercer. Et au Japon, les geishas, c'est une institution au même titre que les samouraïs. On m'a raconté qu'en Thaïlande, la prostitution existe, mais pas le mot. Non, j't'assure, c'est notre civilisation judéo-chrétienne qui a mis des bâtons dans les roues du plaisir... T'es pas d'accord?

— Il existe d'autres belles expressions: faire le trottoir, tapiner, racoler, poule, catin, traînée, morue, fille publique, fille perdue... Mais c'est quoi, au juste, ton fantasme? Devenir l'eunuque dans le harem?

— Sois pas mesquine. Qu'est-ce qui te prend? T'es devenue féministe? Frustrée?

— Oui.

— Oui, quoi?

— Féministe. Et frustrée.

Dans la suite à l'hôtel régnait ce désordre qu'on dit féminin. Langueur, tiédeur. Un bas de nylon traînait sur le bras d'un fauteuil; sur la moquette, deux souliers rouges à talons hauts, un debout, prêt à partir pour la gloire, l'autre couché sur le côté, comme terrassé dans son envol; sur la table à café, des magazines de mode ou de cinéma, ouverts. Dans la chambre, une camisole noire à pois blancs au pied du lit, négligemment recroquevillée, un porte-jarretelles fuchsia sur la commode, un flacon d'eau de toilette, des cigarettes américaines mentholées ultra-minces extra-légères, une brosse à cheveux. Sur la table de chevet, j'avais remarqué un des romans que j'avais traduits, *Rendez-vous à Florence*. Je l'avais ouvert au hasard. Retrouver les mots que j'ai écrits me rassure parfois. *Amadeo l'avait saisie par la taille. — Non, cara mia, cette fois, vous ne m'échapperez pas. Je vous désire depuis le premier jour, quand vous m'êtes apparue, descendant du train. Traînant sur le quai de la gare votre valise trop lourde, vous ressembliez à un oiseau qui vole à tire-d'aile. — Et vous avez tout fait pour me mettre en cage, rétorqua-t-elle en rejetant fièrement la tête en arrière. Mais il avait étouffé ses protestations sous un baiser torride.*

Dans ces romans qui mettent en scène un héros au regard farouche et au sourire de carnassier, l'héroïne, elle, a souvent la grâce d'un oiseau blessé. Il semble que la Femme forte de l'Évangile ait moins d'adeptes que la blonde fragile qu'un cavalier capture sur sa monture...

Pour en revenir à Clément, il leur avait demandé d'apporter fanfreluches, pots de crèmes et lotions diverses, dessous de dentelle. Il m'avait expliqué qu'il avait eu ce désir d'être mêlé, pendant quelques jours, à l'intimité féminine. Quand il avait téléphoné à l'agence, il avait demandé trois filles, très différentes physiquement, mais jeunes et belles, et exigé qu'elles arrivent avec leur mallette d'objets personnels. Pas de cuir, pas de métal, cependant, avait-il précisé. Juste du satin, de la soie, des parfums. Trois filles, qu'il garderait trois jours. Il aurait aimé, si possible, qu'une ait ses règles, c'est, selon lui, la quintessence de la féminité. Ils me font rire avec leur quintessence. Pour Philippe, les bas, pour Clément, les règles. Toujours en-dessous de la ceinture. Mais aucune ne les avait.

«Ils ont dû me prendre pour un pervers sénile, le satyre impuissant, tu vois le genre. C'est pas ça. Ça n'a rien à voir avec la perversion. D'ailleurs, quand on paye le prix, on peut toutes se les permettre, les perversions. Y a plus rien d'interdit. Si j'te racontais... Mais moi, j'leur fais rien, j'les moleste pas, j'les touche même pas. J'veux seulement qu'elles fassent comme si j'étais pas là, qu'elles me considèrent comme une sorte de potiche, qu'elles froufroutent et babillent comme si j'existais pas.»

Les filles étaient multicolores: une blonde, une rousse, une ébène. Ébène, c'était Josephina, tête crépue, long corps flexible, puissant, luisant. Kim était la blonde, une Suédoise authentique, poitrine menue mais arrogante, cheveux raides et très fins. Maude, la rousse, avait une peau semée de tavelures qui faisaient penser à de minuscules gouttelettes de jus d'orange sur de la crème.

La porte de la salle de bains était à demi ouverte. Bruits d'eau: Maude se faisait couler un bain, on entendait Josephina uriner. Papier hygiénique froissé, déclenchement de la chasse d'eau. Affalée dans un fauteuil, Kim feuilletait un magazine. Josephina, en peignoir, passait. Elle entrait dans la

chambre, on reconnaissait le cliquetis d'un briquet.
Maude fredonnait dans la baignoire un air à la
mode, Kim grignotait des chocolats qu'elle pigeait
dans une boîte à côté d'elle. Ensuite, Clément
m'avait demandé si je voulais les voir danser, les
voir baiser. Elles feraient ce qu'on leur demanderait.
J'avais répondu que non.

— À ta guise. Comme on dit, ce que femme
veut, Dieu le veut. Ou l'homme propose, la femme
dispose. Les proverbes sont toujours du côté des
femmes, t'as remarqué? Mais t'as tort de refuser le
spectacle, c'est très beau, très excitant, pas du tout
pornographique. T'étais moins pudibonde avant. Tu
te rappelles quand on allait au cinéma, la nuit?

— À présent, je vais à la Cinémathèque.

Plus tard, Kim s'était levée, avait retiré le peu de
vêtements qu'elle portait, s'était pavanée dans la
pièce, les mains sur les hanches, la mine boudeuse,
secouant sa chevelure. Elle était allée chercher un
flacon de vernis à ongles dans la chambre, s'était
assise sur le bord du canapé et, un pied sur la table
à café, avait commencé à appliquer une couche écarlate sur ses ongles d'orteils. Elle avait allumé la télé
et l'avait réglée sur un poste de vidéo-clips. Les
rengaines se suivaient et se ressemblaient, accom-
pagnées d'images de blondes échevelées, d'éphèbes
vêtus de cuir, de motos et de guitares électriques.
Maude était sortie de la salle de bains, le corps ceint
d'une grande serviette éponge, et elle était venue se
blottir sur les genoux de Clément. Quand il s'était
mis à lui caresser gentiment la cuisse, elle s'était lo-
vée davantage. Elle avait susurré «Et ma petite chatte,
tu t'en occupes pas?» Il avait soulevé la serviette. Son

sexe cuivré rutilait. Il avait demandé à Kim de venir s'occuper d'elle et Kim était docilement venue s'agenouiller entre les jambes de Maude. Puis il m'avait dit:

— Si t'en as envie, Josephina se fera un plaisir.

J'avais répondu que non.

— T'es pas raciste, au moins?

— Pas raciste. Sexiste.

Il flattait la tête de Kim pendant qu'elle. J'avais détourné les yeux.

Plus tard, il m'avait proposé de téléphoner à l'agence pour me faire venir un gars. «Dans une heure, maximum, t'auras un beau mâle, pour toi toute seule. Tu l'amèneras dans la chambre à côté. Ça va t'changer de ton croque-mort.» Et j'avais répété que non, non.

— Si c'est à cause des maladies, t'as rien à craindre. Ils apportent leurs condoms. J'suis un peu au courant, tu sais. J't'avouerai même que j'ai déjà essayé une fois, pour voir. Mais rien à faire, que veux-tu, moi, c'est les femmes. Exclusivement les femmes... Alors, qu'est-ce que t'en dis?

— Je te remercie, mais c'est non.

— J'insiste pas. Mais tu sais, la vie, c'est pas mal moins compliqué qu'on le pense. La plupart des gens ont tellement de clôtures dans leur tête qu'ils ont peur de sauter. Ils restent figés de l'autre côté, sans savoir ce qu'ils manquent... À propos de condoms, tu connais celle-là? Qu'est-ce qu'il y a de pire qu'une abeille dans l'oreille de Mireille?

— Je la connais.

C'est après ça que j'étais partie.

Au moment où je désespère de retrouver le chat et me résous à rebrousser chemin, j'entends miauler derrière moi. Un beau miaulement sonore de matou. Je me retourne, il est là. Je lui dis qu'il n'est pas obligé de me suivre, que je le comprendrais de préférer la ruelle et la liberté à ma mélancolique compagnie. Je continue de marcher en feignant l'indifférence, le bout de la ruelle, une rue transversale, une rue parallèle, la mienne, déserte, il est si tôt, la tabagie Variétés, la boucherie en gros, le repaire des reptiles, ma maison, trois marches instables, une porte, un escalier intérieur, des relents, un palier, deux portes se faisant face, ornées de chiffres branlants, un, deux, deux c'est chez moi, ouvert à tout venant, j'avais oublié de fermer. J'entre. Aucun venant n'est venu. Le chat, lui, s'est arrêté, indécis, sur l'avant-dernière marche. Je laisse la porte entrouverte, je me dirige vers le lit, le flaire, mais cette odeur rance m'écœure de façon définitive. Je retourne à mon poste dans le fauteuil près de la fenêtre, Swann à plat ventre sur l'accoudoir. Je jette un coup d'œil circulaire sur la pièce. Le désordre, il me semble, s'est déjà installé. Dans quelques heures, c'est décidé, je ramasse mes affaires et je me trouve quelque chose de décent. D'abord la banque pour voir où j'en suis, ensuite, un petit déjeuner convenable en tête à tête avec le journal du matin, rubrique logements meublés à louer, un coup de fil à la maison d'édition, histoire de les informer que je déménage, un coup de fil à Aline, histoire de voir si mon amant s'inquiète. Histoire aussi de m'assurer que je ne suis pas portée disparue. Présumée enlevée, séquestrée. Amnésique, oubliée. Dans un bordel à Bangkok, un harem à Damas. Au fond du fleuve, une pierre au cou.

La porte s'entrebâille, le chat entre, fait quelques pas sur les pointes, les oreilles dressées. Nous nous dévisageons avec sympathie. Il avance jusqu'au milieu de la chambre, saute sur le lit, renifle et redescend, s'approche précautionneusement d'*Underwood* et jauge l'objet comme s'il craignait que les touches se transforment en autant de scarabées préhistoriques ou futuristes résolus à l'attaquer, rôde autour de la baignoire, se faufile en dessous, ressort, pousse, de la patte, la porte du réduit, puis vient enfin vers le fauteuil et se met à aiguiser ses griffes sur les côtés. Je l'appelle en douceur «Italie, Italie», il lève la tête, exécute un bond gracieux et atterrit sur mes genoux.

7

Italie a l'air de nous avoir adoptées, ma chambre et moi. Il est resté couché en boule sur mes genoux. Quand j'ai flatté sa tête, il a réagi en faisant entendre un ronron quasi imperceptible, mais un ronron tout de même. Cela m'émeut toujours d'entendre ronronner un chat. Cela me rassure vis-à-vis de moi-même, de mon pouvoir de donner du plaisir. Je me lève et lui abandonne le fauteuil. Je vais fermer la porte, très très doucement, pour qu'il ne se sente pas prisonnier, clac, le piège qui se referme, la tête prise dans le collet, tout ça. Pour un animal aussi libre que lui, ce serait tout simplement inconcevable. Alors je procède en catimini, sans bruit. Et je me dis que si je veux qu'il reste, il faudra bien que je descende chez le dépanneur lui acheter à manger. Un échange de bons procédés. Il ronronne et je le nourris. C'est, je le répète, un échange de bons procédés, du troc loyal. Que l'on ne croie surtout pas qu'il s'agit d'une relation de cause à effet, ce qui équivaudrait à dire qu'il ne ronronne que parce que je le nourris ou que je ne le nourris que parce qu'il ronronne, quelle vénalité. Le ronron du chat est toujours un acte gratuit, et c'est sa gratuité même qui me le rend si précieux. Je dois bien commencer à avoir faim moi aussi, d'ailleurs. Enfin, je ne sais pas trop. La tête me tourne vaguement. Je m'installe à la table, je sors le petit miroir en nacre de mon sac à main, je m'évalue — suis-je présentable, sortable au grand jour? Hélas! le reflet qui me nargue n'est pas très beau à voir. Cernée, blafarde. Yeux bouffis, rougis. L'amorce d'un feu sauvage à une commissure des lèvres. Je me dirige vers la baignoire, je me penche, je fais couler l'eau froide, je m'asperge le visage, longuement. Tout compte fait, je pourrais bien rentrer à la maison, qu'est-ce que tu en penses, Italie? J'aurais tout simplement fait une fugue, ce serait sans conséquence, je dirais que je suis allée au cinéma, que je me suis endormie, que j'ai erré dans la nuit, que j'ai rencontré des amis. Il n'aurait même pas remarqué que j'avais pris le drap (le drap de satin m'appartient personnellement, il est toujours plié dans un tiroir de la commode, dans ses plis, un sachet de lavande, on ne le met jamais sur notre lit d'eau, son lit d'eau; sur notre lit, son lit, on met ses draps à lui, en percale pervenche, on pose la couette blanche, et entre les draps pervenche et la couette blanche, on se glisse, nous, on navigue sans fin, et quand j'ai avalé trop de cerises cancérigènes macérées dans la vodka, j'ai le mal de mer, le roulis des vagues m'étourdit, et quand j'ai mes règles, j'ai toujours peur de tacher les draps pervenche, la couette

blanche, je passe la moitié de la nuit à travailler,
l'autre moitié dans la baignoire).
Est-ce normal, docteur?
Pour tout dire, il semble que vous ne soyez pas
très à l'aise dans cette maison. Avez-vous essayé de
faire chambre à part?
Il n'y a qu'une chambre.
Si vous déménagiez?
C'est ce que j'ai fait.
Ensemble, je veux dire. Dans un nouvel appar-
tement.
Ensemble?...

Je dirais donc n'importe quoi, peut-être même
que je ne dirais rien, qu'il ne poserait même pas de
question. C'est tout à fait son genre, de ne pas
questionner. Quand il préfère ne rien savoir. Il fait
l'autruche, selon l'expression consacrée. Il penserait,
elle a voulu me provoquer, elle s'est offert un petit
mec, un petit macho latino qui roule des biceps, elle
s'est fait lever dans une discothèque. Il penserait
peut-être même que j'ai simplement marché dans la
nuit, que j'ai simplement voulu lui faire croire que je
m'étais offert un petit mec, m'étais fait lever dans
une discothèque, que j'ai l'esprit suffisamment tordu
pour ça. Il ne poserait pas une seule question. Feignant l'indifférence en pensant que je feins le
désarroi. Ce serait sa façon à lui d'être cruel. Con-
vaincu qu'au fond je meurs d'envie d'être ques-
tionnée pour mieux le tourmenter en ne répondant
pas ou en mentant, il me refuserait cette satisfaction.
Ha! Ha! ma belle, tu t'attendais à une scène, tu

pensais que je m'étais morfondu, tu escomptais me
retrouver hagard, blême, fou d'inquiétude et de remords. Nenni, j'ai dormi comme un loir. Parfaitement. Une souche, une marmotte, n'importe quoi
dont le sommeil est légendaire.

Et moi, je hausserais les épaules, je le connais
trop bien, je comprendrais qu'il essaie seulement de
me faire croire qu'il s'en fout, il a l'esprit suffisamment tordu pour ça.

Oh! mais c'est là que tu te trompes. Tu peux bien
hausser les épaules. Je n'ai plus de temps à perdre
avec vos enfantillages, madame. Ces petites cruautés
mentales dont vous êtes la spécialiste incontestable ne
me font plus ni chaud ni froid. Non, cette fois-ci, je
n'ai pas appelé tous tes amis, investigué dans tous les
cinémas pervers de la ville, les bars à la mode, les
restaurants minables, scruté les bancs de parc et les
pieds d'arbres. Ni, à l'aube, à bout de ressources,
téléphoné aux hôpitaux, aux postes de police. Une
jeune femme, châtaine, les cheveux aux épaules,
plutôt jolie, plutôt filiforme, l'air plutôt paumé, non,
j'ignore comment elle était habillée, je ne sais pas
quand elle a été aperçue pour la dernière fois, quand
je suis parti, ce matin, elle dormait encore, la nuit avait
été très calme, aucune querelle, aucune étreinte ne
l'avaient troublée, non, ce n'est pas dans ses habitudes
de partir comme ça... N'espère pas que j'aie fait
comme lors de ta dernière fugue. Cette fois-là, il ne
me restait que la morgue à contacter quand tu étais
rentrée, mais je ne m'y résignais pas. Et toute cette
mise en scène parce que ta chatte...

Non, je t'en prie, pas ça, ne me rappelle pas cet
épisode.

Les états d'âme d'Éléonore, n'est-ce pas? Le petit chat est mort, sa maîtresse se désespère. Pauvre naïf que j'étais, réduit à croire que tu t'étais suicidée, pendue à une haute branche d'érable rouge dans un bosquet de la montagne, démantelée sous les roues du métro, la tête fracassée, les veines ouvertes dans la baignoire d'une quelconque chambre d'hôtel...

Qu'est-ce qui te prend de devenir hargneux tout à coup? Nous étions heureux, non? C'est-à-dire que nous l'avons été, quelques fois. Qu'il nous est bien arrivé de l'être, il me semble. Attends, j'essaie de me souvenir. Au début, peut-être. Cet amour, tu sais bien, nous le comparions à une petite plante courageuse, quand nous bavions des lieux communs, les yeux dans l'eau, la belle époque...

Et puis voilà, madame était rentrée comme une fleur, sur le coup de midi, non, elle n'avait pas envie de parler, que je la laisse un peu tranquille, que je lui fasse plutôt couler un bain, que je la laisse dormir un peu...

C'est vrai, Philippe, j'étais si fatiguée. Éteinte, éreintée, crevée, blessée.

Fatiguée de quoi, blessée de quoi, qu'est-ce que tu avais fabriqué toute la nuit, qu'est-ce que tu avais fait jusqu'à midi, tu prétendais que tu ne savais plus, mais je m'en doute, tu avais fait comme avec moi, intercepté un type à la sortie d'un bar, inventé une histoire, que tu avais oublié ton parapluie, ton sac à main, ton adresse, que sais-je...

Arrête.

Ou bien bafouillé, le regard noyé, que la naissance d'Hitler, toi, ça te plongeait dans le marasme,

tous les ans c'est pareil, à date fixe, la pseudo-paci-
fiste, la noble idéaliste bascule, les souvenirs d'événements macabres qu'elle n'a même pas vécus la
précipitent dans les affres de l'angoisse...

   Si tu veux vraiment le savoir, j'avais marché
dans la ville, j'avais erré, rien fait d'autre, parlé à
personne, intercepté personne, si tu veux le savoir,
j'avais fini par me perdre dans les dédales d'un stationnement intérieur où je m'étais réfugiée, mais
comment savoir pourquoi, comment savoir comment je m'étais réfugiée là, j'avais peut-être eu froid,
porte ouverte, porte refermée, barrée de l'extérieur,
moi, embarrée à l'intérieur, des voitures sans fin,
phares éteints, comme des chevaux à l'écurie, en-
dormis, des navires au port, ancrés, et des portes
toutes verrouillées, aucune issue? des colonnes, des
escaliers de fer, des portes barrées, l'écho de mes
pas sur le sol de béton, et je ne sais plus comment
j'avais réussi à sortir de là, retrouver la rue, et puis
j'avais encore marché, une brisure dans ma tête...

   Tu devais avoir trop bu, tout simplement. Ne
cherche pas d'autres explications. Mais je ne peux
plus te croire. Tu mens comme tu respires. Avec toi,
c'est toujours le psychodrame, la scène finale, et puis
le rideau tombe avant qu'on ait compris... Ou bien tu
avais appelé ta loque humaine, ton Clément...

   Tu n'es pas loin de la vérité. Tu veux que je te
dise, oui, j'avais appelé ma loque humaine et ma
loque humaine m'avait entraînée dans un restaurant
russe où les musiciens avaient joué les *Deux guitares* ou *Tziganes*, je ne sais plus, ceux qui sans
répit grattent leur guitare, j'avais appris les paroles
par cœur, cette nuit-là, *Dve guitari za ctenïe, ja-*

ladno zanili, icho raz, icho raz, icho mnoga mnoga raz, c'est le violoniste qui me les avait écrites sur une serviette de papier en alphabet romain, et qui m'en avait expliqué le sens, et la tristesse slave est tellement plus triste que tout ce qui est triste au monde qu'on dirait que ça finit par te consoler. Sinon, tu as juste envie de verser toi aussi toutes les larmes de ton corps, de fondre sur place et qu'il ne reste de toi qu'une flaque sous la table. Mais verser toutes les larmes de ton corps console aussi.

Je le savais, je le savais que tu avais passé la nuit avec ce salaud, que tu l'avais suivi dans les bouges qu'il fréquente, je le savais...

On avait eu le vague à l'âme ensemble comme jamais je ne l'ai eu avec toi. On avait sorti nos vieilles photos de nos portefeuilles, moi, les photos d'Espagne, et lui, celles de la maison où il avait vécu heureux, à Sainte-Pétronille de l'Île d'Orléans, du temps où, avec sa femme, il élevait des canards et possédait deux juments alezanes qu'il faisait galoper sur la grève. Une boule m'était montée dans la gorge à la vue de cette maison dans les arbres. Il me semblait que j'y aurais passé ma vie, à écouter les rouges-gorges se chamailler dans les taillis d'épinettes, à contempler couler le fleuve dans la lumière du crépuscule. L'angélus aurait sonné au clocher du village. Je serais allée m'allonger dans le jardin pour voir les derniers rayons du soleil faire frissonner le trèfle. J'avais émergé de mon rêve en l'entendant faire l'éloge des ris de veau au madère que préparait sa femme. Moi aussi, j'ai des souvenirs alimentaires, les cailles flambées et les grenouilles. Et quand on commence à avoir des souvenirs alimentaires, c'est

que ça commence à ne plus ressembler à une peine
d'amour. Mémoire qui remonte dans la baignoire
avec des relents tristes. Bizarre, ce qui reste de nos
élans, tu ne crois pas?
Ne change pas de sujet, c'est trop facile. Donc,
tu t'éclatais avec ton vieux débris pendant que je
me morfondais à te chercher...
Le violoniste, je le regardais dans les yeux, il
avait les yeux bleus et langoureux et l'habitude, sans
doute, d'y faire chavirer les convives éméchées. Ça
se bousculait en moi, les désirs, les images, les regrets, la rage, je me disais qu'ainsi va notre vie, de
désirs en regrets, et de fougues en torpeurs...
À qui tu pensais, hein, à qui?
Je pensais à un autre, et son visage aimé se con-
fondait avec celui du violoniste... Mais quand les
souvenirs alimentaires avaient commencé, j'avais dit
«Clément, tu sais, ce que tu m'as proposé, l'autre
jour?» «Quoi donc?» «Eh bien, téléphoner à l'agence,
faire venir un homme.» «T'as changé d'idée?» «Je
crois que j'ai envie d'essayer.»
Quelle agence? Quel homme? Qu'est-ce que tu
racontes?
Rien...
Comment ça, rien? Tu parles d'un homme que
vous auriez fait venir d'une agence, tu...
Je dis tout simplement que la mort d'Espagne
m'avait fait réfléchir à toutes nos incompatibilités,
nos incoïncidences, je pensais que si je n'étais pas
allée chez toi pendant ces deux jours, j'aurais peut-
être pu la soigner, la sauver, alors je m'étais demandé
si ça valait encore la peine, toi et moi, ce qu'on faisait ensemble.

Tu te posais bien des questions, pourtant c'est tout de suite après que tu t'es installée chez moi...

Tu avais réussi à me convaincre.

Ça n'a pas été très difficile...

J'étais brisée.

À t'entendre, je ne suis parvenu qu'à te rendre malheureuse...

Oui. Non.

Tu passes ta vie à fuir. Pourquoi? Qu'est-ce que tu as?

Ça t'étonne que j'aie besoin d'air? Ça t'étonne que j'étouffe?

Si seulement tu avais voulu coopérer...

Coopérer? Tu me fais rire. Toujours ton vocabulaire de petit fonctionnaire...

Eh oui, le sarcasme, comme d'habitude, c'est ta seule arme quand tu es à bout d'arguments. Pour en revenir à cette nuit, ma douce amie, j'ai très bien dormi, merci. Et mon travail de fonctionnaire m'attend, ne t'en déplaise, alors ton bain, tu te le fais couler toi-même, et après, tu peux rester ou t'en aller où tu voudras, dormir, manger, pleurer, ça m'est égal, égal, égal...

C'est ça que tu appelles ne pas me faire de scène, arrête de donner des coups de poing sur la table, arrête, tu me fais mal à la tête, tu me fais...

Mais qui donc frappe à ma porte à cette heure matutinale?

J'ouvre, c'est le concierge accompagné d'un type malingre portant un gros coffre à outils orange. Ils s'excusent à peine, ils entrent, le type dépose son coffre, le concierge m'explique qu'il y a des problèmes de plomberie dans l'immeuble (comme si je ne m'en étais pas encore aperçue), fuites, prises d'air, trappes, pentes, tuyauterie bouchée, le plombier que voici va vérifier, réparer, mais qu'est-ce que c'est que ce chat, c'est interdit dans le bail, les animaux domestiques, est-ce que je lis ce que je signe? Je dois m'en défaire immédiatement, il ne tolérera pas. Je réponds que le chat restera tant qu'il lui plaira et que la sauce à spaghetti dans mon bain, ce n'était pas indiqué dans le bail, ça non plus, une prime peut-être, alors hein, on est quittes. Il ronchonne que des locataires comme ça, il commence à en avoir plein son casque, lui, les interdits de séjour, en cavale, drogués, prostitués, étrangers, immigrés sans permis, des malades mentaux pour la plupart, c'est sûr. Il a marmonné ça entre ses dents mais j'ai tout entendu, il ne me regardait pas, c'était au plombier qu'il s'adressait et le plombier était penché sur la baignoire, il palpait les tuyaux, c'était au chat qu'il s'adressait et le chat continuait à roupiller comme si de rien n'était, superbe d'indifférence. Maintenant il fixe le mur à travers moi, c'est au mur qu'il s'adresse, il hausse les épaules, il finit par consentir, bon, d'accord, mais si les voisins se plaignent, vous vous en débarrassez, et puis je ne veux pas de dégâts dans la chambre, et puis il y a les odeurs, vous ferez attention. Quoi, les odeurs? Ben, les odeurs, quoi! Qu'est-ce que vous voulez que je vous dise, ça sent, un chat, c'est pas de ma faute. Et les odeurs de tomates, je ne les ai pas endurées depuis hier, peut-être? L'ail, les oignons, le steak haché, moi qui suis végétarienne? Il répond

que ça aussi, il va y voir, que les règlements inter-
disent ce genre de cuisson dans l'immeuble, le ré-
chaud, c'est uniquement pour le café, les conserves,
bon Dieu, c'est quand même pas une hutte en
Afrique ici, c'est quand même pas le Tiers Monde et
sa misère, c'est un pays civilisé, non? Même si des
fois, on croirait pas, à voir ce qui se trame dans
cette fichue cabane, à voir qui entre et sort, comment a-t-il pu se retrouver dans une galère pareille,
lui qui a déjà été concierge à Ville LaSalle, mais bon,
il a pas que ça à faire, il a du travail, lui, des loyers à
collecter, des coups de téléphone à donner, le plombier n'en aura pas pour très longtemps, hein, pour
combien de temps t'en as, Henri? et Henri dit qu'une
vingtaine de minutes, une petite demi-heure au
maximum, il va commencer par ficher le tuyau, on
va bien voir, des fois, c'est pas nécessaire de tout
démolir, c'est peut-être simplement une touffe de
cheveux qui bouche le renvoi, ou autre chose du
même genre. Je suggère «Ou un rat mort, peut-être?»,
cette image de bête cherchant son souffle me hante
encore, il répond que ça l'étonnerait, qu'en trente-
cinq ans de métier, des rats crevés dans les tuyaux,
il en a pas vu des masses, non, non, les rats, c'est
dans les égouts que ça se tient. La plupart du temps,
c'est plus simple que ça, une brosse à dents, un
peigne, les gens font pas attention, si vous saviez,
j'ai trouvé de ces trucs, des fois... Il me regarde par
en dessous, l'air soupçonneux. J'imagine les condoms visqueux et autres accessoires. Je lui précise
que je ne suis arrivée que depuis hier, que j'ai toujours ma brosse à dents, s'il veut vérifier. Il hausse
les épaules.

Le concierge a fini par partir. Henri a installé un
gros machin en acier sur le plancher, un gros machin muni d'un long fil métallique qu'il insère dans
le drain, il dit que c'est le fichoir, qu'il va ficher,
j'entends des raclements dans les tuyaux, le fil n'en
finit plus de s'étirer, Henri dit que parfois, c'est loin,
le problème, que ça prend du temps avant de le
localiser, et le gros machin ressemble à une bête
monstrueuse, un tamanoir dont l'appendice nasal
s'allonge à l'infini, et qui fouille à l'infini les entrailles de la maison, je pense les entrailles de la
maison, elles se dessinent dans ma tête comme un
réseau de tripes palpitantes, et ce fichoir qui pénètre
son intimité, oui, son intimité, ce machin qui s'enfonce dans les tripes de la maison, je pense à un
supplice, s'esquissent des visions de chambre de torture, je pense à un viol, un avortement, tout ce qui
fouille les entrailles, tout ce qui fouille la mémoire, je
pense à l'inavouable évacué dans les tuyaux depuis
la naissance de la maison, déjections, sécrétions, ex-
créments, il y a quelque chose de sadiquement pervers dans cet enfoncement qui n'en finit plus, je
pense que la maison est humiliée, qu'elle est là, sans
défense, ouverte et fouillée, et ça me rappelle, je ne
sais par quelle association d'idées, une nuit, nous
avions fait l'amour, ou nous nous apprêtions à le
faire, je ne sais plus, en tout cas nous étions nus,
nous fumions en silence, c'est-à-dire que je fumais,
c'était avant que j'emménage dans le bel appartement, le règne de Cecilia avait pris fin et le mien
s'amorçait, c'était au début de l'automne, une nuit
très douce, octobre, je pense, nous étions donc chez
moi, la chatte dans la cuisine, la fenêtre ouverte, tu

avais pris un médicament contre les allergies, nous
savourions un moment de répit, et tout à coup le
téléphone avait sonné, c'était la nuit, avant même
que j'aie eu le temps de réagir, tu t'étais précipité
pour répondre, tout à coup cette sonnerie de téléphone, tout à coup toi, ta main qui s'emparait de
l'écouteur, ta voix qui répondait à mes appels,
c'était la nuit, toi qui voulais savoir qui m'appelait,
toi qui demandais «De la part de qui?», l'interlocu-
teur avait raccroché, toi aussi, lentement, tu m'avais
regardée fixement, tu avais dit «C'était un gars. Un
gars qui t'appelle à deux heures du matin», tes
soupçons s'insinuaient en moi, «Tu vois qui c'est?»,
tu insistais, «Un type, comme ça, qui t'appelle au
milieu de la nuit, tu dois bien avoir une idée», je
restais muette, tu rôdais dans la maison en te rhabil-
lant, tu avais mis ton slip et tes lunettes, une chaussette à la main tu rôdais, «Tu ne vas quand même
pas prétendre que c'est pour du travail?», tu avais
trouvé mon carnet d'adresses, tu le feuilletais, «Jean-
Pierre Saint-Arnaud, peut-être? Bernard Lambert?
Jérome Weber?... Je vois que tu ne manques pas
d'amis, même si tu ne me les as jamais présentés.
En tout cas, ce n'était pas ton vieux débile, je l'aurais reconnu», je restais muette, tes soupçons s'en-
fonçaient en moi, fichée comme un tuyau par le
plombier, une terroriste par la police, «Christophe
Lecompte? Manuel Garcia? Tiens, tiens, un latino, il
me semblait bien, aussi, qu'il avait un petit accent.
Manuel Garcia», je restais muette, «Tu continues à
voir tes anciens, c'est ça?» À un moment, tu t'étais
arrêté, tu t'étais laissé tomber sur une chaise, le
front dans ta main, tu avais dit, les dents serrées,

«J'ai déjà donné, tu comprends, je connais la musique, avec Cecilia, les mêmes cachotteries, je ne vivrai pas ça deux fois, tu comprends?», puis tu t'étais relevé, tu avais recommencé à rôder, «Je suppose que si c'est toi qui avais répondu, tu aurais prétendu que c'était un faux numéro, c'est ça? Mais c'était pas un faux numéro, il a distinctement demandé Éléonore. Avec un petit accent», je restais immobile, j'étais couchée sur le ventre, était-ce vraiment toi habituellement si conciliant, toi pratiquement amorphe? Quelle métamorphose. J'avais mis l'oreiller sur ma tête, je ne voulais plus t'entendre, tu t'étais approché, tu disais «Vous devez être plutôt intimes pour qu'il t'appelle au milieu de la nuit», tu persiflais «Moi, ça ne me viendrait pas à l'idée de téléphoner à une vague connaissance à deux heures du matin. Même une amie, j'aurais peur de la déranger», tu marmonnais «En tout cas, une fille que je saurais pouvoir appeler à deux heures du matin, c'est drôle mais il me semble que ce n'est pas une fille pour qui j'éprouverais beaucoup de respect», tu insistais «D'ailleurs, je ne téléphone à personne à deux heures du matin. T'ai-je déjà appelée au milieu de la nuit?», j'avais l'oreiller sur la tête, tu l'avais arraché, j'étais sur le ventre, tu m'avais tournée sur le dos, tu tenais mes poignets rivés au matelas, tu avais pris un ton menaçant, tu demandais «Qui c'était, ce type?», tu criais «Eh! je te parle, tu m'écoutes?», tu disais «Tu vas répondre?», tu vociférais «Tu baises avec lui, c'est ça?», tu n'avais plus rien d'un ange, tu grimaçais, tu m'avais lâchée quand je m'étais mise à hurler, et quand je m'étais ruée sur tes vêtements, tu n'avais pas prévu que j'irais tout jeter par la fenêtre, ta chemise, l'autre chaussette, tes chaussures, ton pantalon, ton porte-cartes, ta montre, tes clefs, ta bouteille de comprimés contre les allergies, tu toussais «Mais qu'est-ce qui te prend, mais tu es folle, qu'est-ce que tu fais?», on entendait des pièces de monnaie rouler sur le trottoir, tu étais descendu en catastrophe récupérer tes trucs, on t'entendait éternuer et tousser dans la rue, j'avais barré la porte, puis dans le salon, j'avais vu ton imper qui traînait sur le fauteuil et je l'avais aussi jeté par la fenêtre en te hurlant de ne plus jamais revenir, plus jamais, puis j'avais fermé la fenêtre, il ne restait plus rien de toi, j'étais allée libérer Espagne emprisonnée dans la cuisine et j'étais retournée me coucher, je répétais «Je ne veux pas être surveillée, Espagne, c'est chez nous, ici, il n'a pas le droit de répondre à mon téléphone, il n'a pas le droit de fouiller ma vie, ça m'appartient, Espagne, il n'a aucun droit sur moi, je refuse qu'on fouille ma vie», et je pleurais, il y avait longtemps que je n'avais pleuré, mais de t'entendre dire comme ça Manuel, sur ce ton méprisant, de t'entendre dire «Tu revois tes anciens», tu n'avais même pas remarqué que l'adresse était en Espagne.

J'avais entendu la portière de ta voiture claquer, très rageusement, la voiture démarrer, très vite, sur les chapeaux de roue, comme on dit, j'avais pensé, une chance que tu avais tes lunettes, tu n'aurais pas pu conduire, tu aurais eu un accident et moi, ta mort sur la conscience, et je t'avais imaginé en slip dans la rue, toi qui crains tellement le ridicule, en slip dans la rue, un joli slip violet à pois blancs que je t'avais offert, sous l'œil des voisins voyeurs médusés, enfi-

lant ton pantalon en vitesse, boutonnant ta chemise
de travers, ramassant tes cartes de crédit éparpillées,
ta montre fracassée, et cette évocation de toi m'avait
fait éclater de rire, des billets de banque s'envolaient
au vent comme autant de feuilles mortes, tu n'allais
quand même pas courir pour les rattraper, tu n'allais
pas risquer de perdre ta dignité, mais qui de nous
deux était le plus humilié?

8

Un bruit sourd dans le renvoi, une remontée noirâtre dans la baignoire, une succion brutale dans le tuyau, évacuation radicale de l'innommable, le plombier constate «Bon, alors j'pense que ça y est, c'était juste bouché», mais voilà qu'en même temps je suis assaillie par un effluve absolument nauséabond, âcre, œufs pourris, catacombes, je suffoque, je porte les mains à mon nez, ma bouche, je hoquette «Qu'est-ce que c'est que cette horreur?», il explique «C'est normal, que voulez-vous, de la vieille plomberie, c'est parce que c'était bouché qu'on sentait rien avant», je proteste «Non, mais vraiment, pour qui vous me prenez, de la vieille plomberie, j'ai l'habitude, j'ai déjà connu ça! Non, je vous assure, ça n'a rien de normal, cette odeur», il range ses outils, «Écoutez, moi on m'a appelé pour déboucher, je débouche, un point, c'est tout, c'est déjà beau que j'sois venu, vous en trouverez pas des masses qui se

déplacent un samedi matin, surtout le samedi de
Pâques, ceux qui s'déplacent vont vous d'mander la
peau des fesses, si j'vous dépanne, c'est juste parce
qu'Henri est un ami de longue date, pis qu'il me
paye en dessous de la table», je m'insurge «Samedi
saint ou non, vous n'allez quand même pas me laisser comme ça», il soupire «C'est que j'ai toute la bâtisse à vérifier, moi», je désespère «Peut-être, mais ici
c'est insupportable, comment je vais faire? Je n'ai
nulle part où aller, toute ma famille est à Saint-Chlo-
rydorme, je suis toute seule en ville, je suis venue
pour chercher du travail, il y a tellement de chô-
mage à la campagne», j'en ai de fausses larmes au
bord des cils, je vais sûrement l'émouvoir, il referme
son coffre, «Bon, écoutez, je vais aller examiner les
autres chambres, c'est peut-être temporaire, cette
odeur, allez donc faire un tour, je reviens dans deux
heures. Si ça sent encore, c'est la prise d'air», je
m'étonne «La prise d'air?», il s'impatiente «Ben oui, ça
prend de l'aération, quoi! J'vais quand même pas
vous donner un cours», je questionne, «Ç'a rapport
avec les vases communicants?», il soupire et précise
«C'est le tuyau qui va chercher l'air dans l'entre-toit.
Ils l'ont peut-être oublié. En trente-cinq ans de métier, ce serait bien la première fois que j'vois ça.» Il
ajoute «Quoique la prise d'air, c'est surtout pour empêcher le bruit. Vous entendez?» J'entends. Glou-
gloutements, rots abjects. Il hoche la tête «Ouais. Ça
m'a tout l'air qu'il y en a pas. De gros travaux, ça.
J'pourrai rien faire aujourd'hui. Va falloir attendre à
la semaine prochaine. Voilà ce qui arrive quand on
embauche des incompétents. On paie peut-être
moins cher sur le coup, mais après, on s'en mord

les pouces...» Il me lorgne avec mépris comme si c'était moi qui avais embauché l'incompétent. Puis il s'en va en me reconseillant d'aller faire un tour parce que «C'est pas sain, ces gaz qui remontent. Non, pas sain du tout. Si un inspecteur de la ville se pointait ici... En tout cas... Vous feriez mieux d'aller prendre un café, ma p'tite dame.»

Le chat Italie miaule passionnément pour sortir. Je le comprends: moi aussi je miaule, moi aussi je sors. J'avais prévu entreprendre cette journée par une transaction bancaire, mais c'est samedi, les banques sont fermées, il reste le guichet automatique mais je n'ai pas le courage, j'ai dû oublier mon numéro, je l'oublie toujours, d'ailleurs, quelle heure est-il? Je vais commencer par le petit déjeuner, j'aurai les idées plus claires, je vais commencer par appeler Aline.

On annonce des déjeuners dans la vitrine de la fabrique de hamburgers, j'entre, je commande deux œufs, un beigne au chocolat, un jus d'orange, un grand café, je repère le téléphone au fond de la salle, à côté des toilettes, je me dirige d'abord vers les toilettes, mais j'évite la confrontation avec ma face livide dans la glace, j'appelle Aline, elle est là, elle me demande seulement où je suis, elle me dit seulement de l'attendre, qu'elle sera là dans une heure.

Il y a des circonstances où c'est bon d'avoir des amis.

C'est-à-dire que c'est toujours bon, mais dans certaines circonstances, cela s'impose.

Cela dit, Aline est ma sœur.

Je m'attable côté trottoir, j'avale le jus d'orange à

saveur synthétique, une bouchée de beignet, c'est trop sucré, une bouchée de jaune d'œuf, c'est encore pire, et le café goûte le carton, ben oui, à quoi tu t'attendais, je sais bien, mais le carton, ce matin, c'est au-dessus de mes forces.

J'allume une cigarette.

Je m'étouffe avec la fumée, je tousse.

Charmant début de journée.

Philippe ne fume pas, Philippe prétend être allergique à la fumée, bronches fragiles, aux chats et à la fumée, je n'ai plus de chat, je fume très peu à la maison, «surtout pas dans la chambre, Léno, je t'en prie», l'odeur de la fumée dans les draps, ça l'empêche de dormir, et le navrent les taches de nicotine sur mes doigts, «si ce n'était de cette mauvaise habitude, tu aurais de si jolies mains, ma fleur», eh oui, des mains d'artiste, mon ange. Je fume très peu dans sa maison, et quand je fume, j'ouvre les fenêtres, je fais entrer l'air pollué, Philippe n'est pas allergique à l'oxyde de carbone. Mais la plupart du temps, je vais dehors. En été, sur la terrasse, renversée sur une chaise, les pieds sur la table. Le reste du temps, dans l'escalier de secours. Comme ça, si le feu prend, j'aurai une longueur d'avance sur les autres locataires. J'éteins toujours soigneusement mes mégots dans une vieille boîte de tabac remplie du doux sable blanc des Îles-de-la-Madeleine. C'est-à-dire qu'avec le temps, il a plutôt changé de couleur, mais je le tamise régulièrement. — Au fait, Tamise, n'est-ce pas un nom ravissant pour un fleuve? Et Tour de Londres, pour une prison. On rêverait d'y faire un séjour, pension complète...

Quand Philippe me voit sortir avec ma boîte, il soupire bruyamment. On dirait qu'il se sent coupable. Il dit: «Ça va, Léno. Ne joue pas l'enfant martyre.» Je ne joue pas.

J'écrase la cigarette dans le cendrier.

La modération a bien meilleur goût, n'est-ce pas? Le moindre plaisir vers lequel on tend innocemment ou non la main se révèle accompagné d'un spectre, d'un vampire qui n'attendent que ce moment pour bondir sur leur proie. Le moindre plaisir. La cigarette a son cancer, son emphysème, le sexe a son sida, son herpès, sa syphilis, l'alcool a sa cirrhose du foie. Trop lire fatigue la vue, trop écrire, penché sur son cahier, cause des courbatures, à moins d'avoir un siège ergonomique; moi, sur ma chaise de cuisine, je dois avoir la colonne vertébrale toute déformée. Même le soleil massacre la peau. Pour mourir en santé, il faut savoir dire non merci, j'en ai assez, et rester sur sa faim, sinon on meurt malade. Qui n'a pas entendu de ces spécialistes expliquer les ravages de telle ou telle habitude? Le beurre augmente le taux de cholestérol. Cholestérol? Quelle horreur! On imagine de gros caillots de graisse figée obstruant les artères. Mangez des fibres. Ah oui, les fibres, c'est délicieux, j'adore, vous m'en servirez une double portion, je vous prie. Les fibres et la luzerne. Et le lait bleu aussi, dans le café de céréales. La crème budwig et l'avoine au navet. Cessez de boire, de fumer, de respirer. Développez vos muscles. Rendez-les durs, longs et épais, de beaux muscles pour protéger le cerveau vide, le cœur atrophié, oisillon déplumé qui palpite dans sa cage. Qui n'a pas entendu des victimes venir témoigner d'un ton larmoyant «Si j'avais su...» Non, je vous assure, il faut avoir une volonté de fer pour résister à ces exhortations. Il est écrit que l'usage du tabac réduit l'espérance de vie. Quoi qu'il en soit, moi, j'ai déjà peu d'espérance.

Espoir ou non, j'ai quand même écrasé ma cigarette.

C'est drôle, je repense à cette fois où j'avais lancé ses vêtements sur le trottoir, je pouffe de rire, c'est nerveux, je ne peux pas m'en empêcher, les rares clients me lorgnent d'un œil perplexe, on a l'air si étrange quand on rit tout seul, débile, drogué, le rire est un acte social, on rit, tout le monde ensemble, on se bidonne en chœur devant le malheur de nos semblables, la pelure de banane, comme c'est hilarant, et le distrait qui tombe dans un trou d'homme, n'est-ce pas une trouvaille spirituelle? Et l'autre type qui reçoit un coup de pied au derrière, et la vieille fille aux chats qui trébuche en échappant son sac de pommes, l'obèse chauve qui courtise la bergère, le chien méchant qui arrache le fond de la culotte du facteur, le niais de service sur le crâne de qui dégringolent toutes les tuiles de la planète. Et la dernière, tu la connais? Qu'est-ce qu'il y a de pire qu'une abeille dans l'oreille de Mireille? Un taon dans le condom de Gaston. Tu imagines la scène? Tordant. Ça devait être également irrésistible de pousser dans les chambres à gaz le troupeau de condamnés tout nus en leur faisant croire qu'ils allaient

prendre une douche. Après tous ces mois dans la
crasse des baraques, quelle douce perspective. Sentir l'eau, même glacée, couler sur la peau grasse, la
croûte des vieux bobos, les blessures récentes, le
crâne tondu, dans les poils emmêlés. Mais fallait-il
qu'ils soient crédules! On avait peine à garder son
sérieux à les voir se bousculer à l'entrée. Facéties
de tortionnaires. Il fallait bien se distraire, sinon la
vie au camp aurait été plutôt morne...

Oui, mais à présent je ris en solitaire au souvenir de cette fois-là. J'avais bien cru ne jamais le
revoir, on était encore au début de nos amours, une
scène pareille, c'était sûrement fatal. Je ne sais pas
si j'en souffrais, ce n'est pas sur le coup qu'on
souffre, c'est après. Moi, sur le coup, je souffrais davantage de son intrusion dans ma vie que de son
départ d'icelle. Puis l'aube blanche avait point, l'aurore avait fait une entrée flamboyante, le matin était
revenu et Philippe, peu de temps après lui. Avec,
dans un sac de papier velours mauve, tout un
assortiment de sels de bain, laits moussants, crèmes,
algues, poudres, sachets, lotions aux noms évocateurs, Balnéaire, Acacia, Jardin pervers, Kama Sutra.
Et Jalousie. Il disait «Je sais que tu aimes...» pendant
que je déballais, débouchais les flacons, humais avec
ravissement. «Tu as fait un raid au rayon de la parfumerie?» «Je sais que tu aimes les parfums... je sais
que j'ai eu tort, cette nuit... le téléphone.» Il disait
«Ça m'a mis hors de moi, tu comprends.» C'était un
beau matin. Par la fenêtre ouverte entrait une brise
vaguement sucrée. Je remarquais «Kama Sutra, c'est
très musqué, ça monte à la tête.»

— Tu ne m'en veux pas trop?

— Trop.

— Je ne sais pas ce qui m'a pris.

J'ouvrais un flacon, je respirais, je rebouchais, je disais «Jalousie, non. Ce n'est pas mon genre. C'est trop...», il murmurait «Léno...»

— Non, pas mon genre, je t'assure.

— Je sais. Et je suis désolé.

— Vraiment?

— Vraiment. Je me demandais... tu aimerais qu'on prenne un bain?

— Ensemble?

— Oui, ensemble. On ne l'a jamais fait.

— Est-ce qu'il faut absolument le faire? Est-ce censé augmenter les chances de survie de notre couple?

— Eh bien, ce n'est pas obligatoire, mais...

— Pourquoi pas?

J'avais dit «Pourquoi pas», c'est drôle comment je me sentais, j'avais des rancunes, des souvenirs amers, cette fois où, par exemple, j'avais mangé un yogourt étendue sur le canapé et j'en avais renversé une cuillerée, j'avais eu beau éponger soigneusement, quand il était arrivé et avait aperçu la tache humide, quel drame, «Qu'est-ce que c'est que cette tache? Du yogourt! Tu te fous de ma gueule!» et il grattait avec son ongle, et à genoux sur le tapis, il reniflait, «Et depuis quand est-ce que ça sent le sperme, du yogourt?», j'avais des souvenirs grotesques, quand, par exemple, mine de rien, il inspectait les cendriers pour voir s'ils ne contenaient pas des mégots différents, «Et depuis quand tu fumes des *Gitanes*? Ton vieux pervers est encore venu!», et moi qui lui criais «Si t'étais capable de me faire jouir, tu serais peut-être moins jaloux! Et puis, lui, il me fait rire, au moins. Toi, jamais, tu n'es même pas drôle», j'avais des souvenirs douloureux, je cherchais les souvenirs doux. Il y en avait un, celui de l'extase pédestre sous la lune, et celui-là était un souvenir très doux. Il y en avait sûrement d'autres, mais depuis six mois, c'était à cette image du pied voluptueux que je me cramponnais, j'aurais voulu que toutes les nuits fussent celle-là, je bavarderais, amollie, mes talons dans ses paumes, mes orteils dans sa bouche...

Je me persuadais que la jalousie cesserait quand il aurait oublié Cecilia (est-ce qu'on oublie seulement?), je me disais qu'il était encore excédé, c'était pour ça. Excédé, incrédule. Les souvenirs doux, c'était la première fois qu'il m'avait dit «Je t'aime, ma fleur, c'est vrai», ou quand on allait voir des maisons nichées parmi les conifères et qu'après on discutait de la décoration et des plantes qu'on ferait pousser dans le jardin.

Peu de choses, vraiment. Des détails. Et qui ne faisaient pas vraiment le poids. Parce que «Je t'aime, ma fleur» me donnait à présent envie de vomir, m'amenait au bord du hurlement, et la campagne, je savais que j'aurais détesté ça. Pourtant, des souvenirs doux, il faut bien qu'il y en ait, sinon...

Sinon on finit par penser qu'on est masochiste.

On finit par avoir peur de l'être devenu, par se demander si par hasard on ne l'a pas toujours été, on finit par ne plus se reconnaître.

Mais on sait bien qu'on l'a toujours été. C'est originel, comme le péché.

Pourtant, ce matin-là, bizarrement, je me sentais

détachée, oui, c'est drôle, je me sentais détachée de tout, de lui surtout. Je m'étais reprise:

— C'est-à-dire pourquoi?

— Pour être bien, avait-il hésité.

— Non, pas ensemble, pas aujourd'hui.

— Oui, je comprends.

— Ça m'étonnerait que tu comprennes.

Car il ne comprenait jamais rien. On était à mille années-lumière l'un de l'autre, même pas sur la même planète, même pas dans la même galaxie, c'est-à-dire que moi j'étais dans un trou noir et que, pour nous rejoindre, ça compliquait plutôt les choses.

— C'est trop dangereux. J'ai entendu dire que si on fait l'amour dans l'eau, on risque de rester collés. Tu nous imagines arriver ensemble à l'urgence de l'hôpital? «Je vous présente mon frère siamois...»

Il avait esquissé un sourire pitoyable.

— Tu as besoin de réfléchir, je sais. De te détendre. J'avais cru que... Peut-être qu'après, j'aurais pu te donner un massage... Un massage de pieds, tu sais... Mais je vais partir, c'est mieux. Je t'appellerai plus tard... Si tu veux.

— Mhuhu.

Je me sentais détachée. Je ne voulais pas vraiment qu'il parte. En même temps je le voulais. Je n'éprouvais aucun sentiment défini. C'est-à-dire que je n'arrivais pas à cerner ce que j'éprouvais. J'étais absente. Suspendue.

Juste avant de partir, son imper sur le bras, il avait eu ce geste absurde, automatique, de regarder à son poignet la montre qu'il n'avait plus. J'avais éclaté de rire. Lui aussi, mais un peu jaune, après quelques secondes de décalage. Un instant de grâce, quand même, ce rire de connivence. Puis, la main sur la poignée de la porte, il avait tout gâché lorsqu'il avait demandé «Tu es bien sûre de ne pas savoir qui c'était?»

Mais je n'avais pas répondu.

On s'était réconciliés le soir même.

Avec une égratignure de plus à l'arrière-plan de notre amour.

On passait Butterfly à la télé. Philippe l'enregistrait sur le magnétoscope. Main dans la main, on écoutait, on regardait. La jeune première pesait deux cents kilos.

J'exagère. Mais à peine.

Est-ce que c'est ça, crever l'écran?

La jeune geisha avait soixante-dix ans et trois mentons. Son beau soldat était un petit gros.

Minables amours dans un Japon de carton.

Je ressentais pour eux encore plus de compassion que d'habitude. Le couple grotesque qui n'a pas le physique de la passion qui le consume. Qu'est-ce que je raconte? Comme si la passion était affaire de physique.

— N'est-ce pas, Philippe?

— Hein? il demandait distraitement.

— Je t'expliquais que la passion, ce n'est pas une question physique.

Il marmonnait:

— Peut-être... Je ne vois pas où tu veux en venir.

Il écoutait *Madame Butterfly*, Ingrid Jorgensen dans le rôle titre.

— Eux, tu vois, ils n'ont pas le physique, pourtant ils débordent de passion, ils vont en éclater. Le contraire de nous.

Il n'aimait pas quand j'abordais ces rivages périlleux. Il prenait un air désolé. Un air exprimant clairement que pour lui, la soirée s'annonçait difficile. Il appréhendait un autre dialogue de sourds.

— Je plaisantais, Philippe.

Il approchait ma paume de ses lèvres.

Une soirée tranquille s'amorçait.

Après quelques secondes, je ne pouvais pourtant m'empêcher de continuer sur ma lancée.

— Avoue quand même qu'elle serait mieux en Walkyrie qu'en geisha...

— Je te l'ai déjà dit, Léno, Butterfly n'est pas une geisha. Etc.

Pour moi, la soirée s'annonçait morne. Une fois de plus. Nous alternions entre les soirées mornes et les scènes de ménage. Rien ne nous retenait ensemble. C'était comme si nous glissions sur une dune, côte à côte, lentement mais sans pouvoir remonter, sans pouvoir nous arrêter, sans pouvoir nous raccrocher à rien. Le plus drôle, c'est que j'étais allée vivre avec lui quelques mois plus tard. Tellement drôle, en effet. J'en ris tellement que j'en ai mal.

Cette histoire est sans queue ni tête, il me semble l'avoir dit.

Je lève les yeux, Aline est devant moi, elle arbore un petit sourire contraint. Elle pose son manteau sur la chaise à côté, elle dit «Je vais chercher du café, je reviens», elle ondule jusqu'au comptoir, Aline ondule toujours, c'est sa démarche, elle a un pas élastique, ne marche pas sur la terre ferme mais toujours sur un nuage, très moelleux. Aline est blonde, tout le contraire de moi, blonde et douce. Philippe avait trouvé, au tout début, que j'étais une femme douce, c'était ma douceur qui l'avait séduit. Il a déchanté depuis. Aurait mieux fait de tomber amoureux de ma sœur.

Elle revient avec deux gobelets d'eau de vaisselle sur un plateau orange, elle en pousse un devant moi, «Allez, bois, ça va te faire du bien, le tien est froid», elle poursuit «Tu as l'air ravagée», je fais signe que oui, elle dit «Tu n'as pas envie de parler?», je fais signe que oui, oui, j'ai envie de parler, oui, je n'ai pas envie de parler, oui, j'ai envie de ne pas parler, elle demande «Qu'est-ce que tu fais?», je fais signe que non, «Non, quoi?», je fais signe que non, je sens que... non, je ne vais pas pleurer.

— Laisse-moi deviner... Encore une engueulade avec Philippe, c'est ça?

Je fais signe que non.

— Si vous ne vous êtes pas querellés...

Elle hésite, m'examine avec attention. Plonge son regard dans mes yeux qui la fuient.

— Tu as rencontré quelqu'un? Tu l'as trompé?

Je fais signe que non.

— C'est lui, alors?

— Mais non. La fidélité n'a rien à voir.

— Tu en as eu assez. Tu l'as quitté.

Je fais signe que oui.

— Et il ne sait pas où tu es.

Je fais signe que non.

— Tu ne lui as pas laissé de note.

— Non.

— Je vois... Et tu penses vraiment que ça va régler quelque chose, ce comportement d'adolescente qui fait une fugue?

Je fais signe que non. L'adolescente en fugue inlassablement persiste en moi. Elle me demande ce que je cherche. Je marmonne vaguement. «Est-ce qu'il faut vraiment chercher quelque chose?» Elle insiste.

— C'est toujours le même problème?

Je fais signe que oui. Puis je hausse les épaules.

— Auquel fais-tu allusion, Aline?

— Tu le sais bien. Tu t'en es plainte assez souvent. Je parle de ses défaillances.

— Arrête, tu vas me faire défaillir.

— C'est pour ça?

— Les défaillances, comme tu dis, c'est entre autres choses.

— Mais la tendresse, Éléonore...

Je réussis à prononcer (mais ma voix est si rauque):

— Oui, la tendresse.

— Tu vas me dire qu'il n'y a pas que ça.

— Pas que ça.

— Mais tu en as besoin.

— Peut-être. Comme tout le monde. Il n'y a pas une chanson de Brel qui dit ça? Qu'on ne peut vivre sans tendresse? Tu ne vas pas te mettre à me chanter les vieilles chansons?

Je ris un peu. Elle aussi.

— Les vieilles chansons, il n'y a que ça de vrai, Éléonore.

— Pour la tendresse, j'avais une chatte. Je viens de trouver un autre chat. Je l'ai baptisé Italie.

Elle dit:

— Oui, bien sûr, toi et les chats...

Elle reprend:

— Et si je voulais être triviale...

— Ne le sois pas.

Elle boit une gorgée de café. Moi aussi. Pas si mal, après tout. Buvable. Mais haut-le-cœur. Rien ne passe, ce matin. Elle sourit. Moi, pas.

— Bon, d'accord. Mais si on regarde la réalité en face, il faut bien admettre que Philippe t'a habituée à...

— Je sais à quoi il m'a habituée. Je peux me déshabituer.

— Vous pourriez construire ensemble... un genre de vie... confortable, disons.

— Le confort, je n'en ai rien à foutre.

— Cette maison à la campagne dont tu rêvais...

— Tu sais bien qu'il n'y a que le rêve qui m'intéresse. Non, mais vraiment, Aline, tu m'imagines en train de cultiver un potager, de mijoter la poule au pot en attendant le retour de mon petit mari?

— La sécurité, alors...

— Je n'en ai pas besoin.

— On dit ça...

— Il arrive que ce soit vrai.

— Mais de lui, peux-tu te déshabituer?

— Tu veux que je te chante une autre vieille chanson? «Tout est affaire de décor, changer de lit changer de corps...» Ça, c'est Aragon qui le prétend et j'abonde dans son sens... Philippe n'est ni le premier ni le dernier. Je peux me déshabituer de tout, Aline.

— Sauf d'une chose.

Elle pose sa main sur la mienne. C'est chaud. Sa chaleur monte le long de mon bras.

— Veux-tu que je lui parle?

— Non.

— Je ne peux pas admettre ça. Ça fait deux ans que vous êtes ensemble et tu ne lui as jamais raconté. C'est fou. Comment veux-tu qu'il te comprenne?

— Je ne veux pas.

— Mais qu'est-ce que tu as? Honte?

— Oui. Non.

Sa main est toujours sur la mienne. Elle la retire. Elle allume une cigarette. Ce n'est pas un geste d'impatience, mais je me sens si seule. Elle a retiré sa main, la mienne se retrouve orpheline. Parmi les gens que je fréquente (j'en fréquente très peu), il n'y a que ma sœur Aline qui connaisse cette vieille histoire. L'histoire que je ne raconte jamais. La mienne. Quelqu'un la sait et s'en souvient. Quelqu'un sait que je m'en souviens. Nous avons en commun ce souvenir triste. Elle va aborder le sujet, je le sens. Je ne supporterai pas. Avant qu'elle ouvre la bouche, je dis «Finis ton café et je t'emmène voir ma chambre en ville. C'est en face.» Elle soupire. J'ai un visage de bébé dans ma tête. J'ai derrière la tête l'histoire triste du bébé que j'ai eu à quatorze ans. L'histoire sordide, l'histoire douloureuse. Tapie au fond de ma mémoire. J'ai cette histoire dans un trou de ma mémoire. Parfois je tombe dans le trou et j'oublie tout le reste. Le 20 avril, je tombe. J'ai des images à barbouiller, à couvrir de cent couches d'acrylique, de mille couches de couleurs crues, criardes. Des cris à faire taire, des bouches à remplir de terre. Des rages

à apaiser. Des tonnes de terre pour ensevelir les
rages, les cris, les images. La première image, l'établissement pour filles-mères. Larguez vos bombes
sur la bâtisse affreuse. On était une soixantaine,
d'un peu partout dans la province, de villes et de
campagnes. C'est comme si ça faisait mille ans.
Comme si c'était hier. On était une soixantaine, très
jeunes. Adolescentes aux ventres gonflés. Dociles
ou rebelles. De tous les genres: victimes d'inceste,
violées, délinquantes, fugueuses, inadaptées, toxico-
manes. Et d'autres, tout à fait ordinaires. D'autres
encore, simplement amoureuses. Toutes enfermées.
Cachées, soustraites aux regards. Ça fait mille ans,
je vous dis, dans un couvent médiéval, un cachot,
une oubliette. On suivait nos cours pendant la journée, le soir, on regardait la télé. Il y avait un petit
atelier où on nous enseignait la céramique pour
occuper nos mains oisives. Deuxième image, les
documents pour l'adoption que mes parents ont
signés à ma place. Allumez un grand feu pour brû-
ler tous les formulaires. Ma signature alors ne valait
rien. Mineure. Mais l'accouchement, n'est-ce pas, je
l'ai vécu seule, toute mineure que j'étais. Ta gueule,
mineure. Accouche en silence. Vite, un bâillon, elle
va crier. La petite chambre blanche dans l'hôpital.
La chambre? La cellule, plutôt, la solitude, la nuit,
l'infirmière au visage rébarbatif. Endormie au moment de la délivrance. Et l'enfant, je ne l'ai jamais
vu. La petite fille. J'ai su qu'on lui avait donné un
nom de baptême, Évelyne, gros bébé rose et en
santé, que des gens bien l'avaient adoptée, que
tout, oui tout, s'était très bien passé. Pour le mieux.
Rares étaient les bébés, interminables, les listes

d'attente de parents potentiels. Certains attendaient depuis des années. Enquêtes minutieuses, des parents idéals pour le bébé rose. Un poupon si mignon, quelle aubaine! Et la mère est absolument saine, vous savez. Vous n'avez rien à craindre, l'enfant jouit d'une hérédité irréprochable. Mais moi, n'est-ce pas, on ne m'avait pas demandé mon avis. Et quand, plus tard, beaucoup plus tard, j'ai voulu savoir, j'ai su qu'elle était morte à trois ans, mon bébé rose. L'enfant que je n'ai jamais vue. La chambre blanche, l'infirmière, la salle d'accouchement, les murs verts, les blouses vertes, l'anesthésiste. Compte jusqu'à dix. On n'a pas le temps, à cinq ou six, on est aspiré dans l'abîme, on n'en finit plus de sombrer. Et quand on se réveille, on est encore plus seul, on n'a jamais été si seul, on est dépeuplé. Comme si un incendie avait ravagé nos forêts, une horde de chevaux barbares, saccagé notre terre. Moi, dans la salle de réveil, je sanglotais bruyamment.

Deux jours plus tard, mes parents étaient venus me reprendre, j'avais quitté l'hôpital, je ne l'ai jamais vue.

Incident clos.

Une autre école. Surveillance sévère, de tous les instants. Sorties interdites, «Tu ne sais pas te conduire, alors pour les garçons, tu attendras», téléphones limités à dix minutes. «De la part de qui?» Depuis, je ne supporte plus qu'on demande «De la part de qui». Le chemin droit, à l'infini. À l'infini. À l'infini. Je l'ai suivi jusqu'à mourir d'ennui. C'était si gris, le chemin infini.

Aline repose sa main sur la mienne.

— C'est de l'histoire ancienne, Léno.

— Jamais assez ancienne.

— Tu... tu ne peux pas l'oublier, c'est sûr, personne ne te demande de l'oublier, mais... je sais bien qu'on est aussi son passé, qu'on est la douleur ou la joie de son passé...

Je dis que parfois je voudrais un enfant. Plus d'autre amour que celui-là, maternel, plus d'autre lien. Un enfant d'un inconnu, pour moi toute seule.

— Philippe, je ne sais pas ce que je fais avec lui. Je suis sûre qu'on ne restera pas ensemble. Philippe, c'est une parenthèse. Je n'en veux pas avec lui. Moi, je veux l'enfant perdue.

— Tu admets toi-même qu'elle est perdue.

— Des fois, je regarde les bébés dans leurs poussettes, les enfants dans le parc, et il me vient des idées... Je me retiens pour ne pas en kidnapper un. Un jour, je vais céder et on va me retrouver en prison.

Aline prend un air atterré.

— Tu sais bien que tu ne feras pas ça.

— On dirait qu'avec Philippe, je me suis trompée sur toute la ligne.

— Tu l'aimais tant, au début. Vous étiez fous l'un de l'autre.

— Je ne l'ai jamais aimé tant. Je n'aime pas tant que ça. Je n'ai pas de réserves inépuisables. Juste un filon maigre. Lui aussi, son amour est compté. À petites doses. C'est un mesquin. Nous sommes deux mesquins.

— Allons donc...

— Mais au fond, il est gentil. Des fois.

— Tu vois bien.

— Quand il n'est pas jaloux, il est plutôt gentil. Et quand il est jaloux, après, il regrette.

— Tu t'arranges peut-être pour provoquer sa jalousie.

— C'est moi. C'est l'enfer avec moi-même.

— Mais non.

— Je voulais quelque chose de tranquille et la tranquillité me mine. Je pensais qu'on pouvait reconstruire, repartir. On ne peut pas, on reste sur ses ruines.

Ce bébé rose, j'en avais trop rêvé. À chacun de ses anniversaires, le 20 avril, j'imaginais la fête, les bougies, serpentins, canotiers de papier, ballons multicolores. Et elle. Le premier anniversaire, le bébé est dans sa chaise haute, le bébé fait ses premiers pas sous les regards attendris et béats, le bébé balbutie maman, je ne veux pas savoir à qui s'adresse ce balbutiement, vers qui les petits bras se tendent. Une bougie sur le gâteau, puis deux, puis trois, quatre, cinq, les cheveux allongent et bouclent, dorés comme du caramel, fauves, châtains, je n'ai jamais vu ses yeux, parfois ils sont verts comme les miens, parfois marron, parfois violets, des améthystes, elle est si belle, elle chante des comptines, elle saute à la corde, elle découpe des poupées de papier dans des catalogues, elle suit des cours de ballet, de piano, elle travaille très bien à l'école, des étoiles d'or et d'argent ornent ses cahiers lignés. Le bébé rose a grandi, elle a dix ans quand je décide d'entreprendre les démarches pour entrer en contact avec elle, ou du moins pour savoir ce qu'elle est devenue, avoir une idée, c'est le printemps, c'est son anniversaire, maman ne t'a pas oubliée, Évelyne, et j'apprends qu'elle n'a jamais eu dix ans, ni neuf, ni huit, ni sept, ni six, ni cinq, ni quatre, que le compte à rebours s'est arrêté à trois. Qu'elle n'a pas découpé de poupées ni sauté à la corde, jamais, que toutes ces images d'elle pendant toutes ces années n'étaient rien d'autre que des images, que les images ne correspondaient à rien, et la dernière image vraie était celle de l'enfant de trois ans dans son cercueil, mais de quoi elle est morte?

— Tu sais quelle date on est aujourd'hui, Aline?
— C'était hier, le 20 avril. Je sais que c'est dur. Je t'ai téléphoné toute la journée. Tu n'avais même pas mis le répondeur. Le soir, j'ai eu Philippe au bout du fil. Il m'a dit qu'il ignorait où tu étais. Chaque année, c'est pareil. Tu ne penses pas que tu te complais dans le morbide?
— Elle aurait dix-huit ans, tu imagines? Hier, on aurait fêté son anniversaire. On t'aurait invitée, tu penses bien. Elle aurait dix-huit ans, elle demanderait la permission d'aller danser jusqu'à deux heures, elle aurait peut-être un amoureux, elle fumerait du haschisch. Ou bien, elle ne demanderait aucune permission, je les lui aurais toutes données, une fois pour toutes. Peut-être qu'elle aurait les cheveux verts ou qu'elle serait anorexique. Je la ferais manger à la cuiller. Elle serait peut-être enceinte et je m'occuperais du bébé pendant qu'elle irait à l'école. Tu me vois en grand-maman?... Je l'aurais laissée vivre son adolescence, tu sais, je n'aurais pas été sévère avec elle.

— Laisse-moi parler à Philippe...

— Si au moins je pouvais être sûre qu'elle a été bien traitée. Tu vois, le pire dans cette histoire, c'est l'incertitude.

— Tu te tortures, chaque année, c'est pareil.

— Je me torture toute l'année... J'ai lu des tonnes de livres sur le sujet, des témoignages, tu ne peux pas savoir... Ils ont dit que c'était un accident. Quel accident?

Un accident. Fauchée par une voiture, enfant qui flâne au bord du chemin. Précipitée dans le pare-brise quand l'auto a percuté un arbre. Éjectée. Écra-bouillée sous les roues d'un tracteur, enfant dans un champ, en train d'observer une coccinelle, accroupie dans les hautes herbes. Piquée par un serpent. Électrocutée quand le séchoir à cheveux est tombé dans la baignoire. Noyée dans la piscine, enfant ou-bliée dans la cour. Submergée par une vague, em-portée, enfant dans la mer. Tombée dans un ravin. Fracassée. Battue, enfant qui pleure trop. Étranglée, la tête prise entre les barreaux de sa couchette. Déchiquetée sous les dents de. Étouffée par. Mordue au cou par le chien du voisin. Engloutie dans le lac quand la glace a cédé. Culbutée du balcon. Démem-brée. Brisée. Disloquée. Défenestrée. Décapitée. Ébouillantée. Égarée dans le bois, chaperon rouge. Dévorée par le loup. Brûlée dans son lit pendant l'in-cendie qui a ravagé la maison. Brûlée dans sa chambre verrouillée. Attachée dans son lit, as-phyxiée, calcinée. Empoisonnée par les gaz toxiques. Trop d'accidents. Trop d'images sanglan-tes. Trop de cris. Chaque fois que j'ouvre un journal, que j'entends relater un accident aux nouvelles, mille flashes m'assaillent. L'avion s'est écrasé, le navire a coulé. Aucun survivant. Le bébé est resté au fond de l'eau, ses yeux ouverts que les poissons picorent. Si je croise un groupe d'enfants qui marchent en file indienne, tenant une corde, je pense, la monitrice de la garderie a eu une seconde d'inattention, la petite a vu un ballon rouge dans la rue, elle s'est précipitée. Le chauffeur n'a pas eu le temps de freiner. Corps propulsé à cent mètres. Trop d'accidents. Trop d'images sanglantes. Trop de cris.

— On sort d'ici, Aline.

9

Aline est venue voir ma chambre, l'odeur d'égout persistait, persiste. Dans le fond de la baignoire subsiste une traînée noirâtre, résidus de tuyaux. Aline a conclu que je capotais, une voiture ventre en l'air au fond du ravin, roues tournant dans le vide. C'est ce qu'elle m'a déclaré, l'air consterné, elle m'a suppliée de m'installer chez elle en attendant. Attendant quoi? Que le printemps revienne? Il est revenu. Moi, pas encore.

J'ai répondu que je réfléchirais, j'ai expliqué que pour l'instant c'était la solitude, rien que la solitude et rien d'autre, «Peut-être, mais chez moi, tu seras seule. Je pars pour une semaine. Je prends l'avion ce soir.»

— Vacances de Pâques?

— Je vais en Guadeloupe.

— Une semaine, ça ne me suffit pas. J'ai besoin d'un *no man's land*. D'être nulle part. Totalement

étrangère. C'est seulement comme ça que je pourrai...

— Te retrouver?

— Encore faudrait-il que j'en aie envie... Et puis,
écrire, peut-être. J'ai l'intention de m'attaquer à un
roman.

Elle jette un regard vers mon antiquité.

— Avec ça?

— Pourquoi pas?

— Tu ne te rends pas la vie facile.

— Je suis née comme ça.

— C'est une bonne idée, un roman. As-tu besoin d'argent?

— Non, non, ça va aller.

— Tu me le dirais, n'est-ce pas?

— Je te dis tout.

— Alors il faut que tu te trouves un logement
ailleurs. Tu ne vas pas rester ici?

Non, je ne vais pas, oui, je vais chercher un abri
temporaire. Aline dit que jamais je ne pourrais écrire
ici, mais pour ce que j'ai à raconter, c'est peut-être le
décor idéal, c'est peut-être inespéré que les tuyaux
vomissent, cela pourrait m'influencer, me faire sortir
de moi, je pourrais me procurer un fichoir et sonder,
sonder, aller au fond, jusqu'au cloaque, mais je sais,
Aline craint que je ne devienne folle, moi aussi,
chaque année vers la même date, je crains pour mon
frêle équilibre, j'oscille sur le fil. La folie, si c'était
une solution. Mais la folie fait mal. Il n'y a pas d'ou-
bli, il n'y a souvent que l'obsession. Le désir à la fois
d'oublier et de ne rien oublier, engourdir la mémoire
puis l'éveiller, la rendormir. Puis l'éveiller encore. Ce
devait être un supplice particulièrement raffiné, au

Moyen Âge, pour faire avouer les fausses sorcières avant de les livrer aux flammes. Garder le souvenir en vie, féroce, prêt, au moindre prétexte, à vous bondir au visage. Coucou, c'est moi, moi, ton enfance, moi, ta peine. Arroser sans fin la plante carnivore, celle qui dévore par l'intérieur. Chérir et dorloter la plaie. Comme le jeu de l'enfant qui, avec sa langue, agace la dent de lait sur le point de tomber.

Avant, il y a quelques années, avant Philippe, Aline vivait à Ottawa. Elle travaillait comme interprète pour le Secrétariat d'État. Après mon retour d'Espagne, c'est d'ailleurs elle qui m'avait déniché la Manufacture de Mots, à moi qui n'ai aucun diplôme. Qu'elle me sorte du marasme est devenu une habitude. Mais la Manufacture est vite devenue un nouveau marasme. Qu'on imagine la chaîne de montage: au début, la préposée au comptage des mots; elle disparaît presque sous les piles de textes, on ne l'entend pas, c'est à peine si on l'aperçoit. Mais quand d'aventure on l'aperçoit, on voit qu'elle remue les lèvres; elle fait penser à un poisson dans l'aquarium. De neuf heures à cinq heures, armée d'une règle et d'un crayon à la mine, elle compte en silence les mots à traduire. Suit la répartitrice; elle divise les textes en lots de mille cinq cents mots qu'elle distribue à la cinquantaine de traducteurs dissimulés derrière les cloisons amovibles du vaste entrepôt éclairé aux néons. Les dactylos occupent une autre salle aux murs beiges où la cacophonie est infernale. Une plante verte décore la pièce réservée aux réviseurs, arrivés au sommet de l'échelle salariale: ils sont blêmes et crispés tellement ils ont peur de dégringoler; à l'autre extrémité de la chaîne, ils ont droit au stylo rouge, ils corrigent les fautes. Le directeur de production parcourt interminablement les rangs. Est-ce qu'il a son fouet à la main? Mon cubicule à moi se trouvait près de la fenêtre, juste au-dessus de la cuisine du vendeur de frites.

Alors, un jour, au bord de l'étouffement, j'avais répondu à une petite annonce, envoyé mon curriculum vitae à la Collection Sentiments et attendu. La réponse avait mis un mois à venir. On m'avait expliqué par téléphone que j'aurais un test à passer, qu'on me le ferait parvenir par la poste et qu'on me convoquerait ensuite, s'il y avait lieu. Peu après, j'avais reçu dix pages d'une histoire d'amour à traduire, et j'avais été convoquée. Les histoires d'amour, c'est ma force. Quand il s'agit de les traduire. C'est ainsi que j'avais quitté mon cubicule à la Manufacture de Mots. Mais un bon jour, je vais me recycler dans le thriller. Noir et rouge. Finis, le miel et l'hydromel, je vais plonger dans les profondeurs glauques. À qui vais-je m'identifier, à la victime, au flic, à l'assassin? Surtout pas à la victime, encore moins au flic. Alors, à l'assassin? Non. Au témoin, tout simplement, au témoin impassible...

À présent, Aline est à la pige, elle voyage d'Halifax à Vancouver, omniprésente dans les congrès de fonctionnaires.

Elle a son pied-à-terre à Montréal.

Avant, quand j'avais envie de la voir, je prenais le train et j'allais la rejoindre dans sa coquette maison de briques près du canal Rideau, entourée de verdure et de fleurs; j'aimais ça, le quai des gares, le roulis du train, le paysage morne comme un ruban qu'on déroulait devant mes yeux. L'hiver, nous patinions ensemble, de longs après-midi polaires, le froid piquait nos joues, nous glissions sur la glace impeccable, interminablement, puis nous allions boire du chocolat dans un café près du marché. Avec Aline, c'est toujours comme ça, boire du chocolat, patiner, rêver. Chez elle, il y a un jeu de scrabble étalé sur la table, il faut toujours jouer au scrabble, quand elle est seule, elle joue quand même, en français, en anglais, en espagnol, elle dit que ça lui garde l'esprit alerte. Et même seule, elle ne triche jamais. Chez elle, on écoute Dylan, Francis Cabrel, l'*Adagio* d'Albinoni, de la musique brésilienne. Il y a des livres ouverts dans toutes les pièces, son choix est éclectique, le dernier Sagan dans la salle de bains, la biographie de Tolstoï sur le canapé du salon, le *Tao tö king* dans la cuisine, un polar nul traîne quelque part sur la moquette, Prévert voisine la gastronomie française sur la table de chevet — elle lit un poème et une recette avant de s'endormir, prétend que cela lui assure de beaux rêves. Pourtant, elle ne cuisine que rarement, son garde-manger est rempli de biscuits, de potages en conserve, son réfrigérateur, de fromages, d'olives, de saucissons, de fruits. Chez elle, c'est comme ça, toujours le pique-nique. Assises sur le tapis devant la table basse du salon, on écale des noix, on épluche une orange.

Je me souviens d'une fois où nous avions patiné
sur le canal, nous avions les joues gelées, pour nous
réchauffer, nous avions, sur le chemin du retour,
acheté une bouteille d'Armagnac. Lorsque nous
étions arrivées chez elle, j'avais pris un bain très
chaud, elle m'avait prêté sa chemise de nuit en fla-
nellette vert Nil, ses chaussons d'angora rose, nous
nous étions blotties dans son lit, sous l'édredon,
nous sirotions en rêvassant, ces petits verres kitsch
qu'elle avait, des bleus, des rouges, à la bordure dorée et sur lesquels étaient appliquées des fleurs
entrelacées; elle lisait la recette du gâteau aux trois
chocolats, évoquer des desserts la fait entrer en
transes, «Tu imagines, Éléonore, trois couches de
ganache au chocolat blanc, brun et noir, génoise
punchée au vieux rhum et crème anglaise! Oh! J'en
veux, c'est simple, j'en bave, j'en meurs d'envie!»,
elle salivait, elle ronronnait presque, tellement que
je lui avais demandé si elle voulait que j'aille lui dé-
nicher quelque chose dans le frigo pour soulager sa
faim, elle s'était écriée «Oui, c'est ça, bonne idée, va
voir», je m'étais levée, de la cuisine, je lui avais crié
«Un yogourt aux kiwis ou de la crème glacée?», elle
avait opté pour la crème, et de la voir savourer à
petites bouchées sensuelles et ravies m'avait amenée
à lui demander si elle baisait souvent, une association d'idées, elle avait répondu que oui, pas mal,
merci, et toi, et je lui avais demandé c'était quand, la
dernière fois.

— C'était hier. J'ai dîné avec Helmut, après on
est allés chez lui.

J'avais pouffé de rire. «Helmut! Comment tu fais
pour susurrer Helmut dans les moments de... Oh!

Helmut! Helmut! Tu me rends folle! Encore...» Elle avait ri aussi.

— Tu vas te moquer de moi.

— Oui, mais ça ne fait rien.

— Je l'appelle Darling dans les moments de... On baise en anglais, tu vois. C'est plus facile.

— Odette aussi appelait Swann darling.

— Odette?

— Dans *Un amour de Swann*.

— C'est donc une pratique presque littéraire...

— Et ça fait longtemps que vous baisez en anglais?

— Pour tout dire, hier, c'était la deuxième fois. Il vient d'entrer dans le service. Encore en probation, tu vois. Au bureau, je veux dire.

— Oh! Un stagiaire? Et à ton avis, il est qualifié pour le poste?

Elle avait ri encore.

— Nous avons fait connaissance dans une cabine, les écouteurs sur les oreilles. It was so romantic!

Couchée sur le ventre, enlaçant l'oreiller. «Oh! Darling... You drive me crazy. You are just like this fabulous soufflé à l'amaretto we were eating tonight, so sweet, and subtle, and delicate. You are my nougat, my zabaglione, my bombe glacée.»

J'avais saisi le livre de recettes, tourné les pages.

— Ooooh! Helmut! My bavarois à la framboise, my sultan aux poires!

— My gâteau marjolaine au coulis de passion!

— My corne de gazelle, my blueberry cheese cake, my craquelin en millefeuille givré à la pistache!

— Arrête, c'est trop voluptueux, le craquelin, je vais craquer! Ma petite crêpe Suzette mordorée adorée, ma banane flambée! Tu me fonds dans la bouche, tu m'émoustilles, tu chatouilles mes papilles!

Elle mordait l'oreiller à belles dents.

On avait beaucoup ri, beaucoup bu d'Armagnac dans les petits verres kitsch.

Sur le lit, le livre de recettes était resté ouvert à la page du gâteau marjolaine et du craquelin. Description du premier: trois couches de ganache superposées sur un gâteau biscuit, déposé sur un coulis acidulé aux fruits de la passion. Illustration à l'appui, couleurs vibrantes sur papier glacé. Question: la passion a-t-elle donc une saveur acidulée? Le craquelin, on le décrivait comme un dessert richissime où les noix se vautraient dans la crème.

— Qu'est-ce que c'est, de la ganache? avais-je demandé.

De la crème bouillie et du chocolat, m'avait-il semblé entendre, juste avant de sombrer dans le sommeil.

J'en avais fait des cauchemars.

Mais c'était peut-être à cause de l'Armagnac.

Une autre fois, je l'avais appelée pour lui apprendre la nouvelle. «J'ai rencontré un homme.»

— Un autre?

— Lui c'est différent. Je veux dire que lui, je ne sais pas. Je pense que peut-être... Il s'appelle Philippe.

Nous sommes dans ma chambre. Elle, un peu sous le choc, que va-t-elle faire de moi, et moi qui n'ai pas envie qu'on fasse quoi que ce soit de ma carcasse...

À brûle-pourpoint, pour meubler le malaise, je lui demande si elle a des nouvelles d'Helmut.

— Helmut?

— Helmut, tu sais bien, ce bel amant sucré que tu consommais au dessert.

— Oh! non, qu'est-ce que tu crois. Il vit en Suisse depuis deux ans. Interprète aux Nations-Unies, c'était son ambition. Au début, on a échangé quelques lettres, et puis, tu sais ce que c'est...

Est-ce que je sais? Je devine. De fil en aiguille, d'un homme à l'autre, la conversation bifurque. Te souviens-tu de Jean-Michel? De Boris? De Moustapha? De Sami? De Georges?

Mais cette fois-ci, on ne rit pas. Pas de ganache, pas de coulis. On énumère des noms, la liste est morne, parfois un ersatz de sourire s'ébauche, «Ah oui, Boris, quel phénomène c'était, celui-là», parfois le regard, rêveur, s'attarde un peu, puis la lueur s'éteint, la liste est morne. On ne veut pas parler de l'amour, si on en parlait, ce serait triste, c'est toujours triste au passé, même au présent, c'est à pleurer, il n'y aurait qu'au conditionnel, et encore. Alors on parle de l'orgasme. Et c'est triste aussi. Aline dit que c'est un mot comme un autre, banal, mais que ça ne veut peut-être pas dire la même chose pour tout le monde. Il y a des mots, comme ça. Liberté, plaisir, maman, orgasme, ils ne veulent pas dire la même chose pour tout le monde. Même quand on dit bleu, ou vert, on a beau les associer au feuillage et au ciel, on se demande si on voit tous la même couleur. Au fond, on prononce des mots sans être sûr de se comprendre, on meuble le silence.

Je lui demande:

— Alors, c'est quoi pour toi, comment ça se passe, qu'est-ce que tu ressens?

— Comme ça, de but en blanc, c'est plutôt dur à expliquer.

— Je veux juste comparer.

Elle hésite, elle est perplexe.

Étrange, cette hésitation, cette gêne entre nous aujourd'hui. On a déjà tellement parlé ensemble, on s'est confié tant de secrets.

Elle dit que comment me décrire ça... disons que ça commence par une espèce de frisson sur tout le corps, un désir d'être touchée partout où elle frissonne, je l'interromps, «Oui, ça, je sais, je sais comment ça commence, les attouchements préliminaires, je connais».

— Après, le frisson se concentre dans la région pubienne, on a juste envie d'être touchée là, peut-être pendant qu'il mordille nos seins.

— Tu vas trop vite. Ou pas assez. Ce que je veux savoir, c'est le moment exact de l'extase, le fragment d'infini. Tu sais, ce qu'on raconte dans les livres, ce qu'on voit dans les films, la femme qui se pâme, le regard chaviré, tout ça. Je veux que tu me le décrives... C'est pour mon roman.

Elle me regarde, son regard me sonde. Je me demande pourquoi j'ai abordé ce sujet délicat. Je dis «Laisse tomber, Aline. Aucune importance.» J'ai peur qu'elle n'entre dans les détails, qu'elle se mette à me parler de clitoris et toutes ces choses. Je la connais trop, ma sœur, je sais qu'avec elle, ce doit être tout un rituel, encens dans la chambre, vin blanc dans le seau à glace posé près du lit, dessous affriolants, elle en a un tiroir plein, je le sais, je les ai vus, elle prétend que c'est surtout pour elle, qu'elle aime ces contacts satinés sur sa peau. Moi, je dors toujours nue, dans la maison aussi, je déambule nue, et Philippe soupire en fermant les stores verticaux.

J'ai souvent imaginé Aline avec ses amants. C'est plus facile que de m'imaginer moi, avec le mien. Je l'ai vue avec tellement d'hommes différents, et eux qui étaient toujours si galants avec elle, si attentionnés. Et elle, l'œil brillant, à la fois conquérante et conquise. Ça doit lui plaire quand on l'embrasse longtemps, longuement, une langue qui patine sur ses dents, explore sous sa langue, chatouille son palais. Elle doit aimer qu'on la caresse, très légèrement, par-dessus ses vêtements, debout près du canapé, dans le salon à l'éclairage tamisé. Je vois d'ici la scène. Les mains qui glissent dans son dos. Elle languit et elle aime ça. Tout le sang de ses veines se rassemble et converge vers le bas de son ventre. Ça pulse, ça se liquéfie, c'est envahi de chaleur. Après, quand il déboutonne sa blouse, qu'il prend un sein, puis l'autre, dans sa bouche, elle doit se sentir presque comestible. Et en même temps, avoir faim. Oui, la fringale. Elle est si gourmande. Elle doit être du type à avaler le sperme, j'en mettrais ma main au feu.

Assise dans le fauteuil, elle me considère en

silence. Elle doit penser que je suis encore plus mal
en point que d'habitude. Je marche de long en
large dans l'espace exigu. J'ai sûrement été un ours
dans une vie antérieure. En cage, il va sans dire.

Pour Aline, la jouissance ne pose pas de problème. Elle a connu un bon départ et continue sur
sa lancée. Il y a des gens comme ça, on dirait qu'ils
sont faits pour la vie. La volupté s'offre à eux
comme un fruit, ils mordent. Et d'autres, comme
moi, qui auraient mieux fait de rester dans le chaos.
Le fruit est toujours pourri, ou bien les dents restent
dedans. Une question de destin. Aline est légère,
elle se déplace comme si le sol était un nuage, c'est
moelleux sous ses pieds, rien ne la blesse. Moi, sur
la dure, je traîne mon fardeau. Aucune aptitude au
plaisir.

L'une chante, l'autre, pas. La vie est injuste.

Elle a même été mariée, à dix-huit ans, oui, elle
a épousé celui qu'elle aimait, un gars qu'elle avait
connu au secondaire, elle a eu cette chance, non
pas de se marier, un événement à la portée de n'importe qui, mais d'épouser celui qu'elle aimait, et
même si ça n'a pas duré longtemps, ils sont restés
en très bons termes, c'est elle qui l'affirme et c'est
vrai, il m'est arrivé de les revoir ensemble et leur
complicité me faisait chavirer de jalousie. Moi, j'ai
aimé à quatorze ans le père de mon enfant et je ne
l'ai jamais revu. Moi, à vingt ans, j'ai aimé en Espagne un homme qui est mort quand sa moto a
plongé du haut de la falaise. Je n'étais pas là. Je ne

suis jamais là quand ils meurent, pour recueillir le
dernier regard, boire la dernière parole sur les
lèvres exsangues. Jamais là. D'une fosse à l'autre,
ma mémoire divague. Moi, j'ai eu cent amants que
je n'ai pas aimés et n'ai jamais revus. Et j'ai Philippe
que je n'aime plus.

Elle dit qu'elle pense que puisque j'ai com-
mencé, on ferait bien de vider le sujet, que ça pourrait m'aider. Bien sûr. Elle passe sa vie à m'aider.
Elle poursuit:
— Avec Philippe, tu m'as déjà expliqué que... ça
ne s'est pas arrangé?
Je coupe:
— Comment veux-tu que ça s'arrange? Si tu
veux le savoir, non, on n'y arrive jamais. On a de
moins en moins le goût. Et puis lui, c'est un ange.
Désincarné, si tu vois ce que je veux dire.
J'essaie de rire. Ça accroche dans ma gorge. Un
bruit grinçant. Je reprends:
— C'est faux. Il faut que je te raconte. Une nuit,
on était ensemble sur la terrasse, on bavardait,
c'était l'été, et il s'est mis à me caresser les pieds.
Alors là, sous les étoiles, tout bêtement, quelque
chose a éclaté en moi. Comme une vague qui aurait
déferlé, emporté le barrage.
Elle semble un peu interloquée.
— Comme ça, juste en te caressant les pieds?
— Juste.
— Alors, tu vois bien que tu peux avec lui.
— C'est arrivé une fois, je te dis. Et ça fait long-
temps. On ne vivait même pas encore ensemble.
— Écoute, si on veut parler d'orgasme, il ne faut

pas le sortir du contexte, il faudrait essayer de recréer l'ambiance. Imagine que c'est la nuit, qu'il...

— Non, inutile, Aline, j'ai essayé toutes sortes
d'ambiances, j'ai essayé la nuit, j'ai essayé le jour.
Mais toi, je suppose que c'est toute une histoire,
après un souper fin, avec des chandelles et tout ça?

— Pas toujours. En fait, ce n'est jamais pareil.
Tiens, une fois, avec un inconnu, dans une auto, il
n'a eu qu'à me toucher et ça y était. Mais tu connais
tout ça.

Je m'assois au bord du lit. J'ai envie de pleurer.

— Oui. Des fois, ils nous effleurent et c'est
comme une explosion. On gonfle, on durcit, on
plane ailleurs. C'est à la limite de la douleur. Est-ce
que tu cries, toi?

— Pas vraiment. Ce sont plutôt des sons rauques,
des sortes de gémissements, je balbutie des mots, je
n'ai plus le contrôle, tu vois.

— Et après, qu'est-ce que tu fais? Tu cours te
laver ou tu laisses le sperme couler sur toi?

— Ça dépend de l'homme avec qui je suis.
Quand je l'aime, je laisse couler.

— Arrête ça, l'amour, tu es cruelle.

Je me recroqueville près du mur, je cache ma
tête dans mes bras. Quel amour, déjà? L'amour
physique, voilà l'amour dont je parle, l'amour en
bas de la ceinture, c'est le seul vrai, authentique,
vérifiable, avec des odeurs tenaces, des sécrétions
et des écoulements de matière organique. Elle s'approche, elle est près de moi. Grincements des vieux
ressorts usés. C'est comme si je la détestais, tout à
coup. Jalouse. C'est comme si je l'enviais. Quand
nous étions enfants, il m'arrivait de prier «Mon Dieu,

faites que maman m'aime, changez-moi en Aline, faites qu'à mon réveil, je sois devenue Aline et elle, Éléonore.» Les enfants sont comme ça, ils prient.

À présent, je ne l'envie pas. Je ne veux plus être elle. Je veux être moi, mais autrement. Moi heureuse, moi comblée. Aussi bien demander la lune.

Elle est tout près, je perçois son odeur agréable. Je chuchote:

— Est-ce qu'il te dit «Ton cul me rend fou. Je vais te sucer, et t'allumer, et t'enfiler, et t'enfoncer, et te vriller, et t'embrocher comme un poulet?

— Ça pourrait arriver qu'il me dise des choses comme ça. Quoique moins crues. Mais il les dirait d'une voix douce, il les soupirerait.

— Est-ce qu'il dit «T'aimes ça, ma cochonne, hein? Tu jouis, salope? Attends, tu vas voir où je vais te le mettre, mon batte, enfant de chienne de sale pute?

— Je pense que j'aurais peur s'il me parlait sur ce ton-là. Mais toi, Éléonore, tu...

— Est-ce qu'il t'attache, parfois, est-ce qu'il te frappe, sur les cuisses, sur les mollets, est-ce qu'il tient tes poignets dans une main en te giflant de l'autre?

— Non.

— Non, évidemment. Toi, ça doit être tout doux, du caramel fondant entre deux bouchées de génoise imbibée, ça doit être suave, velouté, de la tire sur la neige.

J'ai parlé avec hargne. Moi, c'est violent, la bombe flambée, punchée. C'est l'érable au printemps, blessé au flanc et dont le sang goutte dans une chaudière de métal. Moi, c'est écarlate. Dans ma tête, c'est écarlate. La saveur ressemble au sang. Ou à la cendre. Dans ma tête, ça hurle, ça saigne, ça flambe, ça se consume. Dans ma tête, c'est la guerre. Tout est dans ma tête, comme un remous dans la boue de la mare, comme le fond d'un volcan endormi.

Elle s'éloigne. Je l'ai choquée? Elle part, peut-être. Ce serait aussi bien. Rien à tirer de moi quand je suis de cette humeur... Non, je l'entends qui farfouille dans son sac, j'entends le cliquetis du briquet, deux fois. Elle revient, elle écarte mes mains de mon visage, elle me tend une cigarette allumée.

— Tu as un cendrier?

— Sous le lit. Tu peux le prendre. À cette heure-ci, les coquerelles dorment sûrement. C'est juste la nuit qu'elles sortent de leur repaire.

Elle se penche. Nous tirons quelques bouffées en silence.

— C'était une blague, Aline. Ne prends pas cet air faussement compréhensif. Je raconte n'importe quoi, comme d'habitude. En fait, je n'ai pas de perversion inavouable. C'est juste dans ma tête. Un fantasme. Parfois, je voudrais que Philippe... puis en même temps, je ne veux pas. Je rêve de décors sordides, de trucs insolites, tu sais, exhibitionnistes, avec des yeux qui nous regarderaient entre les lattes de la clôture. Je vais voir des films. Parfois, c'est violent. J'imagine que c'est moi. Être prise, tu sais. Enlevée, captive. La truite au bout de l'hameçon. La petite mort. Moi, je ne meurs jamais, ni d'une façon, ni d'une autre.

À présent, j'ai envie de vomir. Aline est près de moi, elle caresse mes cheveux.

— Te rappelles-tu quand maman m'avait coupé les cheveux? J'avais cinq ans, et un jour, parce que je ne les avais pas brossés, elle avait pris les ciseaux et...

Elle soupire.

— Quoi qu'on en dise, ce n'est jamais facile, l'enfance. On s'illusionne quand on la décrit comme un paradis perdu.

— Pour certains, c'est plus facile que pour d'autres, tu admettras... Elle me tenait la tête et coupait avec rage, n'importe comment, et mes mèches tombaient sur les tuiles de la salle de bain, et je sentais la pointe des ciseaux me piquer la nuque. J'étais terrifiée, tu ne peux pas savoir. Absolument terrifiée. Je pensais qu'elle allait me couper la tête. Figée de terreur. Et tellement affreuse, après. La frange toute croche et les cheveux tondus au-dessus des oreilles. Elle le faisait exprès de m'enlaidir, c'était pour justifier le mépris qu'elle me portait. Je m'étais réfugiée dans mon lit, tu ne peux pas savoir comment je me sentais défaite... impuissante. C'est comme si le monde s'était effondré. Il y a des images, des souvenirs que je n'arrive pas à effacer. Dommage qu'on ait interdit les chocs électriques... Tu étais venue me consoler. Tu m'avais mis une boucle de ruban rose. Tu disais que j'étais jolie quand même, tu essayais de me convaincre que mes cheveux repousseraient. Mais elle a continué de me les faire couper régulièrement. La séance de torture tous les mois. À dix ans, elle me faisait donner des permanentes. J'étais frisée comme un mouton. Je me détestais tellement... Et puis, toutes les fois où j'ai attrapé des poux? Il fallait que toute la famille passe au shampoing Kwellada, les draps, les serviettes, les peignes, les tuques, qui trempaient dans l'eau de Javel.

— On aurait dit que, chez toi, c'était une génération spontanée. Tu en attrapais tout le temps.

— Une fois, j'en ai même eu dans les cils, quelle horreur! Elle était excédée.

— C'était toujours à recommencer.

— J'avais honte. C'est comme si j'étais sale, dégoûtante. Elle ne pourrait jamais m'aimer...

— Il paraît que c'est une question de sang, le taux de sucre ou la température, je ne sais plus.

— De toute façon, qu'il y ait un pou à un mille à la ronde et tu peux être assurée qu'il va me repérer et que c'est dans mes cheveux qu'il va se réfugier. La fée Carabosse m'a jeté un mauvais sort à ma naissance... Et puis, m'obliger à abandonner mon enfant, tu penses que c'était juste? Si je l'avais gardée, il n'y aurait pas eu d'accident, je le sais. J'aurais pris soin d'elle, aujourd'hui, elle serait vivante, elle serait avec moi.

— Tu n'arrêtes pas de te faire du mal avec le passé.

— Je le fais exprès, tu penses bien! Veux-tu que je te raconte autre chose? J'avais quinze ans. Tu étais partie, tu m'avais abandonnée, tu étais allée étudier à l'Université d'Ottawa. Je venais de passer cinq mois terribles et je n'étais pas capable d'envisager de continuer à vivre comme ça si tu n'étais plus là. Un soir, j'ai attendu que les parents soient couchés, j'ai attendu de les entendre ronfler. Je me suis levée, je suis allée dans la salle de bains et j'ai pris tous les médicaments qui se trouvaient dans

l'armoire à pharmacie. Tous. J'avalais les pilules une
par une, avec de l'eau, je ne regardais même pas
les bouteilles, je n'avais aucune idée de ce que
j'avalais. Je voulais juste une chose: mourir. Juste ça.
Penses-tu que moi j'aurais pu continuer à dormir
pendant que ma fille était en train de s'empoison-
ner? De toute façon, je n'ai réussi qu'à me rendre
malade. J'ai passé la nuit à vomir et elle ne s'est
même pas levée. Penses-tu que le lendemain, elle
ne s'est pas aperçue que les bouteilles étaient vides?
Elle n'a rien dit, elle n'a jamais rien dit, pas un mot,
pas une question. Elle les a remplacées et elle n'a
pas posé une seule question. Elle les a remplacées,
elle voulait peut-être que je recommence. Est-ce
que c'est possible, ça? Est-ce qu'on peut laisser sa
fille se suicider sans dire un mot?

Aline continue de caresser mes cheveux.

— Elle est morte à présent.

— Tout le monde est mort.

— Tu aurais dû enterrer ta rancune avec elle.

— J'ai tout enterré, mais ça ressort, qu'est-ce
que tu veux, c'est là et ça ressort... Parle-moi de tes
orgasmes, Aline, fais-moi rire.

Elle reprend:

— Tu sais, il m'est arrivé de faire l'amour avec
des types qui ne me plaisaient même pas, qui
n'avaient absolument rien pour me plaire. Des types
rencontrés dans des bars, ou dans les avions. C'est à
peine si on se parlait. J'avais presque honte, après.
Une fois, j'étais allée dans un party. Après deux
danses avec un inconnu, on avait tellement le goût
qu'on est sortis de l'appartement. On a commencé à
se peloter dans l'ascenseur mais on se faisait trop

déranger par les gens qui entraient et sortaient.
Alors on est descendus au sous-sol et on a baisé
dans la chambre des fournaises.
Elle dit:
— Une autre fois, dans un avion, je m'en allais
en France. C'était un vol de nuit, tout le monde dormait. Je somnolais sous ma couverture quand j'ai
senti une main sur mon genou. J'ai entrouvert les
jambes et je l'ai laissé grimper entre mes cuisses.
J'étais déjà toute mouillée. Je n'avais aucune idée de
qui ça pouvait être parce qu'avant j'étais seule dans
ma rangée. Mais je n'ai même pas ouvert les yeux
pour le savoir. C'était plus excitant comme ça. Je
me suis endormie et à l'aube, quand on nous a
réveillés, la place à côté de moi était de nouveau
vide. Après, j'ai lu un livre où il était question de
prostituées pendant la guerre qui se plaçaient derrière un mur où on avait percé des trous à la hauteur du sexe. Les soldats venaient là tirer un coup
furtif. Ni vu, ni connu. Ça m'a fait drôle.

C'est vrai, c'est bizarre le rapport qu'on a avec
des inconnus, des fois... Une image d'autoroute surgit. Au bord, il reste des mottes de neige striée de
détritus et de suie, des mottes de neige noire qui
ressemblent à des roches. Lugubre, ce paysage. À
donner la nausée. Et défile dans ma tête le ruban
monotone, pompes à essence, restaurants, centres
commerciaux, neige noire, arbres fluets, touffes
d'herbe jaunâtre dans la boue, restaurants, centres
commerciaux, panneaux-réclame. À l'infini. Comme
si ce ruban défilait de toute éternité. Stations-
service, neige noire, touffes d'herbe, panneaux-

réclame. La meilleure soupe en boîte, les plages du Sud, la bagnole rêvée. Le bonheur sur affiche géante, au bord de l'autoroute. La silhouette géante d'une femme, ses boucles dans le vent, et qui court au bord d'un océan turquoise. Plein les yeux de bonheur, entre les mottes de neige sale et l'herbe anémique. À la portée de la main? Non, trop gros, trop haut, beaucoup trop haut, gigantesque, inaccessible. Et les couleurs qui, de loin, rutilent, ternissent et bavent quand on approche. Quand on approche, le papier des affiches est maculé de chiures d'oiseaux, d'éclaboussures. Les sourires sont faux dans les faces dessinées à gros traits de pinceau. Oui, plus on approche, plus on perd ses illusions.

Quand j'avais dix-huit ans et que j'avais enfin quitté le foyer familial, il m'arrivait de faire de l'auto-stop au bord de l'autoroute. Une fois, j'étais montée avec un type complètement soûl. Il m'avait invitée dans un de ces restaurants de parvenus où on vous sert des steaks énormes et des queues de homard imbibées de beurre à l'ail fondu. J'avais commandé une salade mais il voulait absolument me voir manger une entrecôte. «T'es trop maigrichonne», qu'il me disait. «T'as pas l'air en santé. Le premier coup de vent va t'emporter.» Lui, il ne mangeait pas, il buvait scotch sur scotch. Je n'ai pas su ce qu'il noyait. C'était d'ailleurs le moindre de mes soucis. Il me racontait vaguement des scènes de ménage et autres platitudes. Très vaguement. J'écoutais d'une oreille. Il n'avait pas envie de rentrer chez lui, moi non plus; j'étais comme ça, à l'époque, je suivais le courant. Alors, après le souper, on avait continué à se promener en voiture, on

arrêtait tous les dix milles pour boire un autre verre
dans des bars salons complètement minables. Dans
l'un, une chanteuse sans voix, dans un autre, un
orchestre qui jouait faux les airs les plus moches,
dans la plupart, rien, juste des épaves effondrées au
comptoir. À un moment, je ne me rappelle plus où
on était, il avait stoppé au bord du chemin, il avait
posé sa tête sur le volant. Je me demandais s'il
pleurait. J'attendais. Puis, il s'était redressé et avait
dit: «J'ai une bonne idée. On va aller prendre le
petit déjeuner à Québec. Qu'est-ce que tu penses
de ça?» Il aurait aussi bien pu m'annoncer qu'on
allait en enfer, j'étais toujours d'accord. C'était la
nuit et il pleuvinait. Alors on avait continué en zig-
zaguant sur la route glissante. On ressemblait à un
vaisseau fantôme qui erre sur l'océan, cherchant le
port. Ou un rafiot de réfugiés dont personne ne
veut et qui dérive à l'infini, et dont les passagers
survivent en dévorant les cadavres. Finalement, on
ne s'était pas rendus jusqu'à Québec, il n'était plus
capable de conduire, on s'était arrêtés dans un motel. Il disait qu'il fallait qu'il dorme, juste une couple
d'heures, que s'il ne dormait pas, il allait mourir,
percuter un arbre, qu'on tomberait dans le fleuve,
qu'on finirait noyés. Il m'assurait qu'il ne me toucherait pas, c'était promis, d'ailleurs, dans l'état où il
était, je n'avais rien à craindre. Entrés dans le motel,
il s'était effondré dans le lit et s'était mis à ronfler
aussitôt. Moi, j'attendais dans le fauteuil, je ne voulais pas me coucher près de lui. À son réveil, il
s'était approché de moi. J'avais dit «Non, tu as promis, tu te souviens?» Il avait répondu, d'un ton suppliant «Je veux juste te sucer. Rien d'autre. J'te ferai

pas mal. J'te ferai pas d'enfant. Juste te sucer, après on s'en va, promis.» J'avais continué à refuser. Il avait demandé «C'est parce que je te dégoûte? C'est vrai, je pue, je suis tout dégueulasse. Attends, je vais me brosser les dents. J'ai ce qu'il faut dans la voiture.» Il était sorti chercher la brosse et le dentifrice, puis il était allé se brosser les dents dans la salle de bains. Après, il avait dit «T'as pas envie de prendre une douche? Viens, on va prendre une douche ensemble. J'te ferai pas mal. J'veux juste te laver.» Je l'avais laissé faire. C'était doux, ses mains sur mon corps, qui me savonnaient, qui me caressaient. À un moment, il s'était mis à genoux devant moi, sous le jet d'eau. Ce fut comme un instant de grâce, presque une communion. Charnelle, et même au-delà de la chair. Après, on était partis. Et on ne s'est jamais revus.

Je ferme les yeux. Le décor, dans ma tête, réduit à sa plus simple expression: un lit. Un lit suspendu dans l'espace sidéral, au milieu des étoiles. Les personnages, deux corps, le mien et un autre, sans visage, un corps réduit à sa plus simple expression. Nu. Une lumière luit, rouge, ardente, dans ma tête. Le cauchemar commence. Le corps de l'autre, étendu sur le dos. Je m'empale sur lui. Pour commencer, il reste immobile en moi, je le chevauche, je pars au galop, au triple galop sur la plage, l'océan gronde et roule, je vais de plus en plus vite, vers un point lumineux, là-bas, que je veux atteindre, et qui se rapproche et qui s'éloigne, il faut que je l'atteigne, je concentre toute mon énergie vers ce but, il faut que j'y arrive, je crie «Rentre-la-moi, rentre-la-

moi loin, plus loin, au fond, traverse-moi, trans-
perce-moi», ça bat follement, mon cœur en accéléré,
ma vision se brouille, se brouille... je ne vois plus le
point lumineux. Il m'échappe, il a disparu. Je suis
tombée de ma monture. Je veux encore, pourtant, je
sens que c'est tout près, à la portée de ma main, je
tends la main, je touche au but, et tout à coup, ce
n'est plus là. Au fond, ce doit être pour ça que j'ai
choisi Philippe. Inconsciemment. Comme ça, je
peux rejeter le blâme sur lui. Si au moins on vivait
un amour platonique, si on était comme frère et
sœur. On se raconterait des histoires et il n'y aurait
jamais de soupçons, de cris, de remords. Mais non.
Et chaque fois, je suis brisée, après. J'ai juste envie
de crier, j'ai le vertige. Lui, il a éjaculé, il se résorbe
doucement, il me demande si moi aussi, et je ne
réponds pas, il me dit qu'il m'aime et je ne réponds
pas, je suis trompée, je le déteste, j'ai juste envie de
me laver, je suis sale et collante, juste envie de crier,
la tête me tourne, s'il me pose encore cette question, je hurle, je mords, je l'égratigne. J'ai des désirs
sanguinaires. Je pense à ces femmes de la Bible,
Judith, Salomé, qui voulaient la tête de leur homme
sur un plateau. Moi, c'est sa queue que je tranche-
rais, après, on n'en parlerait plus, on vivrait comme
frère et sœur. Ça arrive que parfois, par gentillesse,
il essaie encore de me masturber, après. Quelle
ironie... Avec un seul homme, il m'est arrivé de
m'endormir, le sexe dans sa main, bercée par la caresse, et il me faisait jouir deux ou trois fois, pendant mon sommeil. J'avais vingt ans. Il dévalait
comme un fou les chemins de montagne, sur sa
moto, il fendait le vent, et quand il arrivait, c'était

presque toujours la nuit, il avait les cheveux ébouriffés et il fallait boire du vin rouge, et quand on s'endormait, c'était presque toujours l'aurore.

Je demande:
— Tu te souviens de Clément, mon vieux débris?
Elle hoche la tête. Elle s'en souvient.
— Quand il avait le vague à l'âme, il louait une chambre d'hôtel et faisait venir des filles. Ça l'apaisait. Une fois, je les ai rencontrées. Trois belles filles. Elles voulaient descendre au bar, danser. Il disait que la prochaine fois, il en prendrait des vieilles. Il disait: "Des vieilles bonnes femmes de cinquante ans, aux gros seins flasques, aux cuisses crevassées de cellulite, fatiguées de sortir, et qui ont envie de tricoter, le soir, en robe de chambre, après avoir enlevé leur corset." Il disait qu'il aimait les femmes. Il disait qu'il rêvait de vieilles qui connaissent les hommes et qui ferment les yeux sur leurs petites faiblesses. Il disait que certaines deviennent acariâtres, mais que lui, il rêvait des indulgentes, avec une vie d'amour derrière elles. Aline, je ne veux pas devenir une vieille. Ni acariâtre, ni indulgente.
— Tu l'écoutais te raconter ces horreurs? Tu ne bronchais pas?
— Je posais même des questions, je savourais les détails.

Aline écrase le mégot dans le cendrier.
— Je voudrais te parler franchement, Éléonore.
Je reste muette. Je devine ce qu'elle va dire. Des lieux communs. Je me les suis répétés un million de fois.

— Je devrais prendre un autre amant, c'est ça? Je devrais faire un autre enfant?

— J'ai l'impression que tu te complais, tu vois. La mort d'Évelyne, puis celle de...

— Non.

— Laisse-moi continuer... La mort d'Évelyne, la mort de Manuel. Tu ne fais rien pour t'en sortir. Tu ne fais pas d'effort. Ça te sert de prétexte. On dirait que tu..

— Que j'aime mon malheur.

— Presque. C'est trop facile.

— Moins que tu penses.

— Il faut que tu réagisses. Parle à Philippe, il va comprendre, il t'aime.

— Pas assez.

— Alors il n'y a pas trente-six mille solutions: quitte-le.

Dans le fauteuil près de la fenêtre, je baigne dans la lumière pâle, je suis si lourde, j'ai le corps en plomb. Aline vient de partir, à contrecœur, le visage ravagé d'inquiétude, son avion à prendre pour les îles, elle voulait annuler, «Après tout, ce n'est pas grave. Des vacances, j'en prendrai bien une autre fois. Si tu as besoin de moi...», j'ai protesté «Mais non, Aline, je vais m'organiser», elle avait peur d'avoir été trop dure, mais je peux l'être bien davantage. J'ai promis de la rappeler à son retour, dans une semaine. Elle a quand même tenu à me donner la clef de son appartement, sa carte de piscine.

Je reste inerte, je ne veux pas penser, si seulement c'était possible, simplement sombrer, comme dans un lac, comme dans la mer. J'aime concentrer mon esprit sur la mer. La mer me repose et m'apaise. Elle n'éprouve rien, elle avale et régurgite sur la grève algues et épaves. Elle abandonne des dépôts de coquilles fracassées, de crabes mutilés, de poissons asphyxiés. Elle avale et régurgite, elle est bue par le sable puis elle avale le sable.

La dernière fois que Philippe et moi nous avons pris nos vacances ensemble, c'était aussi la première, en deux ans de vie commune, la première et la dernière — ai-je dit que Philippe ne prend presque jamais de vacances?... La première et dernière fois, donc, nous sommes allés aux Îles-de-la Madeleine. Ça se passait l'été dernier. Nous avions loué une maison de bois à Pointe-aux-Loups, je restais allongée sur la plage même les jours de grand vent, il partait en excursion, sa caméra sur la poitrine, ensemble sans l'être vraiment. Ou bien je marchais interminablement sur la plage, je m'installais sur un rocher, je contemplais l'immensité.

Il m'en est resté une boîte de métal remplie de sable pour ensevelir les mégots.

On se retrouvait le soir, il faisait griller les poissons qu'il avait achetés aux pêcheurs, sur le quai de Cap-aux-Meules, ou qu'il avait pêchés avec eux au large, je touillais la salade, je rinçais les bleuets qu'il avait cueillis, il débouchait la bouteille de Reisling et nous mangions sous les étoiles. Je disais «C'est bon, ça goûte la mer.» Il souriait. «Ça goûte le soleil.» J'en rajoutais. «Succulent. Savoureux. Délicieux. Délectable. Excellent. Sublime. Quintessencié.» «Quintessencié? Tu exagères.»

Si la vie, ça pouvait n'être que cela.

Ici, les murs sont en carton. J'entends le voisin croasser au téléphone. «Ouais, c'est moi. Qu'est-ce que tu faisais? Ah t'es allée magasiner?» Je me dis qu'il a dû entendre toute ma conversation avec Aline. Quel faux jeton, ce voisin! Il ne faisait aucun bruit, il devait avoir l'oreille collée au mur mitoyen à épier nos confidences. À présent, il attend peut-être son heure pour venir me faire une démonstration de sa virilité. Est-ce celui que j'ai croisé hier dans l'escalier, crâne à demi rasé? Pourtant la voix n'est pas la même. Crâne rasé avait une voix inoffensive et dans celle-ci couve une menace. Il doit parler avec sa blonde. «Ah oui? Pis qu'est-ce que t'as répondu?» L'explication est sans doute insatisfaisante car le ton monte. «Pourquoi tu dis ça? Non, j'te demande pourquoi tu... Arrête de me couper la parole, maudit! Tu veux pas avancer dans la vie? Ah t'avances? La tête dans le sable, que t'avances! Comme les autruches. C'est ça que tu veux, avancer la tête dans le sable?» Quelque chose dans le ton me rappelle certaines de mes conversations avec Philippe.

Elle a dû raccrocher, je n'entends plus rien. Pourtant oui, il récidive, il insiste. «Écoute, ça sert à rien de me raccrocher au nez. J'te dis que t'as la tête dans le sable, tu veux pas voir la réalité en face, mais...»

Un bruit sourd, il vient sans doute de donner un coup de poing sur la table, le mur. Une porte claque. Un homme en colère dévale un escalier. Une porte claque.

Je contemple la chambre, je m'interroge, c'est quoi, la ganache? À l'époque, j'avais cherché dans le dictionnaire, il me semble qu'il était question d'une tête de cheval, d'un individu sans ressort, espèce de chiffe molle, de vieille ganache. Est-ce que ça se mange, à Pâques, une tête de cheval en chocolat? Je contemple la chambre, je pense à ce type en colère qui pourrait revenir et à ma porte qui ferme mal. Je comprends que l'intermède ne peut pas durer plus longtemps, qu'il faut que j'aille ailleurs.

Sous les palmiers, sous le soleil.

Ailleurs. Promener mon vague à l'âme dans les vestiges d'antiques empires déchus. Gravir les marches des temples jusqu'aux autels où tant de vierges furent sacrifiées. Traverser les arènes en ruines, les labyrinthes où tant de fantômes errent encore. Respirer l'odeur du sang séché sur la pierre. Me recueillir sur le parvis des cathédrales. Arpenter les salles de palais désertés.

J'ai toujours mes cartes de crédit, je pourrais me payer des ailes, je m'envolerais.

Je transporterais mon mal sous des cieux plus cléments.

Commencer par secouer ma torpeur. Car si je dors encore, je risque de ne plus jamais m'éveiller. Un risque à courir. Il peut toujours courir, le risque. À perdre haleine. Non, cela suffit, assez de risques, assez de courses. Si je reste un instant de plus dans la chambre laide, je deviendrai aussi laide que la chambre. Effet de symbiose. L'odeur infecte s'installera dans mes pores comme en pays conquis. Je me ternirai, je rouillerai. Vieille clocharde aux cheveux gras, couverte de haillons. Édentée, un filet de bave coule sur son menton flétri. Elle titube dans les rues mornes, ânonnant, d'une voix éraillée, des bribes de comptines. Parfois ce sont d'étranges fragments qu'elle a saisis au vol aux abords des cours d'école. Oh Tami, tami, tami, la cannelle à Moustapha, Moustapha, pha, pha... On ne comprend pas vraiment. Et d'autres fois, sa pauvre mémoire régurgite l'enfance. Mon père est policier, passez. Ma mère est boulangère, miam miam. L'enfance mal avalée, restée comme une arête en travers de la gorge. Mon frère est un cow-boy, pif paf. Ma sœur est une cow-boy beauté, wow wow. En frappant dans les mains, en cadence. Et moi j'suis un cochon, hrr hrr. Mais elle n'a plus de coordination, ses gestes sont mous. Et l'enfance dévale la pente raide, la clocharde perd l'équilibre et s'effondre dans une flaque. J'étais allée danser, danser, hier au bal masqué, masqué, avec mon fiancé, chééééri. Aux abords des cours d'école, les enfants se gaussent d'elle.

Plus tard, elle ira se lover sur une bouche d'air chaud, serrant sur ses épaules ses hardes trouées.

Ou elle mendiera dans un refuge une paillasse, un bol de soupe, une cigarette.

J'oscille sur le fil du miroir.

Me lever.

Je me lève. Je me dirige vers la porte.

Pauvre Italie. J'ai bien peur de ne plus être là à ton retour. Si jamais tu reviens.

10

Non, décidément, des ailes, c'est trop cher. Mieux vaut renoncer à ce projet. L'oiseau ne pourra pas voler assez haut, l'oiseau sera forcé d'atterrir sur les plages où pullulent les touristes vautrés, quelle horreur pour un oiseau solitaire, puis forcé de revenir trop tôt au nid. Ces migrations ne me conviennent pas. Mieux vaut renoncer.

Il faut pourtant que je me change les idées — le faut-il vraiment? Mes idées sont trop sombres.

J'arpente la rue Notre-Dame. Un petit soleil frisquet du midi donne aux visages blafards une qualité quasi translucide. Je récite cette phrase dans ma tête et ça me saute, si l'on peut dire, aux yeux: trop de qualificatifs. Petit, frisquet, blafard, translucide, on en compte quatre dans la même phrase. Trop, beaucoup trop. Aucun style, même quand je médite. Du talent seulement pour traduire des inepties.

Je reprends: le soleil donne aux visages une qualité.

Oui, mais à présent, c'est sec. Et puis c'est vague.

À quel genre de qualité est-ce que je fais allusion?

Translucide.

Le soleil donne donc aux visages une qualité translucide.

C'est mieux. Pourtant, le verbe donner, ici, ne me paraît pas très approprié.

Habille alors? Le soleil habille les visages d'une qualité?

Non, habille ne convient pas non plus.

Si j'osais quelque terme d'inspiration plus administrative, tel procure, confère? Le soleil confère aux visages une qualité...

Peut-être, à la rigueur. Mais tout cela reste quand même bien banal. Soleil, visages, voilà des mots qui ne sortent pas de l'ordinaire. Qui ne transportent pas, ne transcendent pas.

Qui a envie de transcendance?

Moi.

Et si je disais l'astre? L'astre confère aux carnations une translucidité?

Non, maintenant je deviens précieuse, pompeuse, voire prétentieuse. En outre, carnation, cela fait vocabulaire de parfumerie. Ou d'épicerie. Le lait *Carnation*, n'est-ce pas. Évaporé.

Comment faut-il dire? Peaux? L'astre confère aux peaux?

Non, cette formulation tirée par les cheveux ne me satisfait pas davantage. Et puis l'astre, l'astre, quel astre, d'abord?

Mais celui du jour. Le soleil, quoi!

Eh oui, le soleil, bien sûr. Nous voilà revenus à la banalité de départ. Pour commencer, qu'est-ce que c'est que ces considérations météorologiques? Le temps qu'il fait, voilà bien le dernier de nos soucis, au fond.

D'accord, je cède, je raie la phrase. Mais comment puis-je poursuivre? Je ne sais plus où j'en étais. C'est-à-dire où j'en suis. Parce que... comment expliquer que j'aie pu passer ainsi, sans m'en apercevoir, du présent au passé? Je n'ai pourtant pas encore bougé. Où suis-je donc?

Justement, je n'ai pas bougé, et c'est là tout mon problème. Je me suis figée dans un instant... mettons... insignifiant. Voilà toute ma vie, figée dans l'insignifiance. Ma vie avec Philippe, ma vie de traductrice de sentiments. De sentiments insignifiants. Figée, du plomb aux pieds. Et pendant ce temps-là, les passants ont passé, le soleil a lui. Le temps, je le sais bien pourtant, ne fait jamais de pause. S'il pouvait s'arrêter, reprendre son souffle, nous laisser reprendre le nôtre, ne fût-ce qu'une fraction de seconde. Mais alors, l'éternité en serait toute perturbée, et irrémédiablement rompu, l'équilibre fragile de l'univers... De quoi parlais-je donc?

De l'effet du soleil sur la peau des promeneurs.

Oui, alors, voyons... Marchant d'un pas nonchalant — mais depuis longtemps puisque, mine de rien, j'ai atteint le Vieux-Montréal — marchant comme dans un rêve, conversant avec moi-même, je constate que le soleil printanier confère, à l'heure du midi, une sorte de transparence aux carnes ivorines de ceux qui ont passé l'hiver en ville. À voir la foule, je me dis aussi que, quand l'hiver est si long, dès la première velléité de chaleur, les bêtes sortent des grottes, les fourmis, des fourmilières, pour émerger à l'air libre. Renaissance après l'hibernation. Des yeux clignent un peu dans la lumière. Vert tendre, les feuillettes frissonnent aux branches des ormes épargnés par divers virus. Attablées aux terrasses, les bêtes et les fourmis se chauffent, devant des cafés qui fument, des bières pression qui moussent, des frites recroquevillées flanquées d'un gobelet de mayonnaise, une cigarette coincée entre leurs doigts gourds. Et ça papote, ça placote, jacasse, gazouille, coasse et déblatère. C'est dehors et ça vit. Ça espère l'été, ça rêve de vacances, plages, planches à voile, tenues légères et marivaudage. Ça oublie, pendant quelques minutes, le sida et la guerre. Le sursis. Ça se pavane, ça se courtise, se lance, d'une table à l'autre, des œillades énamourées, la sève bouillonnant dans les artères, de larges sourires accrochés dans les faces lunaires.

Des pigeons, des mouettes loin des mers et des vaisseaux, se posent un instant aux abords des poubelles, en quête d'un croûton.

Le printemps, dans sa candeur touchante, sa gauche exubérance. Cette espérance de la nature qui s'éveille, même confinée dans l'espace urbain, a quelque chose d'attendrissant. De contagieux, même. Je me dis que moi aussi, si je me laissais aller...

À présent, où me diriger? J'ai le choix entre, à l'est, le port et ses navires, au nord, le parc Lafontaine et sa fontaine, à l'ouest, le centre-ville et ses hôtels, au sud, l'eau du fleuve. L'eau ne me dit rien, trop froide, trop noire, nauséabonde; j'opte pour l'ouest, si je m'écoutais, je marcherais jusqu'aux Rocheuses, je les escaladerais jusqu'aux neiges éternelles, je m'emplirais de l'air pur des sommets. En attendant, je pense qu'une chambre avec vue sur la montagne me conviendrait, qu'il me faut un abri pour la nuit. Du haut de ma tour, je contemplerais la ville. À défaut de la mer. Mais la marée humaine sur les trottoirs.

Si j'ai abandonné *Underwood* dans la chambre, j'ai tout de même dans mon sac les deux premiers volumes de la *Recherche*. Qu'importe où je serai, je pourrai lire. Mais pour écrire, comment ferai-je? J'entre donc dans une librairie-papeterie et j'achète un beau cahier ligné à spirale arborant une tête de léopard sur sa couverture rouge feu, un stylo-feutre noir. Au cas où l'Inspiration prendrait la liberté de venir frapper à ma porte, pour affronter en combat singulier le Complexe de la page blanche. Lequel m'assiège, me paralyse.

Près de la caisse, sur un support de métal, quelques séries noires et collections roses parmi lesquelles je reconnais des titres que j'ai traduits, *Myriam et le sultan*, *L'Aventurier des steppes*, *Il pleuvait sur nos amours*.

Sur le point de sortir avec mes achats, je m'attarde un instant devant la table des nouvelles parutions et des best-sellers. J'en feuillette quelques-uns au hasard, je parcours les quatrièmes de couverture. Tiens, un livre de Lorrie Moore qui s'appelle *Vies cruelles*. Je n'ai jamais entendu parler de Lorrie

Moore, mais je sais que toutes les vies sont cruelles, la mienne en particulier. La couverture représente un homme qui lit au comptoir d'un casse-croûte, assis sur un tabouret vissé recouvert de vinyle. Et ce ton vert d'eau qu'on retrouve toujours aux murs de ce genre d'établissement à tabourets vissés où l'on sert toujours du mauvais café, des sandwiches au pain caoutchouteux et des hamburgers dégoulinant de graisse. Et l'homme qui lit a le dos voûté qu'ont toujours les clients de ce genre d'établissement, où l'on sert toujours des soupes du jour insipides et où des gâteaux rassis passent quelque temps sous une cloche en plastique avant d'être recyclés en bagatelle. L'homme porte des lunettes et ce genre de coupe-vent en nylon kaki sans style que porte toujours ce genre d'individu. Vies cruelles. La quatrième de couverture m'apprend qu'il s'agit de nouvelles décrivant des «vies ratées, ces désirs inassouvis et ces regrets inavoués à l'image d'une Amérique gagnée par la mélancolie...» «La vraie vie, suggère l'auteur, n'est-elle pas, après tout, qu'un cocktail d'incongruités, de bêtise et d'ennui?» Fait sur mesure pour moi, ce recueil. Sur mesure pour ma vie ratée, mes désirs inassouvis et ma mélancolie. Une des nouvelles est censée relater l'histoire d'un écrivain qui se fait voler ses idées par un producteur de télévision. J'ouvre au hasard. Par chance, ce bouquin n'est pas emprisonné dans une gaine de cellophane. Par chance, aucun écriteau n'interdit la lecture, comme parfois, dans les kiosques à journaux du métro. La libraire rêvasse près de la caisse et la radio diffuse une musique baroque qui adoucit les mœurs.

La deuxième nouvelle s'intitule «Vissi d'arte». Je ne sais pas ce que ça veut dire. Vice, peut-être. Vice d'art. Ou vision. Non, ça me revient, c'est un air d'opéra célèbre, Philippe en possédait deux ou trois versions. Je lis, je me laisse couler au fil des mots, comme un chiffon de papier au fil de l'eau. Pas mal. Plutôt bien écrit, juste assez absurde, juste assez au bord de la folie. Et tout à coup, comme la foudre tombe sur l'arbre, un passage me tombe dessus et me foudroie: ... *la salle de bains commença à faire des siennes. Les toilettes refusèrent d'avaler, gargouillant quand Harry ouvrit le robinet de la cuisine, et la baignoire se remplit totalement, et d'une manière terrifiante, d'eau provenant d'un autre endroit de l'immeuble. Le bain de quelqu'un d'autre, d'une eau savonneuse, avec des tourbillons couleur rouille.* Deux pages plus loin: ... *et découvrit sa baignoire pleine à ras bords d'un bouillon noirâtre avec des bouts verts qui flottaient dessus. De la ciboulette. Du miso avec de la ciboulette.* Et à la page suivante: *Le miso avait disparu, mais il avait été remplacé par une gadoue marron foncé... D'abord l'eau savonneuse. Ensuite les légumes. Et puis l'obscurité. Il attraperait le typhus du foie. Il y aurait des grenouilles.*

Et si je suis atterrée, je poursuis néanmoins ma lecture. C'est l'histoire du type qui se fait voler des idées. Qui est cette Lorrie Moore qui a écrit mon aventure avant même qu'elle ne m'arrive? Une sorcière, une visionnaire? Il y a même un pédicure, un propriétaire absent, un plombier et des grenouilles. Tout y est, je vous dis. C'est mon histoire à moi, ma baignoire qui régurgite, ma plomberie catastrophée. Et ça se termine, ô comble de l'horreur, par le typhus du foie.

Je ne veux pas attraper le typhus du foie.

Je veux bien mourir, mais pas du typhus du foie. Ni du choléra.

Si je meurs, je veux une fin noble. Touchée au cœur ou à la tête. D'un seul coup. Pas d'autre écoulement que celui du sang. Je veux une mort rouge.

Mais je ne veux pas vraiment mourir.

Une chose est claire, je ne dois pas retourner dans cette chambre où les miasmes prolifèrent. Une mort certaine m'y attend, accompagnée de quelque agonie épouvantable. Je frissonne soudain, dans le rayon de soleil.

J'achète les vies cruelles, le journal du jour et un album pour enfants. Je quitte les lieux.

Plus loin, je me procure encore à crédit un maillot de bain noir une pièce, très cher, flancs de dentelle et dos tarabiscoté, plongeant jusqu'à la naissance des fesses avec entrecroisement de petites bretelles. Pour harmoniser avec mon cahier, un long t-shirt vermillon orné d'une girafe.

Prête pour le sauna, la jungle.

Je sais exactement où je vais. Me baigner. Dans l'eau chlorée se dissoudront les germes que la nuit a collés à ma peau. La carte de membre d'Aline me donne accès à la piscine d'un grand hôtel du centre-ville. J'y suis déjà allée me baigner avec elle. Elle faisait des exercices sur les appareils du centre de conditionnement qui jouxte la piscine pendant que je mijotais dans le sauna. Aline peut se baigner, mijoter et se conditionner ainsi dans toutes les villes du pays. Sa carte de membre lui donne accès. Moi, chaque fois que je passe devant un hôtel, je voudrais être en voyage. Je ressens une pointe d'envie envers ces gens d'affaires, ces professionnels venus assister à des congrès, ces voyageurs déambulant dans le hall encombré de bagages. Ici où je ne peux échapper à moi-même, ils ont, eux, le privilège d'être ailleurs et anonymes. J'entre parfois quelques instants, je déambule moi aussi dans le hall encombré de valises et de malles, j'écoute la rumeur et les rires, parfois je reste une heure, je traduis quelques pages, parfois je me dédouble, je deviens un de mes personnages, globe-trotter en transit, habituée des gares et des aéroports, mes sacs de voyage, cartons à chapeaux et mallettes me suivent sur le chariot. Je m'invente un long fume-cigarette en ivoire, je m'invente des cils comme des ailes de libellule, alourdis de rimmel. Je m'assois dans un fauteuil de cuir. J'arrive de Bangkok, de Djerba, d'Agadir, ou peut-être d'une quelconque station balnéaire de la Riviera où je possède une de mes résidences secondaires. Je ne suis que de passage, mais ma suite est toujours réservée. Je possède, il va sans dire, des parts dans cet hôtel. Mon amant m'attend peut-être dans la chambre. Ou au bar. Car j'ai toujours un amant qui m'attend quelque part où ce n'est pas le quotidien. Lorsque j'arrive, le portier en livrée soulève sa casquette, le réceptionniste m'accueille avec le sourire de rigueur. Il s'exclame: «Bonjour, madame Cagliesi. Vous avez fait bon voyage?» Je m'appelle Leonora

Cagliesi. Ou bien il me dit: «Nous vous attendions, chère madame Van der Hagen.» Je m'appelle Aliénor Van der Hagen. Il suffit de feuilleter l'annuaire téléphonique. Je me trouve un nom, une identité. Je suis toujours une étrangère. «Nous vous souhaitons un séjour agréable, madame Lzitner.» Nora Lzitner, prononcé à la française. Disons que je suis cette richissime héritière d'une lignée d'empereurs du pétrole. Inventons-moi une existence. Née à Houston, Texas, élevée en Suisse, quatre fois divorcée, d'un acteur célèbre mais trop volage, d'un milliardaire paranoïaque, d'un joueur professionnel qui dilapidait ma fortune au casino de Monte-Carlo, et d'un émir qui avait failli m'emprisonner dans son harem. Nora Lzitner, pétroleuse. Gros intérêts dans le golfe Persique. Plus malheureuse qu'une héroïne de best-seller. Déprimée, névrosée, psychanalisée, traumatisée par une enfance ballottée d'un palace à un autre, d'une gouvernante à une autre, traitée dans les cliniques les plus huppées. J'ai tout pour plaire. Inventons-moi cette existence. Ou Léonie Ebstein, astrophysicienne, Léone Valerian, dite Léo, cantatrice opulente spécialisée dans les opéras de Wagner mais ayant connu son plus grand succès dans le rôle de Butterfly, Nelly Bradenkovitch, agente secrète. Numéro de code: double zéro trois. Mes pieds dans les escarpins à talons aiguilles, mes yeux protégés par l'écran des verres fumés que, d'un geste désinvolte, je relève sur ma tête au moment de signer le registre.

Je sais exactement combien il faut donner de pourboire au groom qui monte mes bagages. Dans ma chambre, je me fais couler un bain, j'ouvre ma valise et en extrais cette robe cocktail si seyante, noire, sans épaules. Après mon bain, je noue mes cheveux sur la nuque, j'enfile la robe sans épaules et, au cou, le ruban de velours, aux bras, les bracelets, je vaporise sur mes poignets et derrière mes oreilles un soupçon d'*Eau sauvage*, j'ai une prédilection pour ce parfum masculin. Je téléphone en Suisse, pour rassurer le docteur Klakenbach sur mon état mental. Je sors de la chambre, j'appelle l'ascenseur, je descends au bar. Je m'assieds dans la pénombre, le serveur accourt vers moi, «Oh! Madame Janovskine, quel plaisir de vous revoir. C'est toujours un martini vodka?» Je réponds que oui, toujours. Comme James Bond, mais avec deux olives. Je suis devenue Lenotchka Janovskine au pedigree prestigieux, descendante de l'illustre dynastie des Janovskine comptant un boyard écartelé sous le règne de Boris Godounov, un compagnon de Pierre le Grand, ayant navigué avec lui jusqu'en Hollande, un amant de la grande Catherine jeté, une pierre au cou, dans la Volga à l'aube d'un matin d'hiver, après une nuit que l'impératrice avait jugée, somme toute, décevante, un général héros des guerres napoléoniennes, une terroriste ayant terminé en Sibérie une vie de meetings enflammés, dynastie donc, dont les survivants de la Révolution avaient émigré en France et refait fortune dans l'immobilier. Je suis belle et fabuleusement riche. Je compte, parmi mes familiers, plusieurs têtes couronnées, je parle avec un accent irrésistible, mes frasques font la une du *Paris-Match*. Je mène, il va sans dire, une existence tragique.

Plus tard, Ilya vient me rejoindre. Ou Horst, Esteban. Roucoulements, chuchotements et frôlements. À force de les traduire, les dialogues pos-

CHAMBRE AVEC BAIGNOIRE

sibles me viennent sans effort. Ils flottent, en quelque
sorte, à la surface de mon inconscient. J'ai beau les
trouver ridicules, ils s'imposent dès que le besoin
s'en fait sentir. «Chère Lenotchka, vous êtes, comme
toujours, si élégante. Si désirable. Quel contraste
irrésistible entre l'ivoire de vos épaules et le noir de
votre toilette. Chère Lenotchka.»

— C'est pour vous que j'ai choisi ma robe, Ilya.
Je sais combien vous aimez le noir. Je porte aussi
votre parfum, ainsi, j'ai l'impression de ne jamais
vous quitter.

Il porte ma main à ses lèvres.

— Il y a si longtemps, mon amour. Ces trois
mois m'ont paru une éternité.

— Je ne saurais vous dire combien vous m'avez
manqué, Volodia, chère âme.

— Je dois pourtant vous avouer... mais pro-
mettez-moi de ne pas pleurer. Voilà, mon amour, je
ne peux rester qu'une nuit avec vous.

— Oh! Frantz, quand serons-nous vraiment ensemble? Quand serons-nous réunis pour toujours?

— Ma chère Lenotchka, les événements se pré-
cisent dans le Golfe. Il ne m'est pas permis de vous
en dire plus.

— Les événements? Insinuez-vous que vous
serez en danger, mon amour?

— Nous sommes toujours en danger, très chère
Lenotchka. Toujours en sursis. Ne parlons plus de
cela.

— Je ne peux supporter l'idée de vous savoir au
front. J'en mourrai d'angoisse.

— Il ne faut pas gâcher notre dernière nuit
d'amour.

— Cruel, ne dites pas dernière, vous me mettez à l'agonie. S'agit-il d'une mission?

— Chut. Il me tarde de vous tenir dans mes bras. Je brûle de passion.

— Demandez qu'on joue notre chanson, puis nous monterons dans ma chambre.

Et le pianiste joue *Les Yeux noirs*, et nous dansons, enlacés sur la piste minuscule.

Le rêve, l'inaccessible rêve, l'impossible amour — existe-t-il un autre rêve? Oh! Philippe, qu'est-ce qu'on a fait du rêve, on a rendu l'amour impossible, il ne reste que le rêve et l'homme dont je rêve n'a jamais ton visage. Gâchis, gaspillage. Dites-moi, docteur Klakenbach, est-ce que j'y suis pour quelque chose, est-ce que j'y pouvais seulement quelque chose?

Il n'y a que vous qui le sachiez.

Moi, je ne sais rien, je n'ai jamais rien su. Je cherche.

Un jour, vous trouverez.

Si je ne sais pas ce que je cherche, comment ferai-je pour le trouver? Et si je le trouve, comment saurai-je que c'était cela que je cherchais?

Vous le savez. Inconsciemment.

Je me cherche une enfance possible. Je me cherche un passé acceptable, un présent vivable, un avenir envisageable. Je cherche ma fille et jamais ne la trouverai.

J'entre donc dans le hall de l'hôtel. Non, mes bagages ne me suivent pas sur un chariot. Aujourd'hui, je suis venue les mains vides. Je m'approche du comptoir de la réception, je reste là, immobile et gauche, demanderai-je une chambre, mais qu'est-ce que j'en ferais, j'en ai une et j'y suis malheureuse, mais je ne peux pas y retourner, le spectre du typhus m'y attend, et les crapauds dans le renvoi. Le préposé pose sur moi un regard interrogateur. Veux-je quelque chose? Je veux une chambre. Non, je n'ai pas réservé, j'arrive seulement, je ne dirai pas d'où. Je suis membre du club de conditionnement physique de votre penthouse, je veux passer la nuit, je réglerai avec ma carte de crédit. On m'assigne la chambre 812. Je paraphe le registre, je prends la clef que me tend le préposé, je me dirige vers l'ascenseur.

Les murs de la chambre sont rose pâle. Le lit immense, recouvert d'un couvre-pieds bourgogne, une truffe sur chaque oreiller, délicate attention de la direction. En face du lit, une reproduction de Modigliani, *La Rousse au pendentif.* Infortuné Amadeo qui dormait sous les ponts, échangeait ses dessins contre un verre d'absinthe... En apercevant mon reflet dans la grande glace, je m'adresse à moi-même un sourire enjôleur. Ou une grimace? Enfin, m'y voici. Ailleurs. Et le reste, derrière moi, le fragile édifice de ma vie avec Philippe, sur le point de s'effondrer, de dégringoler dans le gouffre. Le reste est loin. Dans une seule journée l'éternité s'est insérée. J'ai parcouru cent mille années-lumière. Ma vie avec Philippe, c'était une autre vie. Antérieure. Je suis ailleurs et ne reviendrai plus. Il n'en tiendrait qu'à moi, pourtant, ce téléphone sur la table de

chevet, je n'aurais qu'à tendre la main, qu'à composer le numéro, je dirais «Écoute, j'ai une surprise pour toi. Viens me rejoindre, nous allons vivre enfin notre lune de miel.»
Voilà ce que je pourrais faire. Je m'approche du téléphone, puis non, pas encore, pas tout de suite, et plus je retarde, plus l'édifice dégringole, j'entends les briques rebondir sur la paroi du précipice...

Il ne faut pas que je faiblisse.

Je parle seule. «Posez les fleurs dans le vase, je vous prie, Esmeralda.» «Oui, madame.» «Oh! Esmeralda, comme j'aime ce tableau. J'éprouve toujours un tel plaisir à le revoir. Cette sensualité, cette douceur, cette tristesse!» «C'est vrai qu'il est joli, madame.» «Et quand on songe que Modigliani n'avait souvent même pas d'endroit où dormir. Pouvait-il seulement prévoir que des reproductions de ses toiles se retrouveraient un jour dans les hôtels de luxe?» «Cela m'étonnerait, madame. Quand on est tellement pauvre, on n'a pas d'autre choix que d'assurer l'immédiat.» «Vous avez vous-même connu la misère, Esmeralda, je ne l'oublie pas... Vous savez qu'il est mort de la tuberculose à trente-six ans?» «C'est bien jeune pour mourir, madame. Une chance, depuis la découverte de la pénicilline, cette maladie n'est plus mortelle.» «Il y en a d'autres. Chaque époque a ses bourreaux.»
Je découvre la salle de bains. Céramique vert jade, serviettes blanches et moelleuses. Je retire un verre de sa cellophane protectrice des divers microbes et germes — sert-elle à protéger les microbes

ou à nous protéger d'eux?... Je me remplis un verre
d'eau, «Vous me servez un xérès, Esmeralda?» «Tout
de suite, madame. Faut-il faire couler votre bain
maintenant?» «Excellente idée, ma bonne Esmeralda.
Je suis tout simplement exténuée.» Je tourne les robinets. L'eau chaude est bien à gauche: voilà qui est
de bon augure. «Madame aimerait-elle les sels de
bains à l'hibiscus?» «Non, merci, Esmeralda. J'ai un
peu la migraine et leur parfum risque de me donner
la nausée.» «C'est vrai que le voyage a été éprou-
vant. Dois-je apporter un cachet à madame?» «Je
crois qu'un bain suffira à faire passer mon mal de
tête.» «Madame désire-t-elle que je l'aide à se déshabiller?» «Vous êtes gentille, Esmeralda. Mais défaites
plutôt les bagages. Et n'oubliez pas de changer le
lit. Vous savez qu'il m'est impossible de dormir dans
des draps étrangers.» «Bien sûr, madame. J'ai pris les
draps de satin noirs.» «Si monsieur téléphone, dites-
lui que je le rejoindrai à dix-sept heures au bar, tel
que prévu.» «Bien, madame.» «Dites-lui que je l'aime.»
«Madame ne préfère-t-elle pas le lui dire en personne?» «Vous avez raison. Ne le lui dites pas.» «Bien,
madame.» «Je porterai la robe noire et le ruban de
velours. Ah! puis sortez aussi mon bracelet d'améthystes.»

   J'entre dans l'eau quasi bouillante. Je m'immerge
totalement. Je reste longtemps la tête sous l'eau.
Tant que je peux. Sur le point d'éclater, je sors la
tête et je respire, puis je m'immerge de nouveau.

   Aucun bruit. Un jour, Philippe et moi, nous
étions allés à l'Institut des bains flottants. Nous
avions loué une cabine ovoïde et flotté une heure

dans l'eau tiède et saturée de sel. Deux huîtres dans la même coquille. Si légers, délestés. Entre deux mondes et nulle part au monde. Dans un autre monde. Idéalement ailleurs. Plus rien d'extérieur n'aurait pu nous atteindre. Deux fœtus dans le même ventre, folâtrant. Silence et nuit. Tout à coup, en plein cœur du silence et de la nuit, la voix de Marina Krokova. Nous pouvions apporter de la musique, je l'ignorais, mais Philippe, lui, n'avait pu résister à la tentation d'entendre Butterfly agoniser dans la coquille.

Voilà ce que c'est que d'avoir un amant mélomane.

11

Sortie du bain, légère, presque joyeuse dans ma
robe girafe, non, pas joyeuse, délestée plutôt,
presque délestée, j'allume la télé, j'ouvre le petit bar
et je choisis une minuscule bouteille de vodka, for-
mat avion, pour faire semblant de partir en voyage,
et une canette de jus de tomates. Je pense que le jus
de tomates nourrit mais qu'en même temps l'alcool
détruit les vitamines et que bon, tout compte fait, ça
s'équilibre. À l'aide de la télé-commande, je pars à la
recherche d'évasion sur petit écran. J'ai envie d'un
vieux film en noir et blanc, *La Belle et la Bête* de
Cocteau, par exemple, un conte de fées qui se termine bien — quoique je n'aie jamais été convaincue
que celui-là se terminait bien, puisqu'à la fin, c'était
le rêve qui était vaincu et la réalité qui devenait tout
à coup désirable, comme si un prince banal valait
mieux que même la plus apprivoisée des bêtes...

J'ai envie d'un film comme ceux que j'allais voir

avec Philippe quand tout allait bien. Et ceux que j'allais voir seule quand tout allait mal.

Il n'y a pas de vieux films, pas même de films récents, il y a un quiz où une sorte de poupée gonflable interroge des protagonistes abrutis qui aspirent à gagner le week-end au motel au bord de l'autoroute en répondant des inepties. Vont-ils vraiment répondre? Je tends l'oreille. Ils répondent. Un public en délire trépigne et siffle. Sur les autres chaînes, il y a une entrevue avec un périodontiste qui, à l'aide d'illustrations abominables, explique les maladies des gencives et les bienfaits de la soie dentaire; une publicité où des enfants hilares ou traumatisés font semblant de se régaler devant un bol de céréales au soja aromatisées à la caroube; il y a une chanteuse qui se dandine dans une robe pailletée en lyrant sa rengaine, un reportage sur l'élevage de la tortue géante et son adaptation à la vie en aquarium. Il y a le canal météo où une jeune fille à lunettes prévoit des ciels variables pour toutes les villes du pays — à quoi bon partir? Il y a le canal où l'on diffuse la guerre en direct et où j'apprends, de la bouche d'un général à la face rubiconde et ployant sous le poids de ses médailles rouillées, tout un nouveau vocabulaire militaire pratiquement surréaliste, avions furtifs survolant les dunes, bombes intelligentes frappant dans le mille, guerre propre, bombardement chirurgical, armes à tête conventionnelle. Médailles rouillées. Rouillées, dis-tu? Souillées, plutôt. De sang. De pétrole. Schéhérazade, depuis mille et une nuits qu'on bombarde ta ville, quel conte hurles-tu depuis mille et une nuits aux enfants que la guerre a rendus sourds? Je ne hurle plus rien, dit-elle. Je me tais, dit-elle. Il y a le canal où l'on vend des tondeuses à gazon et des motocyclettes, et celui où l'on vend des bungalows — «Si j'en achetais un, Esmeralda, avec la salle familiale, le coin dînette et la porte-patio?» «Si madame me demande mon avis, je crois que ce serait superflu.» Retour au poste musical. Une autre chanteuse pleure sur les hommes qui passent. À la fin de chaque phrase, elle gémit maman. C'en est trop pour moi. De guerre lasse, je reviens à la première émission. Cupidon lance une flèche, Poupée gonflable, sans même se dessouffler, annonce qu'un couple chanceux, après avoir bien vendu sa salade, va profiter du confort du motel *Nous reviendrons,* lit vibratoire, vaste choix de films exclusifs pour adultes, buffet continental le dimanche matin, etc. Pluie de confettis, l'auditoire exulte. Heureux couple, le bonheur est une chose facile, c'était à la portée de la main. Pourquoi je n'y suis pas allée, moi? J'aurais pu vendre ma salade, j'y aurais mis des dizaines d'ingrédients exotiques, n'oubliant surtout pas les fruits acidulés de la passion, je l'aurais saupoudrée d'une mixture magique, assaisonnée de vinaigrette aphrodisiaque, j'aurais gagné, je serais allée m'éclater au motel avec un inconnu. La recherche d'amour en direct. Pour les timides, il y a toujours l'alternative des journaux, rubrique «Messages personnels». Tout devient avouable sous l'anonymat d'un numéro de casier postal. La détresse et les tares. Les amoureux en peine se camouflent sous une cagoule noire. Appels de détresse jetés à la mer dans des flacons fragiles. «Esmeralda, avez-vous pris le journal en passant? Vous savez, cette page qui m'amuse tant...»

— Oui, madame. Je l'ai découpée pour vous, comme d'habitude.

— Alors voyons les messages d'aujourd'hui. «Verlaine cherche Rimbaud pour faire vibrer les violons de l'automne...» Comme c'est charmant!

— Voilà un correspondant qui a des lettres, si madame me permet ce jeu de mots facile.

— Et que dites-vous de celle-ci: «H Célibataire, 32 ans, désire créer amitié avec fille qui aime cinéma, restaurant, quilles, poésie.» Cette association des quilles avec la poésie me laisse perplexe.

— Ce n'est pourtant pas incompatible, madame.

— Vous avez raison, Esmeralda. Et puis j'adorerais jouer aux quilles avec un poète. Notez le numéro, nous allons lui répondre... «Homme 40 ans recherche femme ayant attrait pour l'ésotérisme oriental. But: vénération de la Yoni.» Avez-vous quelque idée de ce que cela signifie, Esmeralda?

— C'est peut-être une technique particulièrement raffinée du Kama Sutra, madame.

— Laissons tomber. Oh! écoutez: «Mon amie, si tu crois que l'amour ne sert pas uniquement à combler un vide affectif et sexuel, je serai heureux de te rencontrer. Jacques.» Il laisse son numéro de téléphone. Mais à quoi l'amour pourrait-il servir d'autre, Esmeralda?

— Je l'ignore, madame. Il faudrait appeler ce Jacques pour se renseigner.

— Une autre: »Homme écolo, non fumeur, BS...» BS?

— Bien-être social, madame. Ce candidat est un bénéficiaire.

— Ah! bon. BS, donc, «diplôme et poêle à bois,

voudrait rencontrer femme ayant affinités. Un enfant maximum.» Moi, je suis sans enfant, Esmeralda.
Croyez-vous qu'il m'en ferait un? Ah! Et puis, non,
pas un autre non fumeur. Et celle-ci: «Homme, qua-
rantaine rigoureuse, cherche petite femme coquine
appréciant les jeux de la soumission et de la fessée
érotique.» La fessée serait-elle un jeu érotique?

— Eh bien, madame, certains cherchent leur
plaisir là où les autres trouvent leur douleur.

— J'ai trouvé ce qu'il me faut: «H beau, soumis,
cherche F dominatrice pour la servir. Soins personnels, bains, massages, habillage, ménage, etc.»

— L'et cœtera me ferait peur, madame.

— Et puis celle-ci, très laconique: «Beau garçon
pour femmes seules...» Au moins, c'est sans équi-
voque. Oh! Esmeralda, quelle misère morale, la
télévision, les journaux. Apportez-moi plutôt mon
questionnaire de Proust. Je n'ai jamais eu le temps
d'y répondre. Vous le trouverez dans ma mallette en
chagrin.

— Voilà, madame.

— Voyons, première question: «Quel est, pour
vous, le comble de la misère?»

— Je crois qu'il vaut mieux ne pas s'attarder à
cette question, madame.

— Proust avait répondu «être séparé de maman».

— C'est une réponse très émouvante, mais madame ferait mieux de passer à la seconde.

— «Où aimeriez-vous vivre?»

— Madame a l'embarras du choix.

— Je voudrais vivre dans la lune... «Pour quelles
fautes avez-vous le plus d'indulgence?» En fait, je
n'ai aucune indulgence. Et vous, Esmeralda?

— Eh bien, je crois, madame, en avoir pour les défauts des grands artistes, parce que, dans leur domaine, ils sont supérieurs au commun des mortels.

— Vous donnez pratiquement la même réponse que Proust. Il avait dit: «pour la vie privée des génies».

— Cela me flatte, madame. Surtout quand on connaît l'admiration que madame voue à ce grand écrivain.

— Vous auriez pu être une Céleste exemplaire, vous savez. Voyons maintenant, «votre qualité préférée chez l'homme»? C'est difficile d'en privilégier une. J'aimerais qu'il les ait toutes. «Qui auriez-vous aimé être?» Proust, je crois. Et vous, Esmeralda?

— J'aurais bien aimé être Céleste pour me consacrer à madame.

— «Votre occupation préférée»? Oh! Je ne sais pas.

— Si madame me permet, madame aime surtout écrire.

— Vous avez raison, Esmeralda. Vous savez que Proust concevait son œuvre comme une cathédrale? Qu'est-ce que sera la mienne? Une hutte de paille que l'ouragan emportera? Une chaloupe qui prendra l'eau?

— Madame se pose trop de questions. Cela l'angoisse inutilement.

— Je sais. Apportez-moi donc mon cahier, je vous prie. Je crois qu'il est temps que je me mette au travail.

— Voilà une excellente idée, madame.

Esmeralda jubile lorsque j'écris. Elle considère, mais sans le dire, il va sans dire, elle a trop de respect pour ça, elle connaît trop sa place, elle considère, ses yeux le clament, que regarder la télévision constitue une activité indigne de mon immense talent.

Elle a sans doute raison. À propos de l'indignité, je veux dire. Quant à mon talent, il est évident que sa loyauté l'aveugle.

Elle pose le cahier, le stylo sur la table. «Merci, Esmeralda.» Première page: blanche à lignes bleues. Angoisse, vertige devant le vide. Le Complexe de la page blanche risque un œil par-dessus mon épaule, il se prépare à attaquer. Les lignes bleues se mettent à onduler, comme des vaguelettes, à frapper sur la coque de ma goélette. Oh! que l'Inspiration vienne à mon secours!

L'éternel problème se pose: comment commencer? Pas par le commencement, non, c'est déjà fait, c'est nul. Que j'aie eu l'habitude de me coucher tard ou tôt ou pas du tout, seule ou en compagnie, n'a aucune importance. Mais comment commencer? Je ne trempais pas de madeleines dans mon thé, chez nous le thé était noir comme de l'encre tellement il avait bouilli et je n'en buvais pas, je n'avais pas de grand-tante Léonie, de grand-mère aimante — la grand-mère, c'est Philippe qui l'avait et il n'a même pas écrit. Aucun Swann ne nous visitait, aucun Baron de Charlus ne nous faisait ses confidences, nous n'avions pas de Jardin du Luxembourg où baguenauder avec d'autres fillettes en fleurs, nous n'étions d'ailleurs pas fleurs mais rameaux rabougris pliés par le vent, nous n'avions pas de Bois de Boulogne où regarder passer des duchesses de Guermantes en cabriolet doré, de Balbec où aller en vacances. Nous n'avions même pas de vacances. Ou bien, nous les passions dans la ruelle. Alors, quoi?

Je pourrais commencer par créer un décor. Effacer cette chambre où je me trouvais plus haut, cette baignoire déprimante, ces souvenirs. Dresser un décor qui susciterait la rêverie. «La brume se levait sur le port. Un réverbère éclairait faiblement la silhouette du cargo ancré au quai numéro deux. Sur la coque noire, on pouvait distinguer le nom en lettres blanches et égales. Andalucia.» On aurait du même coup le décor et l'atmosphère. Le lecteur avide sentirait, dès cette première phrase, qu'un mystère lui serait révélé. Il aurait envie de tourner la page. Deuxième étape, faire entrer les personnages en scène. «Des pas décroissaient dans la rue silencieuse. Une femme s'arrêta devant le Café de la République.» Le Café de la République, voilà un nom évocateur. On pourrait s'attarder sur les traits anguleux de cette femme, sa chevelure cendrée, séparée sur le côté, mèche dans l'œil gauche, la vêtir d'un imperméable grège, au cou, un carré de soie rouge imprimée. Donner à son visage une expression terrifiée ou sournoise. Un homme sortirait du café. Elle poursuivrait sa route. Tête rentrée dans les épaules, il lui emboîterait le pas. Un peu plus loin, dans l'encoignure d'une porte, elle s'arrêterait pour l'attendre. Parvenu à sa hauteur, il resterait quelques secondes immobile, la fixant d'un regard chargé d'émotion. Gros plan sur ce regard. Elle se jetterait enfin dans ses bras et ils échangeraient un baiser interminable et passionné. Ce serait le dernier. Car tout à coup, un coup de feu éclaterait dans la nuit. Un cri étranglé, une tache de sang comme une fleur qui se dessine et s'agrandit dans le dos de la jeune femme, ses jambes qui flageolent, sa tête qui, d'un mouvement gracieux, au ralenti, se renverse en arrière. Lui, affolé, la soutiendrait en murmurant son nom. Des gens sortiraient du café, se précipiteraient vers lui. Une sirène couvrirait la rumeur des voix emmêlées. Trop hébété de douleur pour fuir ou protester, il se laisserait arrêter. Oui, ce pourrait être un début. Qu'en pensez-vous, Esmeralda?

— Je crois que madame peut faire mieux.

— Sans doute. Cette scène vient d'un autre livre, d'un film, ou des deux. Je l'ai lue ou vue au moins cent fois. Ce n'est pas facile d'inventer.

— Si madame s'inspirait de sa propre vie...

— De ma vie, Esmeralda?

Cher Philippe, je pourrais commencer par cher Philippe. Écrire une lettre d'amour à un amour perdu. Cher amour, nous avons pris la mauvaise route. Lieu commun. Cher amour, nous avons pris le lieu commun pour un eldorado. Nos routes à présent se séparent. Commun, commun. Cher amour, tu n'étais qu'une erreur de parcours. Nous voici l'un sans l'autre. Non. Il n'y a pas de cher amour, il n'y a que l'égarement. Et toutes les explications seraient superflues, illusoires, contradictoires. Il n'y a pas de faute, disait le Yi king quand je l'interrogeais. Pas de faute? Il y a toutes les fautes du monde. J'ai en vain tenté de comprendre où l'amour avait failli dans notre histoire. Et je n'ai même pas réussi à être sûre qu'il avait déjà eu lieu. Au tout début, j'ai fait l'erreur de te prendre pour un ange. On a tort de vouloir aimer les anges. Après, j'ai fait l'erreur de te prendre pour un sale type. Tu étais tout simplement un homme. Aussi loin du ciel que de l'enfer. Ou aussi proche. Mais moi, c'est sur la terre que je suis mal.

Non, cher Philippe, c'est un mauvais départ. L'heure des explications n'a pas encore sonné et l'inspiration me fait défaut.

Chère Évelyne, alors. Je pourrais commencer par chère Évelyne, mon enfant, ma sœur, mon enfant, ma fille. Pourquoi Évelyne? Ce n'est pas moi qui l'ai appelée Évelyne. Moi, je l'aurais appelée Sarah, Barbara, Théodora. Chère Sarah, je te baptise, chère Barbara, je te nomme, chère Théodora, je t'abandonne. Théodora, fille d'Éléonore, Théo, fille de Léno. Théodora Éléonorovna. Ou Cybèle, Aude, Yseult, Camille. Aude aux mains blanches, Yseult la blonde. Clotilde, Odile, Mathilde. Valentine. Ou Albertine. Désirée, Aimée. Cassandre, Marie, Hélène. Béatrice, Bérénice, Molly, Nelly, Maggie. Iphigénie. Lucie, ma lumière, Lioubov, mon amour. Lola, Lolita. Née le 20 avril, un jour de pluie, à cinq heures de l'après-midi.

Sur la première page, la liste des noms que j'aurais voulu donner à ma fille. Je fais le compte: vingt-sept. J'aurais dû mettre vingt-sept filles au monde. Femelle d'une fécondité phénoménale, j'aurais vu mon exploit inscrit dans le *Livre des Records*. Vingt-sept bébés, d'un seul coup. Ou vingt-sept bébés, un par année, toujours à la même date. La grande Yseult prend soin de la petite Iphigénie. Un nom pour chacune. Ou une seule fille, à vingt-sept noms. Ou une seule fille, jamais nommée. Autres combinaisons possibles: neuf séries de triplettes identiques, sept séries de quadruplettes, moins une. Celle que j'ai perdue.

Chère enfant, si j'essayais de te raconter ma vie, à toi qui ne m'as pas connue, qui ne m'as connue que pendant les neuf mois de ton séjour à l'intérieur de moi — mais existe-t-il de connaissance plus intime que celle que le fœtus a de sa mère? Dans mon ventre, tu t'agitais très peu, tu te faisais imperceptible, je me souviens que parfois tu avais le hoquet, cela me semblait si étrange, si comique, ces sursauts légers et réguliers, indépendants de moi. Hic, hic, tu as trop bu, bébé. Tu as mal avalé.

J'avais beau dévorer comme quatre, m'émerveiller de ma rondeur nouvelle, j'allais te perdre, je le savais, c'était inéluctable. Tu m'habitais et j'allais te perdre. J'aurais dû serrer les cuisses, me les coudre ensemble avec du fil de fer pour t'empêcher de me quitter. Et j'aurais dû profiter davantage de toi, il ne me reste à présent que de très vagues souvenirs. Le têtard dans l'aquarium. Il ne me reste que des clichés.

Chère Évelyne, puisque c'est là le nom qu'on t'a donné, je voudrais juste te parler un peu de moi, t'envelopper de confidences. Je ne sais quel ton prendre. Préférerais-tu bon enfant, goguenard, désinvolte, languissant, pitoyable? Je pourrais t'apprendre que je suis blonde, ou rousse, ou châtaine, quelle importance, j'ai d'ailleurs si souvent changé de couleur. Mais peut-être sont-ce là les détails qui t'intéressent. Tu voudrais percevoir une silhouette, toucher la texture d'un visage. Satinée ou couverte de crevasses d'acné, rêche ou duvetée. Pouvoir dire ma mère est blonde, elle mesure un mètre quarante-deux, pèse quarante-huit kilos, ses yeux varient du vert au gris, selon son humeur. Moi aussi, je te cherche. Ma mère a vingt-neuf ans, ou trente-deux, trente-sept, elle travaille à ses heures, traductrice de romans d'amour, son bureau est dans son lit ou sur la table de la cuisine. Ma mère a, depuis deux ans, un amant qui s'appelle Philippe, elle vient de le quitter et autres trivialités du genre. Banalités de la vie même. Ma mère aime les chats. De la perte de l'un, elle ne se console pas. Ma mère, la veuve, l'inconsolée. L'orpheline d'enfant, la mélancolique, l'insatisfaite. Non, même pas particulièrement belle, même pas particulièrement brillante, sans talent particulier. Ordinaire comme la vie même. Ma mère ne peut plus jouir, de l'amour elle ne connaît plus les extases. Elle a laissé tout cela en Espagne, sa cage thoracique est vide, l'oiseau s'est envolé. A-t-elle renoncé? On dirait qu'elle ne cherche plus rien. Tout est mort, toutes ses amours meurent, toutes ses amours se confondent, le chat, l'amant, l'enfant, toutes ses morts. D'une baignoire à l'autre, sans fin elle dérive. Mais les remous des profondeurs, peut-être n'es-tu pas prête encore à les entendre. Tu préférerais sans doute savoir quels chanteurs me faisaient vibrer, quelles discothèques je fréquentais. Tu voudrais connaître mes expériences amoureuses, tu te demandes si j'ai aimé ton père, par exemple.

Oh! Évelyne, sache que j'avais quatorze ans, qu'il en avait dix-sept, qu'il était le premier, que j'étais la deuxième, que c'était fougueux et maladroit. Sache que c'est l'âge où l'on aime sans compromis. Avec désespoir. Avec nos dents, avec nos griffes. Le cœur en bandoulière, les yeux remplis de larmes. Veux-tu savoir si j'ai voulu mourir en le perdant, en te perdant? Tu le sais bien qu'à quatorze ans, on veut mourir. L'adolescence se tient toujours à l'orée de l'abîme. L'adolescent, un funambule sur le fil, en plein déséquilibre, oscillant. Non, c'est son nom que tu me demandes. François, mon ange, il s'appelait François. Et si tu lui ressembles? Je n'ai pas de photo, mon ange, mais il était mon Petit Prince. Tu connais le livre, tous les enfants l'ont lu. Parfois, je t'imagine avec ses boucles. La nuit, quand je dévisage le ciel, je t'imagine sur son astéroïde.

Je ferme le cahier. «Madame n'écrit plus?» «Non, Esmeralda. Je me sens un peu lasse, je vais m'allonger. Auriez-vous la gentillesse de m'apporter mon livre?»

Du côté de chez Swann, page 25.

Ma seule consolation, quand je montais me coucher, était que maman viendrait m'embrasser quand je serais dans mon lit.

J'ai si mal à la tête, tout à coup. Ça vrille au-dessus de mon œil gauche. Même Esmeralda ne m'est plus d'aucun secours. Elle prétend que c'est parce que je n'ai pas mangé. Oh! Esmeralda, je n'ai pas d'appétit. La douleur au-dessus de l'œil occupe la place de la faim. Esmeralda se dégonfle comme un ballon éventé, Esmeralda s'estompe, se désa-

grège. J'entends sa voix, de plus en plus faible.
«Mad... ame... Mad... a... me...» Sons hachurés, écho
porté par un vent contraire. Elle faiblit, elle s'éloigne,
elle m'échappe. Ne reste que la douleur, comme un
clou qui s'enfonce à la source du sourcil. «Esmé... un
cachet d'aspirine, je vous prie.» Elle ne m'entend
plus.

Sa seule consolation, dit-il, quand il montait se
coucher, était que sa maman. Je referme le livre,
puis les yeux. J'essaie, au-delà de la douleur, de
recréer ces gestes. Moi, la maman, penchée sur le lit
de l'enfant. Mon sourire est très doux; l'enfant, elle,
me tend les bras. Au contraire de la mère du livre,
moi, je reste très longtemps, rien ne me sollicite
ailleurs. Aucun invité titré ne m'attend au salon, aucun mari austère ne va me reprocher l'indulgence
que je témoigne à ma fille. Rien de tout cela,
comme quoi la vie ne ressemble pas aux livres. Ou
les livres, aux rêves.
La chambre baigne dans la lueur tamisée de la
lampe allumée au chevet, ce chat rose qui bouge la
tête. L'enfant aime surtout quand je fais bouger la
tête du chat et que de nouvelles ombres se trouvent
ainsi projetées sur le papier peint des murs. Près
d'elle, le lutin en peluche, leurs deux têtes sur
l'oreiller. L'enfant porte une chemise de nuit parse-
mée d'oursons mauves, de lapins jaunes, ses draps
sont d'un jaune très pâle et son édredon, mauve.
Sur les murs, ses premiers dessins, bonshommes
têtards et immenses soleils. Elle porte les cheveux
longs, jamais les ciseaux ne les ont profanés. Je sa-
voure sans fin son babillage, je l'écoute me raconter

les menus événements de la journée à la garderie. «Sébastien m'a tiré la langue, maman. C'est pas gentil, tirer la langue, moi, je tire jamais la langue... On a mangé des graines de citrouille, c'est bon pour la santé, mais j'aime mieux les graines de tournesol... Demain, on va se déguiser, moi, je veux être une princesse maquillée en chat... J'ai appris une nouvelle comptine, écoute: *Mon père est policier, passez. Ma mère est boulangère, miam miam. Mon frère est un cow-boy, pif paf... Et moi je suis cochon, brr brr.* Regarde, il faut faire avec les mains. C'est drôle, hein?» Mais qu'est-ce que je raconte? Je ne l'enverrais pas à la garderie, j'ai toujours dans la tête cette image d'un enfant qui s'échappe du groupe et qu'une auto percute, ou d'autres, dans le parc, disons, un enfant joue à s'enfuir, le moniteur s'affole et part à sa poursuite, laissant les autres près de l'étang. Quand il revient, un s'est noyé. Je ne les invente pas, chaque fois que j'ouvre un journal, je tombe sur ce genre d'incidents — on appelle ça des incidents. Non, pas de garderie pour ma petite, je la garde près de moi, nous partons en voyage, veux-tu l'Espagne, petite? Je fredonne une berceuse, je caresse les longs cheveux soyeux, je dis que demain je lui ferai des tresses. Non, elle préférerait une fontaine, sur le sommet de la tête, comme Cannelle à la télé. Va pour la fontaine. Et toi, maman, quand t'étais petite, comment t'étais peignée?

Elle aime surtout quand je la chatouille, et son rire, alors. Je l'entends rire dans ma tête, ça a une qualité, une fraîcheur, tout son être se résume, s'abandonne dans ces cascades de rire, elle devient

source dans un sous-bois. Je lui raconte que cet été,
mon ange, nous irons à la mer, je lui décris les
vagues, le sable, le vent, le seau et la pelle, les
châteaux. Je m'allonge tout près d'elle, toutes deux
serrées dans son petit lit. Je n'arrive pas à avoir
d'autre rêve que celui de cet amour qui n'a pas eu
lieu. Le clou s'enfonce dans mon cerveau, fouille la
matière grise. Je ne veux pas d'autre rêve que celui
d'un amour qui n'aura pas lieu. Je ne veux pas dormir, je veux rêver très éveillée, faire et refaire surgir
les images du néant. Inlassablement.

Ce doit être cela qu'Aline appelle ma complaisance.

12

La piscine est déserte. Un grand saphir rectangulaire, parfaitement étale où, à travers un dôme de verre, se mire le soleil presque couchant. Nous sommes au douzième étage de l'hôtel. Enfin, quand je dis nous, je veux dire, moi. Je suis donc montée en ascenseur jusqu'au douzième, vêtue, très peu, de mon maillot de bain tout neuf très cher sous mon t-shirt à motif de girafe. Pieds nus, verres fumés sur la tête. La piscine est entourée de plantes tropicales, de tables rondes surmontées de parasols à rayures pastel et de chaises de jardin coussinées. Blanches. En plastique.

Dans cette serre, c'est l'été à longueur d'année. Microclimat.

L'hiver dernier, avec Aline, j'ai passé une semaine dans une île. Le premier soir, elle s'est fait un amant indigène. Je ne l'ai retrouvée qu'au matin, l'œil cerné et scintillant. «Oh! quelle nuit, Éléonore! J'ai l'intuition qu'on va passer des vacances formidables.»

— Raconte.

— Eh bien, il s'appelle Ignacio, il a dix-neuf ans.

— Un peu jeune, tu ne crois pas?

— Peut-être, mais quelle expérience déjà. Et il a un frère aussi beau que lui. Muscles allongés, peau de satin et dents éclatantes, je ne te dis que ça. Si tu veux, on te le présente.

J'ai répondu que non, vraiment, non, j'avais juste besoin de me reposer, tout allait bien.

— Tu vas t'ennuyer. J'ai des remords. Tiens, je le laisse tomber. Tant pis.

— Mais non, tout va bien, je t'assure. Amuse-toi. J'ai tout ce qu'il me faut.

Je passais mes soirées dans la chambre, plongée dans de pâles polars. Ou au bord de la piscine, à contempler les étoiles. Exemplairement sage, me nourrissant de solitude, mais peine perdue, pourtant. À mon retour, Philippe m'avait inventé une peuplade d'amants... Toujours la même histoire. C'est juste s'il n'avait pas insisté pour que je subisse un examen médical. Ça s'amorçait de cette façon: «Il a fait beau? Tu t'es bien reposée?» Puis un regard par en dessous, «C'est bizarre, tu es cernée. Tu as l'air pâlotte sous ton hâle... On dirait que tu as manqué de soleil... Ou de sommeil?... Je parie que tu passais tes nuits à danser la lambada... Tu as rencontré des gens? As-tu pratiqué ton espagnol? Allez, ne dis pas non...»

Ad nauseam.

Au-dessus du dôme, le ciel s'assombrit, imperceptiblement. De petits nuages flottent, inopinément. Le jour descend, subrepticement. Ou bien est-ce le soir? La nuit? Qu'est-ce qu'on dit, déjà? On dit que le jour se lève, que le soir tombe. Que la nuit s'effondre, s'affaisse, dégringole, déboule, dévale. Dévale quoi? La montagne, la colline, la pente, l'escalier? On dit que le jour diminue, touche à sa fin, est terrassé, agonise, trépasse, rend le dernier soupir, le dernier souffle. Non, c'est le vent qui souffle et soupire dans les bouleaux du sous-bois mélancolique. On dit pourtant que le jour baisse ou décline, ce qui s'apparente davantage au verbe descendre. Mais le dit-on vraiment? Ce serait plutôt la lumière qui baisse, qui décline. Et la nuit qui se lève. Ou la lune. La lune éclaire, elle aussi. Quand elle se lève, le soir tombe. Le jour, pourtant, se lève en même temps que le soleil. Et la lune, on ne dit jamais qu'elle se couche. Je ne sais plus. On dit n'importe quoi. Les mots sont des traîtres, quand on s'arrête pour analyser tout ça, on se rend bien compte qu'ils mentent toujours. On devrait s'exprimer par signes, et encore. Faire de petits dessins. Pour représenter le matin, on ferait le soleil qui étire ses rayons et le soir, on dessinerait un lit à baldaquin de nuages où on le borderait. Mais parfois il ne se lève pas du tout, il reste couché toute la journée, paresseusement à l'abri sous son édredon de nuages. De toute façon, tout ça est faux, il ne se lève ni ne se couche, il tourne et nous tournons autour de lui.

C'est dans ma tête que ça tourne.

Je m'installe sur une chaise longue, sous un parasol, vert menthe, rose tendre, près d'un énorme caoutchouc, synthétique ou naturel, il suffirait d'étendre le bras pour être fixée. Pour éviter une nouvelle déception, j'aime mieux penser qu'il est naturel et m'abstenir d'étendre le bras. N'est-ce pas Guitry qui demandait «pourquoi tendre un bras quand on peut tendre les deux?» Jolie formule. On peut aussi les croiser et ne rien toucher d'autre que soi-même. Je m'installe donc face à l'océan coi. Où est le mugissement des vagues? Une brise chlorée souffle. Où est le sel, où sont les algues et les mouettes? Ah! que n'ai-je un voilier à faire voguer, que n'ai-je pour horizon les côtes de l'Afrique! J'ai beau fermer les yeux, aucune image ne naît. J'ai beau les ouvrir, je ne vois que le décor, rien au-delà, rien au travers. Que le mensonge du décor. Pas d'autre illusion que celle du décor. Pas même un paysage, non, rien qu'un décor tout bête. Je referme les yeux. Le noir. Aucun effluve salin ne traverse les relents d'eau de Javel, aucun chant de sirène ne couvre le clapotis contre les parois de faux marbre. Je fouille ma mémoire à la recherche d'un souvenir quelconque, heureux ou malheureux. Rien. *Nada. Niente. Nothing. Nitchevo.* Depuis la lettre à mon enfant, le vide, ça sonne creux dans mon cerveau. Si je me concentrais, je parviendrais sans doute à faire surgir les Îles-de-la-Madeleine. Je me concentre: des cartes postales se proposent, les falaises ocrées de Havre-aux-Maisons, la baie tranquille de Gros Cap, les bateaux de pêche ancrés à

Cap-aux-Meules. Que des cartes postales au dos desquelles rien n'est écrit. Aucun message. Pas une seule courageuse petite bouteille ayant vogué depuis la mer de Chine, bravant les ouragans, pas un seul voilier ou missile quelconque, en croisière sur la Méditerranée, tout maculé de son séjour dans une marée noire.

Je regarde ce lieu dans la lumière qui baisse, je touche mon bras, aucun doute, je suis bien là, je sens la peau de mon bras sous la peau de mes doigts, indéniable présence, pourtant j'ai beau m'assurer de la réalité de cette peau, plus chaude que celle du bout de mes doigts, de cet os sous la peau, de ce duvet sur la peau, c'est comme si je n'étais pas convaincue. Toujours en sursis, vais-je un jour m'ancrer? Je pense aux choses que j'ai laissées dans la chambre avec baignoire, à celles que j'ai laissées chez Philippe — je me sème d'un endroit à un autre, je m'éparpille.

Et je pense à Philippe. A-t-il seulement compris que je ne reviendrais plus? Je soupçonne Aline de lui avoir téléphoné. Elle a dû lui parler d'une vague de cafard particulièrement puissante, et lui a dû se lamenter «Pourquoi n'a-t-elle rien dit? Elle le fait exprès, elle me rend la vie impossible» et elle a dû répondre qu'il devait faire preuve de patience, elle a dû dire qu'il me tuait avec ses crises de jalousie, et il a dû répéter que je le faisais exprès, que lui aussi était au bout du rouleau, «Tu ne peux pas savoir, il y a ce Clément abominable avec qui elle se complaît, et toutes ces fois où elle disparaît, et son mutisme quand elle revient, c'est invivable», et peut-être qu'elle lui a dit que je l'aimais, mais que j'avais des périodes d'angoisse, comme ça, ça n'avait rien à voir avec l'amour, oui, voilà le genre de conversation qu'ils ont tenue, j'en mettrais ma main au feu. Mais elle n'a pas mentionné Évelyne, non, ça je le sais, je connais trop Aline pour croire qu'elle m'ait trahie. La conversation a dû se borner à une série de banalités sur mon épuisement, ma fragilité et mon hypersensibilité et peut-être qu'alors il lui a demandé si elle avait une explication pour mon aversion au 20 avril, date de naissance d'Adolph Hitler, et là, je la connais, elle lui a raconté que depuis mon enfance, toute allusion à la guerre me plongeait dans de terribles abattements, elle a suggéré que j'étais peut-être la réincarnation d'une victime encore plus atrocement mutilée que les autres et que je portais peut-être encore les stigmates de mon supplice, elle est capable de tout pour me couvrir, je la connais.

Mais des stigmates, c'est vrai que j'en porte.

La piscine est déserte, je pourrais me baigner — je déteste le faire en compagnie d'inconnus... Trop tard, voilà que tout à coup la porte du sauna s'ouvre et que quatre silhouettes titubent dans ma direction, une masculine, longiligne, une autre, trapue et courte sur pattes, et deux féminines, plutôt bien roulées. De près, je constate que les masculines approchent toutes deux de la cinquantaine, que la longiligne arbore une crinière uniformément grise et des lunettes embuées, un bermuda bariolé, plutôt grotesque. La trapue tient à la main un paquet de *Gitanes* filtres et une clef au bout d'un de ces énormes porte-clefs de l'hôtel. Les femmes sont une blonde, une rousse, vraies ou fausses. L'un dépose ses lunettes, l'autre, sa clef, ses cigarettes sur une table. Tous plongent dans la piscine. Moi, j'observe les baigneurs derrière mes verres fumés. Le premier nage, elles le poursuivent, il se laisse attraper. Petits cris. Elles s'enfuient, le deuxième nage à toute vitesse derrière elles, il tire la rousse par la cheville. Cabrioles. Le premier fait la planche, elles batifolent, se faufilent sous lui et le chatouillent. Pirouettes, ils s'éclaboussent, gerbes d'eau. Le deuxième crawle gauchement jusqu'au bord, se soulève et s'assoit, les jambes pendantes. Il les regarde en clignant un peu des yeux. Il a le dos velu et j'ai horreur de ça. Gros gorille. Rousse fait une démonstration de nage papillon, Blonde barbotte, fait des bulles, crache en l'air comme une otarie dressée, Longiligne termine une autre longueur en dos crawlé. Tout le monde rejoint Trapu au bord, sort de l'eau.

Longiligne se dirige vers ses lunettes, Trapu vers sa clef, ses cigarettes. Longiligne m'aperçoit, se prosterne devant moi en une profonde révérence. Les filles, autour de lui, gazouillent en s'ébrouant. Rires frivoles.

«Madame», articule-t-il d'un ton cérémonieux en s'inclinant. Il s'approche, s'empare de ma main. «Puis-je me permettre de solliciter l'honneur de nous présenter?» Je reste de glace. Il a l'élocution hésitante et emphatique d'un homme qui a un coup dans l'aile. Il prononce des noms que j'oublie, puis m'explique qu'ils sont venus fêter je ne sais quel anniversaire. Le sien, je pense.

Je ne lui avais rien demandé.

Son bermuda mouillé épouse ses formes maigres, le renflement dérisoire de son bas-ventre. Un peu ridicule avec ses loupes sur le nez, ses cheveux hérissés, son bermuda fluo, à motifs hawaïens d'orchidées et de toucans. Debout devant moi, légèrement voûté. Lunettes et dos voûté, il ressemble à Clément, ça pourrait presque m'attendrir. Ça ne m'attendrit pas. D'habitude pourtant, les lunettes et les dos voûtés, j'ai un faible pour. C'est-à-dire que j'avais. Aujourd'hui, je suis plus faible que mes faiblesses. En tout cas, ce quatuor hétéroclite pourrait peut-être m'intriguer, et ce serait déjà quelque chose. Ça me sortirait de mes cogitations moroses. Je pourrais essayer de comprendre qui est avec qui, depuis combien de temps et pourquoi, lequel est cocu, lequel trompe sa femme. Ça ne m'intrigue pas.

Il m'annonce qu'il va commander à boire, je m'en fous, il s'informe «Champagne, ça vous convient?» Les autres approuvent bruyamment, Blonde ajoute qu'elle a faim, «Un petit creux, là», précise-t-elle en touchant son ventre plat. Il se dirige vers le téléphone, les filles vont chercher leurs serviettes au sauna.

Il revient, me demande la permission de s'asseoir. Je l'envoie promener, lui réitérant mon invitation à s'installer ailleurs. Il se dirige à contrecœur vers la table voisine.

Les filles sont revenues, la serviette sur les épaules. Rousse se confectionne un turban avec la sienne, Blonde s'assoit sur le genou de Longiligne.

Moi, j'ai sorti mon cahier, mon stylo de mon sac.
Derrière mes verres fumés, je relis la lettre à
Évelyne, la liste de ses prénoms, je cajole ma douleur. Des bribes de la conversation à la table voisine
se glissent entre mes mots. Je commence à me
demander si c'est de moi qu'ils parlent. Est-ce que
j'entends bien, ou leurs paroles sont-elles défor-
mées par mon oreille paranoïaque?

— Hein, les filles, quel âge vous lui donnez à la
petite?

À moi? Ont-elles dit trente, quarante? J'ai mal
compris, c'est de lui qu'il parlait, il dit qu'il a cinquante et un ans depuis hier, elles s'exclament qu'il
est bien conservé. Il envahit mon champ de vision
lorsqu'il se met à virevolter au bord de la piscine, il
m'éclabousse lorsqu'il tombe dedans. Rires niais.

Il s'apaise et retourne à sa chaise en me jetant
un regard en coin. Vieux con qui s'approprie les
dates de naissance des autres. Ça proteste en moi.
Ça grommelle, maugrée, ça tonne et ça gronde. Je
me plonge dans ma liste, Cybèle, Aude, Mathilde,
Iphigénie. Iphigénie, n'est-ce pas celle que son père
a sacrifiée? Pourquoi ai-je mis son nom dans ma
liste? Je ne veux pas que ma fille soit sacrifiée. Je le
rature, j'écris Eurydice à côté. Mais Eurydice, ce
n'est guère mieux, elle s'est retrouvée aux enfers. Je
le barbouille aussi. Il manque un nom, que faire? Il
manque un nom et c'est le sien, j'en suis certaine,
c'est son nom, si je ne le trouve pas, elle n'existera
plus, elle n'aura jamais existé. J'ai soudain le front
trempé de sueur, la tête qui tourne. Il faut absolument que j'aille dans la piscine. S'ils pouvaient s'en

aller, ceux-là. Mais je les entends s'esclaffer, lui surtout. De quoi parlent-ils? De cul, bien sûr. Pas
besoin d'écouter. Je reconnais les propos au seul
son de leurs voix. C'est gras et rauque.

Je voudrais ne plus entendre mais leurs voix,
leur tapage s'imposent. Allez-vous-en, j'étais arrivée
la première, ai-je envie de crier.

Deux serveurs sont entrés, l'un portant un plateau avec le champagne, les flûtes et le seau, l'autre
une assiette de canapés. Ils déposent les victuailles
sur la table. Longiligne tient à faire sauter lui-même
le bouchon de la bouteille qui rebondit dans la piscine, petit navire.

— Vous en apporterez une autre, dit-il aux serveurs.

Il remplit les flûtes. Ils lèvent leurs verres et
Trapu entonne «Mon cher Machinchouette...» Les
autres reprennent en chœur. Moi qui déteste cette
chanson, je me bouche mentalement les oreilles.

Une fringale de deux jours remonte à la surface.
Une nausée aussi. Caviar, asperges, saumon fumé.
Je vais vomir. J'ai perdu le nom de ma fille. José-
phine peut-être? Non, je n'aime pas. Fanny? Fanny, je
l'ai déjà écrit. Je reprends la liste, non, il n'y a pas de
Fanny, il y a Nelly et Molly, mais pas Fanny. J'inscris
Fanny au dernier rang. Fanny, c'est bien, c'est
sympathique, ça a quelque chose de champêtre, de
rieur, c'est la Provence en fleurs, ça embaume la
lavande et le romarin. Je me sens soulagée. Pourtant
ces deux ratures dans la page me fendent le cœur.
Comme si quelqu'un avait été éliminé, Iphigénie,
deux fois sacrifiée. Pour ne plus les voir, il faudrait
que je transcrive cette liste, mais j'ai deux noms de

plus et mes calculs ne marchent plus, que faire avec vingt-neuf, vingt-sept, c'était parfait, tout est perdu, et puis la page barbouillée continuera à me narguer, me provoquer, me déchirer, je ne vais quand même pas l'arracher et jeter tous les noms à la poubelle? Le nom de Manuel, je l'ai toujours gardé dans mon carnet d'adresses, il est là, immuable, je le vois quand je feuillette le carnet, parfois je l'ouvre à cette page juste pour lire encore ce nom, ce numéro de téléphone, même si, à je ne sais plus combien de kilomètres, sous je ne sais pas combien de couches de terre, son corps a fini de se décomposer. Manuel, Évelyne, Espagne, Iphigénie, toujours la mort.

J'ai tellement chaud. Le spectacle des ogres à côté qui s'empiffrent, c'est au-dessus de mes forces. Ils parlaient de cul, à présent, ils commentent la bouffe. Au-dessus de mes forces. Ils se demandent s'ils vont manger des steaks ou du homard.

Je me lève, j'ouvre la porte et sors sur la terrasse. Puisqu'ils ont l'air déterminés à s'incruster et que je dois pour l'instant renoncer à la piscine, aussi bien aller respirer dehors.

Je m'appuie à la balustrade, je regarde la ville en bas, le ciel en haut et de nouveau la ville en bas. Et si je me penchais, si, emportée par le poids de ma tête trop lourde, je... Pas question, j'ai trop le vertige. J'entends sonner des cloches au loin. Qu'est-ce que c'est, un enterrement? Non, j'y pense, ce sont les cloches qui reviennent de Rome. Il me semble qu'avant, elles revenaient dans toute la ville, que c'était un véritable concert. Ce soir, je ne distingue qu'un faible grelottement. Il paraît qu'en revenant, elles laissent tomber le chocolat. La légende le dit. D'après une autre, c'est le lapin de Pâques qui pond les œufs. Toutes sortes de légendes. Une fée qui donne des sous pour les dents de lait, un père Noël qui descend par les cheminées. Dans certaines familles, on cache les cocos dans la maison et le jardin et c'est toute une chasse au trésor, le matin de Pâques. Chez nous, il n'y avait pas de cheminée pour le père Noël, pas de jardin pour les œufs de Pâques. On ne cachait pas d'œufs, chez nous. Nulle part.

C'est vrai, on n'était pas ce genre de famille, avec le sens de la fête et des coutumes ancestrales, tout ça. Le genre qui s'amuse aux charades et à la chaise musicale pendant que ma tante Thérèse joue un air d'accordéon et que tonton Maurice raconte des blagues cochonnes, toujours les mêmes, pauvre mon oncle. Non, nous, on nous donnait un truc au dessert, une poule ou un lapin en guimauve, recouvert de mauvais chocolat. Voilà pour les réjouissances pascales. Point à la ligne. Mais ces cloches tout à coup, ça fait palpiter encore davantage ma tristesse. Vaillantes petites cloches qui ont fait, sous la pluie, le voyage depuis Rome. Un peu plus et je vais me mettre à éprouver de la nostalgie pour des traditions dont je n'ai rien à faire.

Je lève les yeux. Le ciel, au-dessus du dôme, est devenu complètement noir. Pas même une étoile ne le perce. Pas même le sourire d'une lune.

13

Quand je rentre, ils sont enfin partis. Maintenant, j'ai trop froid pour la piscine. Ma sueur est glacée. À une époque, on pouvait en mourir. J'ai déjà vu ça dans des films. Une jeune fille, il me semble, en chemise de nuit sur son balcon, pieds nus dans la neige, offrant sa poitrine à la nuit hivernale. Une peine d'amour, sans doute. Ce sont toujours des peines d'amour. J'ouvre la porte du sauna. Par contre, les Scandinaves font ça pour se garder en forme. Une baignade dans la rivière glacée suivie d'une séance dans le bain de vapeur. J'ai vu ça dans des films. Un grand vieux, il me semble, osseux, sec et taciturne. On ne peut jamais savoir. La mort des uns fait la santé des autres.

Je ne vais pas dans le sauna — trop peur d'y rencontrer d'autres imbéciles. J'erre dans les couloirs. J'erre encore, je suis présentement au sixième étage. Tous les couloirs sont identiques, moquette rouge, murs coquille, ascenseurs, escalier de secours. Toutes les chambres aussi doivent être interchangeables, avec la même reproduction de *La Rousse au pendentif* au-dessus du lit. Drôle de refuge.

À treize ans, j'étais partie avec François, trois jours avec François. En auto-stop sur la Transcanadienne, nous avions réussi à nous rendre jusqu'à Wawa. Tout le monde nous avait prévenus qu'il ne fallait pas arrêter à Wawa, qu'à Wawa, c'était la mort, la forêt de sapins *ad infinitum*, qu'on pouvait y rester pris pendant des jours. Le piège. Nous, nous avions Vancouver dans la tête, nous allions vers l'océan Pacifique, toutes voiles dehors. Quelle erreur, Wawa. À l'aube, comme c'était désolé. Pas une seule voiture en vue. Quelques poids lourds qui ne ralentissaient même pas et dont le roulement sur l'asphalte brûlant se répercutait longtemps, au loin. Au bord de la route, nous mangions nos dernières tranches de pain, comme c'était sec. «François, il y a des taches vertes sur le pain.» Haut-le-cœur. Yeux brouillés par les larmes qu'on refoule. Toute cette liberté étouffe. Trop d'arbres. Assis au bord de l'autoroute, nous arrachions des touffes d'herbe fanée. «C'est encore loin, Vancouver, François?» Il répondait «Au moins trois jours de route. Peut-être quatre. Ça dépend du temps qu'on va attendre. Tu vois, après l'Ontario, ça va être les Prairies. Là, on ne verra rien d'autre que des champs de blé. C'est jaune à perte de vue. Des champs de blé, des silos, des stations-service. Et ça recommence. Tellement jaune que, sous le soleil, on croirait des champs d'or. Puis, on va entrer dans les Rocheuses. J'en meurs d'impatience. Tout de suite après, mais il faut quand même compter une journée, on va apercevoir le Pacifique.» Il disait aussi que Vancouver est un port et que, si on avait de la chance, s'ils engageaient des mousses, sait-on jamais, on pourrait s'embarquer sur un bateau en partance pour la Chine. Et on ne reviendrait jamais.

On n'a pas eu de chance.

La première voiture en vue, elle était toute bleue et surmontée d'un globe rouge, comme une fraise sur l'océan. Une voiture de police avec deux policiers dedans. Qui avaient mon signalement.

C'est Aline, toujours elle, qui m'avait fait connaître François et François qui m'avait fait connaître Jack Kerouac, Rimbaud. Il séchait ses cours au cégep pour gribouiller des poèmes, des paroles de chansons sur les tables des cafés, il lisait Nietzsche et exécrait la société. Toutes ces manies d'adolescent. Lubies, lumières, naïvetés, passions — pourquoi faut-il donc qu'on change tellement? Ensemble, nous avions rêvé de la route. Nous n'étions pas les premiers à chérir cette chimère, la liberté. Vers l'Ouest, très loin, jusqu'à l'Est. Le tour de la boule. N'importe où, jusqu'aux mille et une nuits. Clochards célestes, aventuriers, les poings dans nos poches crevées. La tête rejetée en arrière, contre le vent, sous le soleil. On se ferait embaucher dans les cirques, on chanterait dans les rues, on deviendrait gitans — on avait même mêlé nos sangs. Il reste sur

mon poignet une minuscule cicatrice presque effacée.

Le voyage aller s'était terminé à Wawa. Le retour,
dans une auto de police jusqu'au terminus, puis
dans un autobus Voyageur, en compagnie d'une
travailleuse sociale unilingue anglophone aussi
sympathique qu'un concombre. Ce n'est pas que
j'en veuille aux concombres, mais comme compagnon de voyage, on a vu plus agréable. Au bout du
long trajet, la tête de mes parents dans un bureau
très froid qui ressemblait à une prison. C'est-à-dire
que ça s'était terminé comme ça pour moi, parce
que lui, personne ne le poursuivait. Je n'avais pas
voulu qu'il m'accompagne — qu'est-ce que ça aurait
changé? La dernière image, c'est celle de sa silhouette qui s'éloignait. Le dernier mirage. Mais ce
n'était pas lui qui s'éloignait. Lui, il était resté immobile au bord de l'autoroute. Il ne tendait même plus
le pouce. Il était immobile. C'est ma dernière image.

Ça avait failli être un bel été, l'été de mes treize
ans. Et le printemps de mes quatorze ans aussi, si
j'avais mis mon enfant au monde en Chine, ou en
Thaïlande. Dans un train, une gondole, une pi-
rogue, une jonque, une étable, un champ de fleurs,
une jungle, un désert.

Tout compte fait, ça avait failli être une belle
vie, ma vie.

Mais voilà, je n'ai pas atteint l'océan Pacifique
avec lui, ni les Rocheuses, pas vu les champs de
blé. C'est drôle, mais je n'ai jamais voulu faire ce
voyage par la suite. Il fallait que cela reste le rêve
inachevé, l'adolescence massacrée. J'ai plutôt tra-

versé l'Atlantique et ce fut un autre voyage raté, la mort au fond du précipice. Très drôle. J'ai l'air amère?

C'est que je le suis. Dure à avaler.

Il ne faut pas dormir avec vos fantômes, ma pauvre amie. La vie s'ouvre devant vous et vous restez fermée.

Quelle vie?

Mais la vie, quoi, qu'est-ce que vous voulez que je vous dise? La vie de tous les jours. Le présent.

Vous voulez sans doute parler des menues joies quotidiennes, le ciel bleu, les papillons, toutes ces choses. Oh! Docteur, changez le disque, je vous en prie. Celui-là est si usé qu'il ne me fait plus aucun effet.

Quant à François, j'ai su qu'il avait fini par s'installer à Vancouver, qu'il y avait végété quelques années. Aline l'a rencontré, deux ou trois fois, il y a longtemps. Il demandait toujours de mes nouvelles. Il végétait. Débardeur, garçon de café, chômeur. Il promettait toujours de m'écrire. Elle ne lui a jamais parlé du bébé. C'était inutile. Elle a fini par le perdre de vue. Il est peut-être en Chine.

Je pense que sans la police au détour de la route, j'aurais pu être heureuse, à Vancouver. Quelque temps, du moins. On pense toujours ça des choses qui nous ont échappé. On se torture sans fin l'esprit à les idéaliser. On brosse dans sa tête des décors fabuleux, on invente des dialogues dignes des fleurs les plus bleues. Vancouver, l'amour dans une chaumière, la pluie en hiver sur le jardin de roses, la mer au bout de l'horizon, le bruit des vagues à travers les arbres séculaires de Stanley Park. Voilà pour le décor. Peut-être un air de violoncelle, et voilà pour la musique. Quant aux dialogues, ça s'écoute comme suit. Mon amour... Oui?... Tu m'aimeras toujours?... Toujours... Tu m'aimes comment?... Passionnément... Moi aussi, je t'aime... On ne se quittera jamais... Jamais... Tu m'aimeras toujours?... Toujours... Le bébé pleure... Mon amour...

Bon. J'ai l'impression qu'il serait grand temps que je me remette à mes traductions.

Mes déambulations m'ont ramenée devant la porte de ma chambre. Rien d'autre à faire qu'y entrer. Nulle part d'autre où aller. Vêtue de ce t-shirt à girafe, inutile de penser à me présenter au bar. De toute façon, les bars, surtout les bars des hôtels, qu'est-ce que j'irais y faire. Il me semble entendre les conversations, ces murmures feutrés. De quoi causent les gens dans les bars des hôtels? Est-ce qu'ils se posent encore les vieilles questions d'usage? «Vous venez souvent ici? Vous habitez chez vos parents?» Est-ce qu'ils se racontent leurs vies banales? «J'arrive du bureau. Quelle journée harassante!» «Ah! Vous êtes dans la pub? Ce doit être fascinant.» «Moins que vous le croyez. On bosse comme des dingues dans ce fichu métier. Jusqu'à vingt heures par jour des fois, je ne vous mens pas.» «C'est vraiment inhumain. Mais c'est valorisant, non?» «Il faut avoir la vocation. À propos, en ce moment, on fait le casting pour le prochain commercial de bière. Vous savez que vous avez une tête intéressante? Si, si, je vous assure. Ça vous dirait de

faire un bout d'essai?» «Je vous avoue qu'il y a longtemps que je rêve de devenir actrice. Je prends
toujours mes vacances pendant le Festival des Films
du monde.» «Ah! il me semblait bien vous avoir déjà
rencontrée quelque part. Vous n'étiez pas au cocktail d'ouverture, l'an dernier?» «Non. Mais on s'est
peut-être croisés dans le hall du cinéma. En ce moment, je suis secrétaire, c'est pour payer mes cours
de ballet-jazz et de diction.» «Comme ça, vous aimez
le cinéma? Que pensez-vous du dernier Besson?»
«Pas mal. Mais je préférais de beaucoup Fassbinder.»
«Ah oui, il a tourné des films puissants, Fassbinder.
Quelle perte pour le milieu.»
        Et cætera.
        D'autres sont de passage dans la ville, venus
pour quelque congrès ou assemblée générale de
multinationale. Ils draguent péniblement, en cassant
leur français, supputant leurs chances d'entraîner
une conquête peu farouche dans la chambre dont
ils disposent pour une nuit encore. Connaissant peu
le monde du cinéma, ceux-là s'en tiennent aux va-
leurs sûres. «Vous habitez ici? C'est une ville très
jolie. *This French flavor is fantastic.* Vous êtes mariée? *No? So if you are free tonight, can I invite you
for dinner? Just suggest me a good bistrot.*» Tout fiers
de connaître ce mot à consonance parisienne qu'ils
prononcent avec un accent atroce, la bouche tor-
due. Ils ne peuvent compter que sur le prestige de
leurs tempes argentées et de leurs complets bien
coupés. Un petit air mélancolique aide parfois, ce
charme crépusculaire.
        Il y a peut-être aussi le plaisantin habituel, ama-
teur de calembours et de blagues faciles, celui qui

croit séduire les femmes en leur arrachant un sourire. «À propos, vous connaissez celle-ci? Qu'est-ce
qu'il y a de pire qu'une abeille...»
Des rires discrets se font entendre.
Non, les bars, très peu pour moi.

Il ne reste qu'une solution, dormir, faire une
cure de sommeil.

14

Voilà, c'est fait, c'est fini, je suis de nouveau seule dans mon lit. Il s'appelait Alex. Prénom de plume, pour les besoins de la cause, bien entendu — Alex Alias, c'est un prénom qui passe partout, qui se comprend et se prononce dans toutes les langues. Pratique, dans son métier. J'affirme ça, mais en réalité, qu'en sais-je? C'était peut-être son vrai prénom. On s'est parlé au téléphone, il avait un petit accent faussement français tout à fait exaspérant. Ou charmant. Tout dépend de l'oreille de celle qui l'écoute, sans doute. Tout dépend du moment. J'ai commencé par le trouver horripilant.

J'avais en vain cherché le sommeil. Il ne venait pas, il se refusait. Je m'étais levée, j'avais marché de long en large dans la chambre, de la fenêtre au lit, du lit au fauteuil, du fauteuil à la salle de bains, puis de nouveau à la fenêtre. J'avais pensé faire des appels anonymes, ce jeu cruel qui m'amusait, plus jeune. J'ouvrais l'annuaire téléphonique, je choisissais un nom au hasard, disons Richard Latendresse, toujours à une adresse en banlieue, là où habitent les petits couples et les familles unies qui dorment la nuit. Je composais le numéro. Si une femme répondait, je demandais de ma voix la plus langoureuse «Richard est là?» La plupart du temps, après un moment d'hésitation, la femme voulait savoir qui parlait. Je répondais Lola, ou Camille. Je précisais que c'était urgent. Parfois, je raccrochais avant que Richard prenne l'appareil. D'autres fois, je murmurais «Richard, il faut que je te parle. Viens tout de suite.» Panique à l'autre bout du fil. «Qui parle?» «C'est moi.» J'insistais «Il faut que tu viennes. Je t'en supplie.» Je faisais semblant d'être au bord des larmes. Puis je raccrochais. Ou bien, je disais «Excuse-moi de t'appeler si tard, mais après la nuit merveilleuse qu'on a passée... Quand est-ce qu'on remet ça, mon chou?» Une fois, un de ces types m'avait même haleté dans un souffle «C'est toi, Rita?» Ou bien je criais «Espèce de salaud. Tu ne m'avais pas dit que tu étais marié!» Ou même «Richard, je suis enceinte, je vais me suicider.» Après, je jubilais toute seule en imaginant la scène de ménage qui devait être en train d'éclater dans le coquet logis de banlieue. L'épouse qui accusait, le mari qui se défendait avec l'énergie du désespoir «Je te jure, je ne sais pas qui c'était. C'est la première fois que j'entends cette voix.» Mais s'il avait quelque incartade sur la conscience, il était bien forcé de passer aux aveux.

Je me vengeais sur tous les couples de la terre, toutes les familles, tous ceux qui avaient des enfants et qui avaient bonne conscience et qui taillaient leur haie le samedi, qui prenaient leurs vacances dans un camping de roulottes en Floride, ceux qui écoutaient la guerre à la télé en mastiquant des croustilles, en sirotant leur bière, et qui continuaient à poser leurs briques sur l'édifice aux fondations pourries s'enfonçant dans la terre meuble, mais qui posaient leurs briques comme si de rien n'était. Je me vengeais sur eux. Je devais être une belle petite garce.

Mais ce soir, le jeu cruel n'avait plus rien d'attirant.

Après, j'avais pensé à appeler Philippe et je m'étais assise au bord du lit et j'avais fixé le téléphone pendant mille ans avant de me décider à soulever l'écouteur et un autre millénaire s'était écoulé avant que je compose le numéro, à tel point qu'un message enregistré m'avait intimé l'ordre de raccrocher, puis j'avais composé le numéro d'un doigt si tremblant que j'avais dû reprendre l'opération et d'une certaine façon, j'avais été soulagée en entendant ma propre voix sur le répondeur et j'avais attendu le signal sonore avant de parler. «Bonjour, Éléonore, ici Éléonore, tu m'as reconnue, sans doute, comment vas-tu, moi, je pars en vacances, oui oui, je t'assure, je ne connais pas encore ma destination mais je pars, veux-tu dire à Philippe que je passerai la semaine prochaine chercher le reste de mes affaires», j'aggravais mon cas, je le savais, c'est-à-dire que je rendais la situation irrémédiable, toute réconciliation impossible, et je souffrais et j'en éprouvais ce même plaisir que lorsqu'on appuie sur une ecchymose et qu'on retrouve, avec une sorte de reconnaissance, sa douleur. Je me disais que s'il avait été là, s'il avait répondu, un autre dénouement aurait été envisageable, il m'aurait peut-être parlé avec douceur et j'aurais fondu comme glace au soleil, je m'enfouissais la tête dans l'oreiller, je me disais qu'il restait encore une chance, quand j'irais chercher mes affaires, et je savais pourtant que toutes les chances, je les avais saccagées.

Puis j'avais pensé à ce type, ce Jacques dont j'avais lu la petite annonce dans le journal, celui qui prétendait que l'amour ne servait pas qu'à combler un vide affectif et sexuel et qui laissait son numéro de téléphone, et j'avais appelé pour lui demander à quoi d'autre ça pouvait bien servir. Il avait une voix désagréable de baryton radiophonique et prétentieux roulant ses «r». Il avait commencé par me raconter que dans la vie, tout est une question de programme, que dès le départ, on est programmés, voyez-vous, on aspire au bonheur, on cherche l'amour et que si on est comme ça, en Occident, c'est parce que le confort nous a dégénérés, vous m'avez bien compris, dégénérés, et que si on était nés à une autre époque, ou dans un pays qui crève la faim, le sens de notre vie serait de trouver une vieille croûte à manger, une poignée de riz pour les enfants, un iguane ou une autre bestiole à faire griller dans notre hutte, quelques copeaux pour faire du feu, de l'eau potable à boire, et qu'on serait tellement contents de récolter trois feuilles d'épinards qu'on se passerait bien de beurre à mettre dessus et que d'ailleurs, le beurre, on ne connaîtrait même pas ça, vu qu'on n'aurait pas de pâturages pour faire brouter les vaches, et j'avais dit que je ne voyais pas le rapport entre ce discours et le vide affectif, et il avait poursuivi en répétant que si on était nés à une autre époque, ou dans un pays qui crève la faim, l'amour, ça serait le dernier de nos soucis. Le ventre passerait avant le cœur. Pour le reste, on irait consulter le marabout de la bourgade. On mettrait des enfants au monde parce qu'il en mourrait neuf sur dix. Le survivant, on l'enverrait mendier en ville. Ou cirer les bottes des touristes. Et quand il ne rapporterait pas assez d'argent, on lui foutrait des baffes, pour lui apprendre. On mettrait des enfants au monde parce que les gars, c'est des bras pour travailler aux champs, et que les filles, on pourra les échanger plus tard, contre une chèvre ou trois poulets et que c'est pour ça qu'on exigerait que nos femmes soient fidèles. Pour être sûrs que nos enfants sont bien à nous et qu'à l'origine de toute morale, il y a toujours une question pratique, alors nous qui avons eu la chance de naître à cette époque privilégiée et dans un pays qui ne crève pas la faim, on doit comprendre que l'amour, c'est... c'est autre chose qu'une affaire de combler un vide, on doit... comment dire... on doit... J'avais émis l'idée qu'ici, le beurre ne manque pas mais qu'on préfère manger nos épinards nature pour garder notre ligne et qu'il n'est pas besoin d'aller au bout du monde pour trouver des enfants mal aimés. Et c'est ainsi qu'on était revenus à notre case départ, l'amour. Et il avait poursuivi sur sa lancée, de plus en plus emphatique. «Pour nous, judéo-chrétiens», avait-il péroré, «la vie, c'est plus important que tout, on serait prêts à n'importe quoi pour que ça dure le plus longtemps possible. On étire, on va au bout de la sénilité. Z'avez déjà visité un hospice de vieillards? Une résidence pour aînés, comme il faut dire à présent? Ils me font bien rire avec leur âge d'or. La petite vieille qui s'enfarge dans la marchette de l'autre, les conversations qui se résument à décrire leurs bobos dans les détails les plus scabreux parce que des bobos, c'est tout ce qui leur reste. Et encore, conversation, c'est un grand mot. Ils sont tous plus sourds les uns que les autres, ou mal-entendants, comme il faut dire à présent. Je vous jure que ça fait une drôle de cacophonie, les petits vieux, quand ça joue au bingo. J'imagine que ça devait ressembler à ça, la Tour de Babel... Sourds et pratiquement aveugles, collés à l'écran de télé dans la salle communautaire. Oui, des tubes digestifs ambulants, avec une mémoire qui flanche. Et c'est le sort qui nous guette. On finit comme on a commencé. Alors, pour citer le grand Ronsard, cueillez dès aujourd'hui, demain la rose sera fanée.»

Je le trouvais plutôt déprimant mais on aurait dit que mon mutisme le stimulait. «Êtes-vous déjà allée en Floride, l'hiver? Faut les voir sur les plages, à dorloter leurs vieilles carcasses. Pathétique. Faut les voir danser la danse des canards. Tout le monde est soit décharné, soit obèse, tordu par l'arthrite. Sans parler des bonshommes qui se font greffer des zizis en plastique parce qu'ils ne peuvent plus bander... On est peu de chose, c'est moi qui vous le dis. Eh bien, prenez les Japonais, à présent. Ils sont programmés autrement. Pour eux, c'est l'honneur, c'est la patrie qui passent en premier. Vous avez entendu parler des kamikazes pendant la guerre? Et les ninjas, vous savez ce que c'est? Ils sont programmés pour la mort. C'est toujours une question de programme. On n'est rien d'autre que des machines programmées. Quand on y réfléchit, ça nous désenfle un peu la tête... C'est pour ça que j'ai mis une annonce. Je veux rencontrer quelqu'un qui...» Mais j'avais déjà raccroché.

Puis j'étais tombée sur «Beau garçon pour femme seule», et je m'étais dit qu'après tout, je n'étais rien d'autre que cela, une femme seule. Alors je l'avais appelé, lui aussi.

Il paraît que certains font ça pour le plaisir. Alex, par exemple. Et aussi pour payer ses études en histoire de l'art. Noble cause. À laquelle il convient de contribuer, me direz-vous. Pas de mafia ici, ni de vices. Aucune honte. La cause de l'art blanchit l'argent indignement gagné. La vente des charmes comme la vente des armes quand les profits servent à la construction d'orphelinats ou d'hôpitaux dans le Tiers-Monde. Enfin.

Nous avons commencé par parler de choses et d'autres, la musique, il avait un faible pour John Lennon, et Bach aussi, bien sûr, à certaines heures du jour; aimais-je le flamenco? J'adore le flamenco, et le fado. Il avait un vernis de culture, m'assurant que le métier qu'il exerçait provisoirement n'empêchait pas la délicatesse des sentiments. Nous bavardions de choses et d'autres, la littérature, j'avais un faible pour Agatha Christie, et Proust aussi, bien sûr, à certaines heures de la nuit; aimait-il Kundera? Il adore Kundera, et Marguerite Duras. La peinture, ça vous plaît? Les impressionnistes, et les cubistes. Moi, ce sont les eaux-fortes de Goya. Vous allez au théâtre? Tous les mois, dans une petite salle au centre-sud qui présente des pièces d'avant-garde. Et le cinéma? J'adore. À propos, vous avez vu le dernier Besson? Qu'en pensez-vous? Pas mal. Je préfère Fassbinder. Il est mort. Hélas, je le sais bien. Ce sont toujours les plus grands qui partent les premiers. Comme la vie est mal faite.

Et cætera.

Je lui avais demandé ce qu'il faisait avec les femmes à part leur parler au téléphone et il m'avait dit que le téléphone, c'était l'amorce, que la plupart du temps, après quelques minutes de conversation, elles lui demandent de venir. Je lui avais demandé de me parler de ces femmes.

— Est-ce qu'elles sont moches, habituellement?

— Souvent flétries, disons. Mais toi, comment ça se fait? Tu n'as pas de mari? Pas de petit ami?

— J'en avais un.

— Tu es seule chez toi? Tu veux que je vienne te voir?

— J'aime mieux parler.

— On pourrait faire des expériences. Tu as peut-être des goûts spéciaux? Je peux apporter des accessoires...

Quels accessoires? Un vibrateur? Un fouet? Une guillotine? Un parapluie? Quels goûts? La tête en bas? Les mains liées derrière le dos? Suspendue à la barre du rideau de douche? Nenni, mon bel ami!

Sachez que mes fantaisies sont tout ce qu'il y a d'inoffensif. C'est en me massant le pied que vous provoquerez mon extase. J'ai le pied érogène.
— Tu peux garder ton érection toute la nuit?
— Aucun problème. Ou je peux en avoir cinq, six, dix, c'est comme tu préfères.
— Et si tu bois, ça ne te... je veux dire, tu n'as pas de défaillance, si tu bois trop?
— Je n'ai jamais de défaillance.
Je commençais à saliver. Pour une fois, on ferait comme si j'étais sans tabous, mes complexes jetés dans l'incinérateur, broyés dans le broyeur. Complètement anonyme, dans une chambre d'hôtel. Libre. Il m'a demandé comment je m'appelais.
— Anonyme.
— Ce n'est pas un nom, ça.
— Non. Dis-moi ce que tu me ferais si tu étais là.
Il a murmuré:
— Tu préfères que je me déshabille ou c'est toi qui le fais?
J'ai répondu:
— Fais-le.
Il a raconté qu'il me porterait jusqu'au lit, qu'il me coucherait sur le dos et qu'assis près de moi, il déboutonnerait lentement sa chemise en me regardant dans les yeux. J'imaginais qu'à la lueur de la lampe de chevet, la peau de sa poitrine avait des reflets irréellement satinés. Je voyais chatoyer quelques poils blondinets et soyeux à la hauteur de son sternum. Il se pencherait sur moi. Il commencerait par de petits coups de langue gourmands sur la pointe de mes seins. Ses mains voletteraient sur

ma peau. Je replierais les jambes, soulèverais le bassin. Il me retirerait mon slip. Tout à coup, son index entrerait dans mon sexe, son pouce sur mon clitoris. J'ai chaviré.

Ça s'est passé comme ça. Longtemps et plusieurs fois. Au téléphone. Je disais «Laisse-moi reprendre mon souffle.»

— Mais c'est toi qui me questionnes.

— Je me renseigne.

Il insistait, j'étais une femme vraiment spéciale, c'était la première fois qu'il se retrouvait dans cette situation avec une partenaire aussi... comment dire...

J'ai voulu savoir s'il arrivait à bander, même quand elles étaient très laides.

— Je bande toujours.

— Mais quand elles sont obèses, quand elles sont vieilles, qu'elles puent?

— Toujours.

— Comment tu fais?

— J'ai mes secrets.

— Raconte.

— Secrets professionnels.

Il a demandé «Qu'est-ce qui te tente? Tu as des fantasmes?» et j'ai dit «Debout contre le mur, comme Brando et Schneider la première fois qu'ils se rencontrent dans le *Dernier tango.*»

Après, j'ai proposé, «Maintenant, on fait la scène du bordel, dans *Un amour de Swann.*»

— Je n'ai pas vu le film.

— La jeune fille est de dos, pas complètement dévêtue. Elle est debout, légèrement penchée en

avant, les avant-bras appuyés sur une table, un guéridon, le pied du lit, je ne sais plus au juste. Lui, il la
prend par derrière, tout en parlant, avec une sorte
d'indifférence. Je trouve ça très excitant, cette indifférence. Comme si la tête et le sexe étaient deux
entités complètement séparées. Il me semble qu'on
doit jouir davantage quand on n'a pas sa tête.
— Tu es bizarre, toi.

Entre ces étreintes imaginées, on fumait, je lui
disais d'allumer sa cigarette en même temps que
moi, le son simultané de nos briquets, l'expiration
de la fumée comme un soupir de volupté, puis je
l'interrogeais nonchalamment sur son métier, il répondait de bonne grâce, il avait commencé par être
danseur nu, puis de fil en aiguille, comme ça, parce
que c'était plus payant que laver la vaisselle ou servir des hot-dogs... Il travaillait à son compte, avait
toujours refusé de se compromettre dans le réseau
des agences. Il changeait régulièrement de numéro
de téléphone. Il avait certaines clientes régulières, il
préférait, quoique l'aventure avait aussi son charme,
ce soir, par exemple. Il avait l'intention de continuer
encore un an ou deux. Il avait aussi posé sa can-
didature comme animateur dans un club de vacances, il attendait la réponse. Après, il voulait partir
en voyage — il rêvait de Florence, de Paris et de
Vienne. Et aussi de la Thaïlande. Il disait qu'il voulait aller dans les bars et les saunas de Bangkok,
pour faire changement, ce serait lui qui paierait les
faveurs des filles. Il avait entendu dire que pour le
sexe, la Thaïlande était un paradis.
        — Il paraît que c'est complètement dingue. Il

paraît que ça se passe ouvertement, qu'il n'y a pas de limites.

— Et après le voyage, une famille, des enfants, je suppose?

— Pourquoi pas?

Il a dit:

— Tu es drôle, toi. Habituellement, ce sont les femmes qui me font des confidences.

— Je n'ai rien à confier.

— Ce sont souvent des femmes tristes qui font appel à mes services.

— Tout le monde est triste.

— Elles ont besoin d'une présence, la chaleur d'un corps.

— Tout le monde a froid.

— Des fois, c'est aussi pour fêter un anniversaire, des choses comme ça. Ou escorter une femme d'affaires de passage. Des fois, c'est pour mettre de l'ambiance dans une soirée.

— Tu te déguises? Tu te maquilles?

— Ça arrive.

— Tu danses?

— Parfois je danse.

— Ça dépend de quoi? Du forfait?

— De mon humeur. Je suis déjà allé sur un bateau, faire une croisière avec des millionnaires. Jusqu'à Nassau.

— En croisière. Comme un missile?

— Hein?

— Rien. Je divague.

— Des fois, c'est un cadeau, le mari qui m'offre à sa femme pour une nuit.

— À présent, je suis couchée sur le ventre.

Mords-moi à la nuque. Puis descends lentement, avec ta langue, descends, le long de ma colonne vertébrale, descends, lentement. Qu'est-ce que je goûte?
— Ta saveur me fait penser aux plages de la Nouvelle-Angleterre.
— Entre l'algue et le muguet?
— Oui, c'est exactement ça, entre l'algue et le muguet.

Ça s'est passé comme ça. Au début, on jouait nos rôles. À la fin, on était presque au bord des larmes. Chimie ou alchimie des voix. Certains appellent ça tristesse de la chair. On a fumé une dernière cigarette.
— Tu ne veux vraiment pas que je vienne?
— Je veux dormir.

Ça s'est passé comme ça. Je ne lui ai pas demandé de venir me faire un enfant. Maintenant c'est fini, je suis de nouveau seule dans mon silence, sans même avoir vraiment sommeil. Aucune idée de l'heure qu'il est. Est-ce important de savoir l'heure? Je jette un coup d'œil par la fenêtre. Les lampadaires scintillent encore dans la nuit noire, quelque fêtard éméché y trouvera un appui temporaire, quelque chauffard y fracassera son pare-chocs, c'est là l'utilité des lampadaires. Mais j'aime quand, à l'aube, devenus inutiles, ils luisent encore dans la blancheur diffuse.
Aucune idée de l'heure. Trois heures, peut-être. La nuit est jeune. Pourquoi avoir raccroché?
Je m'ennuyais.

J'allume la télé. S'il y avait un film, je le regarderais. Un bon vieux film de série B, un navet de fin de soirée, plein de cow-boys chevauchant dans des déserts, de revolvers qui claquent, de mitraillettes qui crépitent, de bandits qui portent des chapeaux mous sur la tête, de flics en imperméables mastic, au cou rentré dans les épaules, de héros ténébreux — au fait, le héros, c'est le bandit ou le flic? —, de politiciens corrompus qui sablent le champagne avec des parrains de la mafia, de cadavres recroquevillés dans des coffres de voiture, de poursuites en bagnoles, deux cents à l'heure sur la route en lacets au bord du précipice, de cascades époustouflantes sur des échafaudages et le méchant qui finit toujours par tomber dans le vide, d'étalages d'oranges renversés au passage des bolides, de bagarres sanglantes dans des souks, de vendettas, de nuits torrides, de coffres-forts à percer, de plans machiavéliques pour faire sauter la banque, de gardiens de nuit ligotés dans leur loge, étouffés sous leur bâillon, de yachts blancs dans des ports de plaisance, de havanes dans des coffrets sur des bureaux en acajou, de rivières d'émeraudes volées au cou de femmes fatales, de têtes mises à prix, d'avions de dernière minute à prendre, de voix monocordes énumérant des noms de villes exotiques dans des haut-parleurs d'aéroports, de millions de dollars en petites coupures dans des attachés-cases, de trains de nuit filant dans la campagne anglaise, de poupées blondes déshabillées, d'airs de saxophone, de répliques laconiques du genre «Salaud!» «Ordure!» «Fumier!» «Sale type» «J'aurai ta peau!», «Je t'aime».

Oui, un bon navet pour m'endormir au son des

râles des moribonds, mélodieuse musique. Le tout entrecoupé de plages publicitaires — tiens, ce doit être une des filles du bar qui a eu le rôle et se trémousse à présent au milieu d'une bande de sportifs en levant son verre de bière. Je tourne les postes — pas grand-chose. Comme après-midi. Pas même un navet. Ou alors tellement nul. Et tous les films sont commencés, je ne sais pas où j'en suis, je ne reconnais rien. Je tends la main vers Swann, j'ouvre au hasard. Les mots dansent. *Voyons, monsieur Swann, lui dit-elle, parlez-moi un peu de votre fille...* Pourquoi est-ce que je tombe toujours sur ce genre de passage? Je laisse le livre ouvert sur l'oreiller, le téléviseur bourdonne, je me demande dans quel tome se trouve la scène du bordel, *Sodome et Gomorrhe* peut-être, il me semble qu'en effet Swann sodomisait la jeune prostituée, l'image était suggestive, mais floue, les deux visages restaient impassibles dans la pénombre, on aurait dit qu'ils s'ennuyaient, qu'ils faisaient ça parce qu'ils n'avaient rien d'autre à faire, c'était un geste si mécanique, non pourtant, dans *Sodome et Gomorrhe*, Swann était presque mourant, dans le film, il achevait, il me semble, non, ce doit être dans *Un amour de Swann*, je reprends le livre, je feuillette, ah oui, les catleyas, je me souviens, ils disent «faire catleya», c'est toujours si touchant, ces expressions intimes, c'est enfantin, on va méné méné dans la toto, on va donner un beau bizou à son tonton puis faire un beau dodo dans son lilas. Au début, avec Philippe, on disait «Allons dans le lilas», parce que j'aimais les fleurs, au printemps, il m'en apportait des bouquets énormes, on disait qu'on allait faire des bulles, à

cause de ce plaisir que j'avais à prendre d'interminables bains dans le lait moussant — j'ai déjà entendu d'autres formules bien plus triviales, manger
le biscuit, tremper le pinceau, et ces œillades mouil-
lées qui les accompagnaient — faire catleya, ça
donne envie de rire et de pleurer, tellement ridicule
que c'en est pathétique, je tourne les pages, je poursuis ma lecture, j'arrive au moment où il cherche si
désespérément Odette dans les restaurants des
boulevards, *Cette dame n'était dans aucun des
cafés... Je crois que monsieur n'a plus qu'à rentrer...
Mais pas du tout, s'écria-t-il...* Est-ce après cela qu'il
va à la maison close chercher un réconfort? Mais
non, puisque après cela il la retrouve, sortant de la
Maison Dorée où elle vient, dit-elle, de souper, et
qu'il monte avec elle en voiture, et qu'il arrange les
catleyas sur son corsage, c'est après cet épisode
qu'ils vont commencer à utiliser «faire catleya» pour
parler de baiser, copuler, forniquer, faire l'amour —
les scènes dans les voitures m'ont toujours troublée,
je repense à celle de la calèche où Emma Bovary se
livre à Rodolphe, ou Léon, au sortir de la cathédrale,
ça me rappelle Philippe et moi au début de notre
histoire, quand on s'étreignait sur la banquette
avant, phares éteints. Mais j'ai beau feuilleter, je ne
retrouve pas le bordel, peut-être le réalisateur l'a-t-il
inventé, c'est ça, le cinéma, c'est trompeur, une
véritable escroquerie. — *Alors, pas de catleyas ce
soir? lui dit-il, moi qui espérais un bon petit catleya.*
Quel imbécile, ce Swann, moi, je l'aurais assassiné,
«Non, vraiment, tu ne veux pas faire des bulles dans
le lilas, ma fleur? Je t'avais apporté ce bain de mer
aux algues du Japon.» «J'ai mes règles, écoute, laisse-

moi tranquille à la fin.» Et puis quand il frappe aux
volets de ce qu'il croit être la chambre d'Odette
pour la surprendre en flagrant délit de mensonge et
que ce sont deux vieux messieurs qu'il dérange en
pleine nuit, comme il devait avoir l'air grotesque,
exactement comme Philippe, quand j'avais lancé ses
vêtements par la fenêtre. L'histoire se répète,
toujours la rue, la nuit et les soupçons. Mais je ne
retrouve pas la scène au bordel, la jeune fille penchée sur un guéridon et lui qui avait, il me semble,
encore son haut-de-forme sur la tête pendant qu'il
l'enculait, quelle classe, quelle élégance, à moins
qu'il ne l'eût posé sur la chauffeuse, parmi les
colifichets de la belle. Et puis, ça me revient, il parle
d'Odette avec la prostituée, il l'interroge, il veut
savoir si elle la connaît, il la baise en lui parlant
d'une autre. Un imbécile et un salaud.

Le téléviseur bourdonne, j'ai mis le son au minimum, je ne sais pas à quel poste je suis, c'est juste
pour avoir un peu de compagnie, cette illusion qui
m'aide à m'endormir. Des silhouettes s'agitent sur
l'écran, je reconnais soudain le visage décomposé
de l'actrice dans l'éclairage bleuté, qu'est-ce que
c'est que ce film, je l'ai déjà vu, je reconnais la gare,
la sale sadique gueule de l'officier allemand, c'est la
guerre, je sais ce qui va se passer, il va lui demander de faire un choix entre ses deux enfants, je
sais qu'on va voir en gros plan la tête de la fillette,
elle doit avoir trois ans, pas plus, elle a le visage
que j'imagine à Évelyne, je sais ce qui va se passer,
Sophie va commencer par dire non, on va la voir
pleurer en gros plan, ne cède pas, Sophie, ne

choisis pas, il faudrait que j'éteigne, mais non, je veux la voir quand elle va dire «Prenez la fille», j'entre en elle, c'est ma bouche qui prononce les paroles, «Prenez la fille», je veux me faire encore mal, je veux voir la fillette arrachée des bras de sa mère et l'entendre crier maman, je veux voir et entendre ça.

15

On frappe à la porte. J'ai dû finir par m'endormir puisqu'au moment où j'ouvre les yeux, c'est le matin. Il pleut mornement. Suis-je en train d'inventer un mot? J'ai oublié mon dictionnaire. Chez Philippe. Il pleut, donc, une pluie morne tombe ternement, il pleut mélancoliquement par terre et sur les toits — comme lorsque Verlaine dit qu'il pleure —, et on frappe à la porte. C'est ce genre de pluie lente et égale qui commence très tôt le matin, qui a déjà commencé lorsqu'on s'éveille et qui, on l'a compris dès le premier regard, va durer toute la journée. Peut-être même la semaine. Le mois, l'année. La vie entière. Une arche, monsieur Noé. Nous voguerons comme à Venise avec notre ménagerie, nos chatons et nos singes, nos perroquets en cage, nos échecs dans la cale, notre rage à la proue. Ou bien nous rejoindrons l'Atlantide et nous vivrons heureux, engloutis dans une cité de rêve, jusqu'à la fin du monde. Il pleut trop lentement et le ciel est trop bas, trop lourd. On dirait qu'il pleut depuis toujours. C'est une pluie délicate, presque immobile, un ciel de plomb. Il écrase la ville.

Le point que j'avais hier au-dessus de l'œil gauche s'est déplacé. À présent le clou s'enfonce au-dessus de l'oreille. Toujours à gauche. Un menuisier, vite, ça presse! C'est drôle, quand on pense que le Christ était fils de charpentier et qu'il est mort cloué. Était-ce ce qu'on appelle une relation de cause à effet? L'ironie machiavélique du destin quand il s'y met. Quand je dis que c'est drôle, c'est une façon de parler, en fait, ce n'est pas drôle du tout. L'image de la croix a hanté mon enfance. Qu'est-ce que je raconte encore? Moi, j'ai un clou qui s'enfonce dans ma tête.

La télévision est restée allumée, mais le film est fini — à présent, ce sont des bandes dessinées pour les enfants. Je me demande si je me suis endormie avant ou après que Sophie eut sacrifié sa fille. Je me demande si je l'ai vraiment vue ou si j'ai fermé les yeux et que la scène s'est jouée dans mon cauchemar. L'officier qui arrache la blonde fillette des bras de Sophie — ou est-ce elle qui la tend au bourreau? — et lui qui l'emporte vers le train de la mort. Les pleurs de la petite — comment peut-on supporter que les enfants pleurent, et supporter la terreur des enfants? — ses bras tendus, les larmes inondant en gros plan le visage de la mère. Je me mets à la place de Sophie — j'ai cette manie de prendre la place des héroïnes, avant c'était Butterfly, ce fut Emma Bovary, Anna Karenine, toutes ces pitoyables amoureuses, ces femmes abusées. À

présent, c'est moi qui suis dans cette gare, sous les
lueurs bleutées, dans la vapeur crachée par les
locomotives, au milieu des pleurs et des vociférations, c'est moi mais ce sont d'autres mots qui
sortent de ma bouche. Moi, je refuse, je ne céderai
pas, vous n'aurez pas ma fille. Il faut changer le
cours de l'histoire, j'en suis capable. Nous mourrons
ensemble, elle et moi, qu'on me permette seulement de mourir avec elle, qu'on me pousse dans la
même chambre à gaz.

Mais voilà, ma petite fille à moi s'en est allée
dans le train de la mort. Ma petite fille n'en est pas
revenue. Et je ne l'ai pas accompagnée, je n'ai pas
réussi à changer le cours de l'histoire.

Le pire, c'est que le film doit être basé sur une
histoire vraie, un de ces faits divers dont les journaux
débordent. Le tueur à la scie mécanique, le maniaque au rasoir, la pyromane psychopathe, l'assassin
au visage camouflé par un bas de nylon, le fauve des
banlieues, l'obsédé du crépuscule, tous ces gens
sympathiques qui massacrent pour avoir leur photo à
la une. Et le peuple se passionne, «Il paraît qu'il les
mordait avant de les étrangler.» «Oh! non, n'en parlez
plus, c'est trop cruel, je ne supporte pas. Mais dites-
moi, quel genre de sévices leur faisait-il subir, au
juste?» «Les pires. J'en fais des cauchemars toutes les
nuits. Et quand on pense que la peine de mort est
abolie!» «Mais où s'en va donc le genre humain?»

Comme toujours, il s'en va en enfer.

Je crie «Entrez!» — le petit déjeuner est peut-être
compris dans le prix de la chambre, on me l'apporte peut-être sur un chariot roulant, des crêpes

gardées au chaud sous leur cloche d'argent. J'ai beau crier d'entrer, rien ne se passe. Je me lève et vais ouvrir. Personne. J'ai dû avoir une hallucination.

C'est Pâques aujourd'hui. Le matin de Pâques. La ville doit être pleine d'enfants émerveillés qui cherchent sous les meubles des cocos à mettre dans leurs petits paniers. Ce sont les cloches que j'ai entendues, hier, qui me donnent ces idées noires. Moi, le problème, c'est que je n'aimais pas la guimauve. Alors je disais merci beaucoup, je donnais un baiser sec sur une joue sèche, j'apportais la friandise dans ma chambre et la cachais dans le tiroir de ma commode, soigneusement emmitouflée dans une chaussette. De ma chambre, j'entendais les commentaires: «Tu as vu comme elle est gloutonne? Elle va s'enfermer pour être sûre de ne pas partager. Elle va s'empiffrer toute seule. Une goinfre. Tu as vu comme elle est sournoise? Cachottière? Elle est vraiment désagréable, ta fille. On se demande de qui elle tient.»

J'étais toujours la fille de l'autre.

«Un monstre d'égoïsme. Ça donne envie de lui en donner encore, des cadeaux.»

«Ah! oui, je te jure, qu'est-ce qu'on a fait au bon Dieu pour avoir une enfant pareille?»

J'étais toujours le monstre de l'autre.

Dans mon tiroir, une poule représentait ma mère, un lapin, mon père. J'avais aussi une petite boîte dans laquelle je gardais ma collection d'épingles. Quand j'étais en colère contre l'un ou l'autre, je pratiquais le vaudou, j'enfonçais les épingles dans la guimauve. Je savais comment procéder, j'avais vu un reportage à la télé. Une épingle dans le cœur, une dans l'œil. Les endroits qui font mal. Et c'était sans importance si le chocolat était tout craquelé. Je savais que l'année d'après, je recevrais une nouvelle figurine, ce qui me permettrait de changer l'un ou l'autre, lapin ou poule — car il y avait une rotation. Sauf qu'une fois, j'ai reçu un canard vide à l'intérieur. Au premier coup d'épingle, il a perdu une aile. Puis la tête est tombée en morceaux. Ça devait être moi, ce volatile décapité, incapable de voler. Alors celui-là, inutile de le torturer davantage, je l'ai tout simplement mangé.

La douche prise, le jean et le t-shirt enfilés, les cheveux brossés, Swann, le cahier, le maillot sophistiqué et la girafe enfournés dans mon fourre-tout, je quitte les lieux. À la réception, je règle le prix de ma chambre, je me dirige vers la sortie. Le portier me propose un taxi. Non, merci, je préfère marcher sous la pluie.

Il pleut, ça coule dans mon visage, ça coule de mes yeux. Pour me donner du courage, je me fredonne une petite chanson triste, *quand ça coule de tes yeux ça tombe, mais c'est pas des confettis, cette pluie...* J'entre dans une pharmacie pour m'acheter des kleenex — non non, je ne pleure pas, c'est la pluie, j'ai dû attraper froid — et je me retrouve au rayon du chocolat. Je contemple la mièvre ménagerie: lapins en motocyclette, canards amoureux, poules et poussins. Qu'est-ce qui lui plairait, à la petite? Est-ce qu'elle a un animal préféré? Elle aime les chats.

Et j'en trouve un, grandeur nature, installé sur de la paille rose dans une boîte fleurie, et qui sourit de toutes ses moustaches. La vendeuse entoure l'énorme boîte d'un énorme ruban. J'achète aussi une carte de souhaits sur laquelle une bambine joufflue tient par le cou un koala, et deux douzaines d'œufs multicolores. Tu vas voir, elle va être contente, la petite. Elle va sourire de toutes ses dents, et ouvrir grand ses yeux ravis, j'entends déjà cascader ses éclats de rire.

Rue Notre-Dame, tout est resté tel quel: les murs lézardés le sont encore, le lit défait n'a pas été refait, le large cerne de champagne macule le drap de satin. *Underwood* traîne toujours sur le plancher et la baignoire est sale. On dirait seulement que l'odeur d'égout a imprégné davantage les murs. Où est la chambre pastel envahie d'animaux en peluche, les imperceptibles traces de poudre pour bébé flottant dans l'air, les bonshommes têtards et les soleils souriants épinglés sur les murs, la socquette blanche sur le tapis, toutes ces images que ma mélancolie ne se lasse d'inventer?

Je refoule mes larmes en camouflant les cocos sous le lit, dans la baignoire, sur le rebord de la fenêtre, dans le seau en plastique. Le chat enrubanné, je le cale dans le fauteuil, bien en évidence.

Je m'assois au bord du lit. À cette heure-ci, les coquerelles, n'est-ce pas, jouissent d'un repos bien mérité. C'est déjà bien que quelqu'un jouisse. J'allume une cigarette. Je contemple les dégâts.

Rien à faire, ici. Il y a juste une vieille machine à écrire à récupérer et un chat de gouttière qui n'est même pas revenu. Ingrat. À moins que je n'aie envie de veiller au corps. C'est vrai que ça ressemble à un salon funéraire, ici. Il ne manque que les gerbes et les couronnes. Ça ressemble à une morgue.

Je récupère les œufs, le chat en chocolat, je sors, je dévale l'escalier, je retrouve la pluie.

Il faut que je prenne le métro, puis un autobus. Je n'y suis jamais allée, je sais qu'il faut maintenant que je le fasse et je me dis qu'avec de la chance, je trouverai, une intuition, un signe m'indiqueront que c'est là qu'elle repose, j'entendrai un appel, sa petite voix se plaignant sous l'herbe et la terre, je déchiffrerai son nom sur la pierre, sa date de naissance, je ne pourrai pas me tromper et je lui dirai «Bonjour, mon ange, mon amour, maman ne t'a pas oubliée, regarde, maman t'a apporté un chat, maman te cherche depuis si longtemps...»

Et lorsque je descends de l'autobus devant la grille du cimetière Notre-Dame-des-Neiges — si elle avait vécu, elle aurait aimé le mot neige, tous les enfants aiment ça — du cimetière, donc, la pluie a augmenté, je me sens toute fébrile, c'est ici, je touche au but. Je franchis le portail et j'éprouve un instant de panique, cela semble si vaste, comment vais-je trouver la sienne parmi toutes ces tombes, comment savoir dans quelle direction orienter mes pas, des multitudes de pierres s'étalent dans l'herbe, c'est comme un jardin terne, je n'entends pas d'appel, juste mon cœur qui bat comme un oiseau devenu fou, je marche au hasard, croisant des gens portant des bouquets, et certaines tombes sont esseulées, d'autres disparaissent sous les gerbes, je déchiffre des noms, des dates de naissance et de mort, Fanny Larose, 1924-1966, Mathilde Dupuis, 1930-1980, elles sont mortes trop vieilles, elles ne sont ni ma Fanny ni ma Mathilde, elles ne sont pas les miennes, je déchiffre des listes de noms sur les pierres, Edmond Richard, 1912-1978 et son épouse Désirée, 1915-1982, leurs enfants, René, 1936-1984, Odile, 1939-, la naissance mais pas la mort, seulement un nom, le nom d'Odile sur la pierre, ce n'est pas mon Odile, sur certaines tombes des photographies sont incrustées, surtout les tombes des Italiens, beaucoup de Maria Marie, et voici Lucia, 1978-1983, Lucia Lucie morte à cinq ans, et voici en médaillon son visage encadré de boucles noires, je me recueille quelques instants, qu'est-ce qui s'est passé, Lucia Lucie, qui t'a fait mal, je poursuis ma recherche, ma marche incohérente dans le dédale des tombes, certaines inscriptions sont laconiques, sous le nom d'un inconnu, ces simples mots «A Gentleman», les tombes des Russes sont ornées d'urnes et d'angelots, je titube devant Lioubov, Lioubov, mon amour, je ne trouve pas Iphigénie, je ne pourrai pas la trouver, je l'ai rayée de ma liste, Iphigénie est sacrifiée, puis j'arrive au milieu des tombes irlandaises, je trouve Nelly, Molly, Maggie, les dates ne concordent pas, je n'entends pas d'appel, partout pourtant des tombes d'enfants se mêlent aux autres, les dates m'arrachent les yeux, les dates m'assassinent, quatre ans, sept ans, trois ans, tombés comme des pousses de fougère sous la faux, de petits bouquets détrempés s'efforcent vainement d'égayer leurs tertres, Bérénice, Valentine, tellement d'enfants reposent ici, comment trouver la mienne?

C'est la sobriété de la pierre qui a attiré mon regard. Rectangulaire et noire, sans aucun ornement, et les deux pots de géraniums à sa base. Rectangulaire et noire, au milieu de monuments hideux. Géraniums en pot, au milieu de couronnes hideuses. Rectangulaire et noire, très droite sur son tertre. Et quand je me suis approchée, l'inscription m'a sauté aux yeux.

«À la douce mémoire de Pauline Langevin, 1940-1974, mère dévouée et adorée d'Évelyne, 1971-1974. Liées par leur destin tragique, qu'elles reposent en paix car elles vivront toujours dans nos cœurs.»

Liées par leur destin tragique, elles vivront dans nos cœurs... Je vois la voiture dégringoler dans le ravin, on retrouve leurs corps enlacés, Pauline Langevin, mère dévouée, je ne peux pas la retenir quand elle se précipite dans la maison en flammes, Évelyne est dans ses bras lorsque le toit s'effondre, Pauline Langevin, mère adorée, elle a plongé dans la mer quand la vague a emporté Évelyne, elle la serrait encore contre elle quand la marée les a rejetées sur la grève...

Je dépose le chat entre les géraniums, tu vois, beau chat, c'est ici, tu leur tiendras compagnie, et les œufs, je les dispose dans l'herbe tout autour de la pierre.

Je reste là, j'y resterai le temps qu'il faudra. Il pleut moins fort, soudain.

Montréal
Novembre 1989 - janvier 1992

DANS LA MÊME COLLECTION

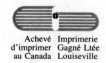

Achevé   Imprimerie
d'imprimer Gagné Ltée
au Canada Louiseville